La Vigne des Mystères

Du même auteur

Aux éditions De Borée

L'Arbre des souhaits
La Terre des secrets

TERRE DE POCHE
45, rue du Clos-Four – 63056 Clermont-Ferrand cedex 2

Agathe Dartigolles

La Vigne des Mystères

de Borée
TERRE DE POCHE

Prologue

Le son de pas feutrés s'intensifia. Une ombre marchait, avançait furtivement, dissimulée dans la quasi-pénombre. L'empreinte des doigts frôlait le bois patiné des meubles anciens comme pour chercher à effleurer l'âme du lieu et glissait le long de l'antique tapisserie à fleurs qui se décollait par endroits, sous le poids de l'humidité. Une odeur dense de moisissure s'engouffrait à travers ses narines. Il ne lui restait plus qu'une dernière chose à accomplir. La plus simple, mais en même temps la plus difficile.

Tout ce qui avait été entrepris jusqu'à présent s'était révélé n'être qu'un jeu d'enfant. Une pure délectation. Cette fois cependant, il en allait différemment. L'action exigeait un sacrifice personnel. Ruminant cette sombre pensée, l'ombre, contrariée, frémit. N'était-il pas possible de trouver une autre option ? Ce sacrifice était-il réellement nécessaire ? En proie au doute, l'ombre inspira profondément et s'approcha de la fenêtre. Elle se souvenait du dégoût que lui avait inspiré cet endroit la toute première fois qu'elle l'avait vu, la toute première fois qu'elle était entrée à l'intérieur de son sanctuaire en putréfaction. Jamais alors elle n'aurait imaginé ce sentiment lancinant qui semblait à présent lier l'un à l'autre son cœur au pouls de cette demeure. Mais elle n'était pas seule à pouvoir décider. La veille, elle avait tenté d'ouvrir le dialogue et d'exprimer ce sentiment irrationnel. Elle avait avoué dans un murmure mal assuré ce dont elle avait pris conscience récemment et qu'elle n'était pas certaine de comprendre entièrement : détruire ce lieu revenait à détruire une partie d'elle-même. Hélas, son plaidoyer était resté sans écho. En échange de ses confidences, tout juste avait-elle reçu un haussement de sourcils et un soupir d'agacement. Le plan ne souffrirait aucun remaniement. Ce n'était pas ainsi que cela fonctionnait.

L'ombre retint sa respiration une brève seconde. Elle ne pouvait plus reculer et tout son corps tremblait.

Un souffle d'air froid s'engouffra soudain dans l'atmosphère lourde et saturée. L'obscurité, désormais, ne lui appartenait plus. Une présence, au rez-de-chaussée, s'était invitée à son tour. Au loin, des frôlements de tissu discrets sifflaient contre les murs délabrés. L'ombre s'éloigna de la fenêtre et se tapit dans un recoin, tous ses sens aux aguets. Elle tourna la tête en direction de la porte qui conduisait au palier central. Un frisson remonta sa colonne vertébrale lorsqu'un écho de tissu résonna dans le silence. La présence venait de pénétrer à l'intérieur de la pièce.

— Il est l'heure, murmura une voix sur sa gauche.

— Il est l'heure, répéta le son, sur sa droite.

Prologue

Le rythme cardiaque de l'ombre ralentit. Elle s'avança et demanda :

— Il n'existe aucun autre moyen ?

— Aucun, renchérit le chuchotement déterminé. C'est la fin ! Il n'y a pas d'échappatoire.

L'ombre se recroquevilla imperceptiblement et sentit plus qu'elle ne vit une main se tendre vers elle. Déglutissant avec peine, elle tendit la sienne à sa rencontre afin d'y déposer l'objet. Une respiration saccadée se répandit en cercle autour d'elle. Les dés étaient jetés. Les ombres se rapprochèrent et dans un commun accord se lièrent en se donnant la main. Ne formant plus qu'une seule silhouette ténébreuse, elles se tournèrent et s'avancèrent vers le hall. Au-dehors, un mince croissant de lune dardait un faisceau de lueurs blafardes dans la pièce, tandis qu'un florilège d'étoiles scintillait à ses côtés.

À l'unisson, les ombres s'engagèrent dans le couloir et poursuivirent jusqu'au centre du palier. Elles s'arrêtèrent et pivotèrent devant l'imposante rambarde du double escalier, dont les contours finement sculptés se devinaient malgré l'obscurité. Un craquement furtif résonna, puis une flamme jaillit au bout d'une allumette, laissant son odeur âcre se répandre dans l'atmosphère. Les yeux des ombres se mirent à briller d'une étrange lueur. Ils la contemplèrent un instant onduler fébrilement en retenant leur souffle. Dans un tournoiement agile du poignet, l'allumette fut projetée dans les airs. Et la flamme, lentement, s'envola dans le vide.

I

Le retour aux sources

Septembre 2015

CAPUCINE OUVRIT LA PORTE du manoir et sortit sur le perron. Le ciel azur commençait à se teinter de grisaille. Une brise tempérée lui caressa le visage. Le temps menaçait de tourner à l'orage. Elle inspira profondément, humant l'odeur caractéristique de l'humidité, et contempla un instant le paysage. Elle soupira en repensant au voyage de deux mois qu'elle avait effectué aux États-Unis avec son cousin Augustin, et dont elle était rentrée la veille. Elle s'étira de tout son long, ressentant encore les effets perturbants du décalage horaire.

Ce sublime aparté au cœur du vignoble californien s'était révélé bénéfique à plus d'un titre. Gonflés d'enthousiasme et d'optimisme, les deux cousins revenaient de leur séjour avec la tête remplie d'étoiles et un carnet entier couvert de notes regroupant toutes les idées qu'ils avaient eues pour la gestion du domaine viticole que Gabriel et Louise, les parents d'Augustin, avaient décidé de laisser entre leurs mains.

Une semaine auparavant, Capucine et Augustin les avaient rejoints à New York, où ils étaient en route pour une nouvelle vie au Canada. Ils allaient notamment y retrouver Ella Bourgeon, la sœur de Louise, qui s'y était installée une quinzaine d'années auparavant. Cette rencontre leur avait donné le temps de visiter la plus belle ville du monde, de prendre les dernières nouvelles du manoir et de se voir prodiguer les ultimes conseils. À présent, la survie du château Millêtre, qui prospérait dans leur famille depuis des générations, dépendait entièrement d'eux. Si Augustin travaillait aux côtés de son père depuis des années, Capucine était, quant à elle, novice en la matière. Il s'agissait, de ce fait, d'un défi de taille qu'elle espérait relever malgré tout avec éclat. Bien qu'un peu anxieuse, elle était impatiente de commencer.

Capucine descendit les marches de bois clair et tourna sur la droite en direction de la boîte aux lettres. Elle ouvrit le battant et considéra l'intérieur, le sourcil froncé. Au centre de l'espace presque désert patientait sagement une petite enveloppe rouge. Elle s'en saisit et sursauta en entendant la sonnerie du téléphone résonner à l'intérieur du manoir. Refermant prestement la boîte aux lettres, elle remonta les marches d'une enjambée dynamique. Léonie et Octavie, ses grands-mères[1], étaient parties pour leur consultation mensuelle chez le

1. *Octavie est la grand-mère maternelle de Capucine ; Léonie, sa sœur jumelle, est la grand-mère de cœur de Capucine. Voir Agathe Dartigolles,* La Terre des secrets, *De Borée.*

médecin. À quatre-vingt-treize ans, les jumelles se portaient bien, en dépit de l'accident de la route dont avait été victime Léonie l'année précédente. Depuis cet incident, le médecin attitré du village de Saint-Pierre-des-Bois, Bérengère Lamothe, avait insisté pour voir les jumelles une fois par mois afin de vérifier qu'elles continueraient à vivre en bonne santé encore longtemps.

Capucine décrocha le combiné et répondit :

— Allô ?

— Cina ? entendit-elle Augustin l'apostropher d'un ton irrité à l'autre bout de la ligne. Qu'est-ce que tu fabriques ? Tu as regardé ton téléphone portable ? J'essaye de te joindre depuis une heure !

Longeant le couloir, elle passa devant le salon et regagna la cuisine, où elle avisa son smartphone négligemment posé sur le comptoir.

— Désolée, répondit-elle en retournant au salon et en allumant l'écran de l'appareil, qui lui indiqua les huit appels en absence de son cousin. Je m'étais éloignée. Que se passe-t-il ?

— Des ennuis, grogna Augustin, il faut que tu viennes tout de suite.

*

* *

Deux minutes plus tard, la Twingo violette vrombit de plaisir pour la première fois depuis deux mois et s'élança sur le chemin en gravier du manoir, où elle bifurqua sur la droite pour emprunter la route fine et tortueuse qui longeait les vignes du château Rose-Ducats. La veille, alors que l'imposante

Chevrolet noire d'Émilien Chevalier, l'improbable cousin qu'elle s'était découvert quelques mois auparavant dans des circonstances inattendues, les avait raccompagnés de l'aéroport, elle n'avait pu s'empêcher de jeter un bref coup d'œil en direction de ce paysage entrelacé de vignobles ascendants et descendants. Un spectacle qui, en dépit de la beauté de son voyage à l'autre bout du monde, lui avait véritablement manqué.

Torse nu et la peau bronzée, David Ducats s'était alors matérialisé à l'orée d'un rang de vigne, telle une apparition. Les cheveux noirs et ondulés, plus longs que jamais, il travaillait avec vigueur.

Capucine secoua la tête pour chasser cette image et reporta son attention sur les derniers mètres de la route en épingle à cheveux qui la menait au chai de la propriété viticole familiale.

Devinant la rangée de cyprès qui annonçait la bordure du chemin, elle tourna le volant et s'engagea sur le parking aménagé devant la modeste bâtisse, toute de moellons et de bois brut. Elle sortit de la Twingo, faisant claquer la porte derrière elle, et s'arrêta sur l'esplanade pour contempler la vue imprenable dont on y bénéficiait. Sa dernière visite datait du début de l'été, lorsque Gabriel et Louise lui avaient proposé de seconder leur fils dans cette belle entreprise. Surplombant la vallée, le promontoire offrait une vision enchanteresse, panoramique et époustouflante. Un entrelacement interminable de coteaux de vignes s'élançait sous ses pieds, avec dans le lointain la délimitation naturelle apportée par les arbres de la forêt qui bordait la Garonne. Capucine fit quelques pas et contourna le chai. Un petit sentier serpentait entre les arbres et menait directement à la maison de son oncle et de sa tante, une demeure qu'ils avaient toujours appelée par extension « le Loup des Bois », en référence au lieu-dit. Au contraire du manoir, la maison était construite en bois. Plus petite, elle exprimait aussi une âme au caractère nettement plus sauvage, ce qui lui donnait un charme brut authentique que venaient renforcer son apparence de guingois et son aspect de bois vernis. Contrastant immanquablement avec les couleurs pâles du manoir, le Loup des Bois n'en avait pourtant pas moins de style, dans un registre atypique et naturel qui le faisait ressembler à un chalet montagnard. À présent que ses parents étaient partis, Augustin allait y vivre seul.

Elle continua à avancer et traversa la pelouse du jardin afin de se rendre vers le fond de la propriété. Car si le paysage depuis l'esplanade était magique, celui qui l'attendait, quelques mètres plus loin, était à couper le souffle. Elle s'enfonça un instant sous le couvert des arbres et en ressortit presque aussitôt sur une petite butte dessinée en alcôve et sur laquelle trônait un joli banc blanc. Devant elle, toute la vallée s'étendait à perte de vue. Capucine s'assit un instant et laissa son regard planer sur la terre de ses racines.

Au-delà de la vaste étendue de coteaux, elle apercevait les bâtiments de pierre et de briquette rouge caractéristiques du château Rose-Ducats. Elle volait au-dessus des toits et embrassait l'immensité du regard. Puis elle tourna son attention vers le sud et tressaillit. Entouré d'un parc arboré, elle aperçut le grand château Noir qui, dans son enfance, la terrifiait autant qu'il la fascinait. Sans savoir pourquoi, elle se sentit étonnée de le retrouver toujours à son emplacement. Bien qu'il fût possible de l'apercevoir depuis le manoir, elle ne lui avait plus accordé d'importance depuis tellement de temps qu'elle en avait presque oublié son existence. Rompant le charme, son téléphone émit une vibration. Augustin devait s'impatienter. À regret, elle jeta un dernier regard sur le panorama et rebroussa chemin.

*
* *

1909

— Alice ?

La fillette blonde se retourna et aperçut Léon, son grand frère, accompagné de son meilleur ami, Pierre, un garçon d'une grande gentillesse qui n'avait d'égale que sa maladresse. Installés en haut du coteau, les deux amis, âgés d'à peine dix ans, lui faisaient signe de la main. Elle le savait, il était l'heure de rentrer, sinon Adèle, leur mère, les disputerait encore. Alice laissa son regard s'attarder une dernière fois le long de la façade du château qui l'envoûtait tellement.

Pourquoi n'avait-elle jamais le droit de s'y rendre ? Sa seule habitante était pourtant Clarisse, sa grand-mère. Grande, sèche et austère, la vieille Clarisse était réputée dans tout le village pour être aussi effrayante que l'aspect de son château. Arborant toujours le même chignon gris et strict, la même tenue longiligne noire et étroite, elle ne parlait jamais.

Non qu'elle fût dotée d'une quelconque malformation des cordes vocales, mais Clarisse, dernière héritière de la fortune familiale, était d'une nature autoritaire, belliqueuse et colérique. Aînée d'une fratrie de quatre sœurs dont elle s'était irrémédiablement aliéné la sympathie avant même d'avoir atteint la majorité, Clarisse était devenue l'épouse de Lucien, à qui elle avait donné un fils unique, Antonin, lequel s'était à son tour marié, pour le plus grand malheur de cette dernière, avec Adèle Blanchard, héritière d'une dot miséreuse d'à peine dix rangs de vigne.

De mémoire de villageois, jamais âme qui vive n'avait entendu crier avec autant de ferveur et de hargne. Car il était dit pour Clarisse que personne ne pourrait être témoin ni de sa couardise ni de sa faiblesse face à une telle abomination. Elle avait ainsi remué ciel et terre pour ramener son Antonin à la raison. Si Adèle, cette fille de rien, s'intéressait à lui, ce n'était que pour la propriété, pour le château, pour l'argent, pour le nom et pour le prestige. En d'autres termes, pour tout, sauf pour lui. Il était tout bonnement hors de question, inconcevable, impensable même, qu'il la laisse le « criquer », selon sa propre expression, et qu'il l'épousât. Avec sa jeunesse et son rang, Antonin était considéré comme le meilleur parti de la région, devant tous les autres héritiers du voisinage.

Or plus Clarisse s'opposait à l'union, plus Antonin asseyait tranquillement ses certitudes. Il tint ferme pendant toute l'année qui le sépara de sa majorité, puis épousa sa dulcinée en grande pompe à Saint-Pierre-des-Bois. Scandalisée, outrée et extrêmement vexée, Clarisse n'assista ni à la cérémonie ni à la célébration.

À compter de ce jour, décidant par cet acte de montrer aux yeux du monde l'ampleur de son désaccord, elle décida de ne plus proférer la moindre parole. Seul Lucien, son mari, l'entendait encore parfois, disait-on. Mais personne n'en avait la preuve.

*

* *

À l'intérieur du chai, Augustin, le cheveu en bataille, fulminait tout en faisant les cent pas, visiblement furieux. Face à lui, deux hommes aux visages maussades et burinés patientaient en croisant les bras, adossés contre l'un des murs de la salle de dégustation. Capucine poussa la porte qui s'ouvrit dans un grincement sonore.

— Enfin ! l'admonesta Augustin depuis le fond de la salle. Ce n'est pas trop tôt !

— Que se passe-t-il ? s'enquit-elle tout en s'avançant prestement.

L'homme le plus proche décroisa les bras et s'avança vers elle en lui tendant la main.

— Cyprien Maingeon, mademoiselle Millêtre, dit-il pour se présenter. J'étais le bras droit de Gabriel dans les vignes du Loup. Et voici mon collègue Bertrand Labbé, mon homologue au chai.

— Enchantée, répondit Capucine en tendant également la main vers un Bertrand Labbé muet et apparemment intimidé.

Un bougonnement sortit néanmoins de la barbe hirsute de ce dernier et sembla attester qu'il n'en pensait pas moins.

— L'heure est grave, interrompit Augustin, les traits du visage contractés. Nos vignes ont été massacrées la nuit dernière.

— Comment cela, massacrées ? répondit Capucine, incrédule.

— Les feuilles ont été lacérées et arrachées, les grappes éventrées et écrasées, certains pieds ont été déracinés, précisa calmement Cyprien Maingeon.

Le visage de Capucine s'empourpra instantanément.

— Où et sur combien d'hectares ? demanda-t-elle.

— Sur la vigne de l'Ange. C'est une petite parcelle, cela n'affectera pas beaucoup les vendanges, poursuivit ce dernier après avoir jeté un coup d'œil à l'air renfrogné d'Augustin. Sauf si cela se reproduit ailleurs. Mais tout de même... poursuivit-il en hésitant.

— Oui, tout de même, répéta-t-elle. Qui a bien pu faire cela ?

— Ah ! s'exclama Augustin d'un air mauvais. Tu te poses vraiment la question ? Il n'est pourtant pas besoin d'être une lumière pour savoir qui a fait le coup.

— Ah bon ? s'étonna-t-elle. À qui penses-tu ?

Augustin soupira d'exaspération en enfouissant son visage entre les paumes de ses mains, puis se releva dans un mouvement brusque, l'expression furibonde.

— Oh, eh bien, qui, à ton avis, est assez fou, assez méchant et assez démoniaque pour faire cela ? Le soir même où nous rentrons tous les deux de

Californie ? Qui, à ton avis, se préoccupe également du vin et a un intérêt à nous détruire ?

Capucine fronça les sourcils.

— Tu exagères, répliqua-t-elle, ce n'est pas possible.

— J'exagère ? s'écria Augustin, au comble de l'indignation. Va donc voir le joli travail de ton meilleur ami dans nos vignes !

— Allons, tu n'es pas sérieux, répliqua-t-elle aussitôt, piquée au vif. Pour quelles raisons aurait-il fait cela ?

— Oh, je suis très sérieux, au contraire ! gronda son cousin. Et si tu n'as pas la même opinion, c'est soit que tu es très naïve, soit que tu es affectée de graves troubles de la mémoire. Il n'y a aucun doute : le coupable, c'est David !

David Ducats ne s'était effectivement pas toujours bien illustré dans l'histoire de la famille Millêtre. L'année précédente, il avait découvert le terrible secret de famille de son grand-père Félicien, alors sur son lit de mort, et s'était lancé dans une entreprise de vengeance qui avait bien failli coûter la vie à Léonie, l'adorable grand-mère de Capucine et d'Augustin. Après plusieurs rebondissements rocambolesques, le secret révélé s'était trouvé n'être qu'un faux-semblant. Au cœur du désastre, David s'était retrouvé au bord de la folie meurtrière. Pourtant, son initiative, deux mois auparavant, lorsqu'il s'était rendu à l'aéroport pour dire au revoir à Capucine avant son départ pour la Californie, avait profondément touché la jeune femme. Preuve de résistance et de subsistance d'un fragment de leur amitié d'enfance. Un élan du cœur qui l'avait encouragé dans l'espoir qu'ils redeviendraient, peut-être un jour, de véritables amis.

À présent, David n'avait plus aucune raison de vouloir mener une quelconque vengeance envers sa famille et Capucine avait bien du mal à l'imaginer agir de la sorte. En particulier une personne de son acabit, qui travaillait la terre et les vignes depuis l'enfance, et qui possédait un respect et un amour intrinsèques pour la nature. L'idée était tout simplement ridicule.

Accompagnée de Bertrand, de Cyprien et d'Augustin, elle se rendit sur les lieux du crime afin de constater par elle-même l'étendue du désastre infligé à la parcelle endommagée. Immédiatement, elle réalisa combien le terme « massacré » n'avait pas été employé à la légère. Sur des mètres, le sol était jonché de débris de feuilles émiettées, de grains de raisin écrasés et de rameaux déchiquetés. Tout avait été taillé en pièces avec un acharnement et une minutie qui confinaient presque à l'obsession. Capucine sentit les battements de son cœur s'accélérer. La parcelle entière respirait la violence et la haine.

Bien qu'elle se trouvât à l'air libre, elle ressentait une oppression dans sa poitrine et éprouvait de réelles difficultés à inspirer librement. Elle fit quelques pas dans le rang de vigne, espérant ainsi s'aérer. Des larmes de colère lui montèrent aux yeux et lui piquèrent le nez au passage. Comment avait-on pu saccager ce beau vignoble, l'œuvre de plusieurs générations ? Elle avala sa salive, essayant de repousser les signes de son émotivité, et leva la tête, se forçant à regarder au loin. La parcelle se situait sur la partie basse des coteaux. Tout autour d'eux rayonnaient des centaines d'hectares d'une vigne florissante, qui n'attendait plus que quelques jours avant d'être vendangée. Elle pivota sur sa gauche et fut frappée par la vue imprenable qu'elle avait désormais sur le château Noir. Situé juste devant elle, dans un axe parfait, il trônait fièrement et semblait la défier.

Elle scruta sa façade, laissant son regard s'attarder sur les anfractuosités de la pierre. Cela faisait longtemps qu'elle ne l'avait pas vu d'aussi près. Lorsqu'elle était petite, il lui arrivait souvent de l'observer. De loin. Elle se souvenait des tentatives d'approche qu'elle avait effectuées aux côtés de David et d'Augustin. Seule Melody, sa sœur cadette, n'avait jamais voulu les accompagner. Ce qui ne l'empêchait pas pour autant de leur rappeler l'interdiction. Le château avait toujours été proscrit. Capucine se demanda soudain qu'elle en était la raison.

À présent, bien des années plus tard, elle contemplait la demeure avec une curiosité mêlée d'effroi. Quelque chose dans ce château était dérangeant. Dans toute la splendeur de sa décrépitude, il apparaissait pourtant plus désespéré que terrifiant. Étudiant avec attention les détails, elle se rendit compte, pour la première fois, combien son architecture était finement ouvragée. Il avait dû, autrefois, être grandiose.

Derrière l'épaisse couche sombre se devinait le dessin délicat des tourelles et des encadrements de portes et de fenêtres. Le château avait même dû être entouré d'une aura romantique. Elle se figea soudain. Elle aurait juré avoir détecté un mouvement au premier étage. Elle plissa les yeux, machinalement. S'agissait-il d'un éclat de soleil miroitant sur la surface de la vitre de l'une des fenêtres, ou bien l'un des rideaux avait-il bougé ? Elle se concentra plus attentivement encore sur la fenêtre incriminée. Aucun autre signe ne se produisit. Son imagination devait lui avoir joué un tour. Après avoir jeté un dernier regard sur la fenêtre, elle rebroussa chemin et rejoignit les hommes qui étaient en pleins pourparlers. Après cinq minutes de discussion supplémentaire, ils s'éloignèrent et regagnèrent la voiture qui les attendait sur la route du Calvaire, quelques mètres plus haut. Ils allaient avoir une journée chargée pour rendre la vie à cette parcelle de vigne gâchée.

À l'intérieur du château, une main, lentement, écarta de nouveau le rideau de voile fin.

II

La Confrérie du vin

CAPUCINE POUSSA LA PORTE du manoir peu après 20 heures. La journée avait été longue et harassante. Après avoir passé plusieurs heures à la vigne de l'Ange pour aider Augustin, Cyprien et Bertrand à rattraper le sabotage de la nuit précédente, elle s'était retranchée avec Augustin dans le petit bureau du chai pour discuter stratégie. Particulièrement énervé au sujet de l'agression, son cousin ne décolérait pas et souhaitait se rendre au château Rose-Ducats afin de se confronter avec David. Plusieurs heures n'avaient pas été de trop à Capucine pour le dissuader de mener à bien ce projet grotesque. Car si elle comprenait son raisonnement, elle était convaincue de l'innocence de David. Commettre un tel forfait ne lui ressemblait pas, pas après l'histoire de l'année passée. Or ce qui l'inquiétait le plus était qu'une fois David mis hors de cause elle ne voyait aucune autre personne susceptible de leur en vouloir suffisamment pour réaliser un tel saccage. Augustin, crispé sur sa chaise, ne desserrait pas les mâchoires.

— Il s'agit sûrement d'un acte isolé, commis par un groupe de jeunes désœuvrés, tenta-t-elle sans grande conviction.

Son cousin ébaucha une moue sceptique.

— Et qu'allons-nous faire si cela recommence cette nuit ?

Cette possibilité lui était également venue à l'esprit et elle l'appréhendait. Une fois pouvait s'apparenter au hasard ou à la mauvaise fortune. Une fois, en somme, ne signifiait rien. Mais si cela se répétait, ils seraient obligés d'accepter le fait que ces actes étaient volontairement malveillants.

— Alors nous irons porter plainte, répondit-elle en soupirant.

— Auprès de qui ? De Victoire de La Fontaine ? ironisa Augustin en secouant la tête.

Capucine ne broncha pas à l'évocation du nom de la policière corrompue qui avait délibérément agi contre eux lors de l'accident de Léonie. Amie avec David, cette dernière l'avait protégé, n'hésitant devant aucun outrage à la loi. Au grand dam de Capucine et de sa famille, elle s'en était d'ailleurs sortie indemne, sans le moindre blâme. Désormais, seul son coéquipier, Émilien Chevalier, qui dans un ultime retournement de situation s'était avéré avoir un lien de parenté avec Capucine, était au courant de la situation. Lui aussi avait dû respecter la décision controversée de Léonie Millêtre. Compte tenu des circonstances, la grand-mère de Capucine n'avait rien voulu intenter à l'égard de David, ce qui avait exclu toute action contre la policière. Émilien n'en avait pas moins, dès ce jour, modifié son attitude envers celle qui avait été son mentor et qui demeurait son supérieur hiérarchique.

— Tu oublies qu'avec Émilien nous avons désormais un allié chez les forces de l'ordre, rappela-t-elle

Augustin esquissa une moue dubitative et s'enfonça de mauvaise grâce dans son fauteuil en croisant les jambes.

— Très bien, déclara-t-il en se résignant, alors je suppose que nous n'avons plus qu'à patienter en croisant les doigts.

*
* *

Capucine emprunta le couloir qui desservait les pièces du rez-de-chaussée du manoir, l'antique demeure familiale. Elle avait l'eau à la bouche. S'échappant de la cuisine, un délicieux fumet flottait dans l'air, évoquant des notes aromatiques de tomate, de céleri et de basilic, telle une gourmande invitation. Dans la cuisine vêtue de bois clair, Léonie Millêtre et sa sœur jumelle, Octavie, s'affairaient derrière les fourneaux.

— Ma chérie ! s'enthousiasma Léonie en apercevant la jeune femme. Comment vas-tu ?

— Très bien, répondit cette dernière en s'asseyant sur l'une des chaises du comptoir. Mais c'est plutôt moi qui devrais vous poser cette question. Comment s'est passé votre rendez-vous chez le médecin ?

— Nous nous portons comme un charme, rétorqua Octavie d'un ton guilleret. Il va encore falloir attendre avant de nous enterrer.

— Octavie ! la réprimanda Léonie en secouant la tête. Effectivement, tout va bien pour nous, ma chérie, poursuivit-elle avec un large sourire.

La veille, Capucine avait passé la soirée avec les jumelles et leur avait raconté dans le détail son beau séjour dans le fantastique vignoble de la Napa Valley. Elle en avait gardé des souvenirs mémorables, des images époustouflantes, de belles rencontres et des sensations prodigieuses qui lui avaient véritablement donné l'envie de devenir experte dans ce domaine. Elle connaissait le milieu du vin en général, notamment en raison du fait qu'elle avait été élevée par ses grands-parents lorsque ses parents étaient décédés. Et même avant leur tragique accident, elle gardait de nombreux souvenirs de vacances qui s'y rapportaient. Elle avait, pour ainsi dire, toujours baigné dedans. Étrangement, elle ne s'y était pourtant jamais véritablement intéressée, ni n'avait considéré le travail à la vigne comme une possibilité de carrière. Pour elle, le vin était son patrimoine et ses racines, sans qu'elle se doute qu'elle souhaiterait un jour ajouter sa propre pierre à l'édifice. Et voilà que, contre toute attente, elle en avait à présent l'opportunité. Une toute nouvelle vie se déployait devant elle et elle était impatiente de faire ses preuves.

— Peux-tu mettre le couvert sur la table du salon, s'il te plaît ? demanda Léonie. Nous avons deux invités ce soir.

À son sourire en coin, Capucine devina immédiatement l'identité des deux personnages et fila mener sa tâche à exécution. Lorsqu'elle reparut dans la cuisine, quelques minutes plus tard, elle avisa la petite enveloppe rouge qu'elle n'avait pas pris le temps d'ouvrir le matin, dans la précipitation de son départ. Intriguée, elle s'en saisit et décacheta le pli. La lettre était écrite à la main sur une feuille de papier couleur crème. Elle lut le message qui lui était destiné avec curiosité. Il s'agissait d'une invitation.

Chère mademoiselle Millêtre,

Votre arrivée au sein des talentueux vignerons de notre région a été récemment portée à notre attention. À ce titre, nous souhaiterions vous inviter à participer à l'assemblée exceptionnelle de la Confrérie des vins du Sud-Gironde, où nous vous avons réservé une place de choix.

En tant que président de cette belle confrérie, je serais ravi de vous présenter aux membres de notre congrégation.

Au plaisir de vous avoir parmi nous le samedi 8 septembre à partir de 14 heures au domaine de Montclair.

Bien amicalement,

Louison Jacquemonde.

Capucine resta un instant dubitative, puis relut la lettre à haute voix.

— Je ne connaissais pas l'existence de cette confrérie, s'étonna-t-elle. Ce n'est pas une secte, au moins ?

Léonie se mit à rigoler.

— Non ! Ton grand-père Clément en faisait partie il y a longtemps. Gabriel en a aussi été membre, il me semble, mais il a décidé d'arrêter. Je crois qu'il y avait un peu trop de vieilles personnes à son goût.

Le carillon de la sonnette retentit, interrompant leur conversation.

— Je vais ouvrir ! s'exclama Capucine en se ruant vers la porte d'entrée.

— Pas si vite ! gronda Octavie derrière elle.

*
* *

1909

À la mort de Lucien, Clarisse continua à vivre dans son grand château délabré, seule et recluse, rêvant, pour toute vengeance, de déshériter son fils indigne. Elle ne s'y abaissa pourtant jamais, ce qui ne l'empêcha pas de lui interdire l'accès au château. Elle décréta donc que, de son vivant, aucun membre de sa famille de dégénérés n'y mettrait un pied. Elle s'en était fait la promesse.

Durant ces années-là, il arriva évidemment qu'Antonin, Adèle ou leurs deux enfants, Léon et Alice, croisent la vieille Clarisse au détour d'une rue du village ou à l'église. Elle se raidissait alors de manière spectaculaire et laissait s'insinuer dans ses traits un rictus de mépris qui faisait plisser les commissures de ses lèvres en une étrange grimace pincée.

Antonin souffrait de cette situation en silence. Il était évident pour tout le monde qu'il souhaitait mettre un terme à ces idioties. Malgré tout, il respecta la volonté de sa mère et ne tenta jamais de renouer avec elle leurs liens brisés. Il ne connaissait que trop bien, pour l'avoir subi pendant toutes ses années d'enfance et d'adolescence, ce caractère implacable et inflexible qui était capable d'emporter le silence dans sa tombe. Il savait que tout effort était peine perdue et que, quoi qu'il se passe, elle ne fléchirait pas. Clarisse était ainsi faite, avec cette personnalité nourrie d'une trempe d'acier qui était à la fois son meilleur atout et son plus horrible défaut.

Pour Léon et Alice, il en allait autrement. Les deux enfants n'ayant pas connu leur grand-mère, Clarisse ne leur manquait pas. Elle n'était ainsi, pour eux, qu'une vieille femme effrayante qu'il fallait éviter lorsqu'ils la croisaient malencontreusement. Ils devinaient, pourtant, dans les pincements de lèvres de la vieille femme, le dégoût qu'ils lui inspiraient et en étaient peinés. Alice plus que Léon car, en petite demoiselle qu'elle était, elle rêvait sa vie comme dans les contes de fées. Dans son esprit, posséder une grand-mère marâtre ou sorcière qui vivait dans un château hanté était, tel un cadeau inespéré, la promesse d'aventures extraordinaires.

En définitive, dans la famille, seule Adèle n'était pas gênée par le comportement de Clarisse. Elle en était même soulagée. Avoir une telle belle-mère aurait été un cauchemar. En se mettant elle-même de côté et en les laissant vivre paisiblement, Clarisse lui avait grandement facilité la tâche. La tristesse de son mari venait, un peu, ternir l'éclat de cette paix toute relative. Cependant, les choses étaient mieux ainsi, du moins le pensait-elle sincèrement en son for intérieur.

*

* *

La porte de chêne s'ouvrit, laissant apparaître Harold Chevalier dans son fauteuil roulant. Tout fringant, il était vêtu d'un complet de tweed fraîchement repassé et sentait bon l'eau de Cologne. Aux commandes de son nouveau bolide, son petit-fils Émilien arborait également une tenue élégante, composée d'une chemise blanche qui rehaussait la blondeur de ses cheveux et les traits poupins de son visage. Quant au vieil homme, les quelques cheveux survivants impeccablement lustrés en arrière sur son crâne rond, il accompagnait son sourire béat d'un énorme bouquet de fleurs. Harold pénétra dans l'entrée du manoir avec bonne humeur. Après avoir recueilli les bises de Capucine, il fit un mouvement leste du poignet en direction d'Émilien, impatient de saluer les jumelles et en particulier sa chère Octavie.

Le policier, amusé, continua son rôle de chauffeur et poussa le fauteuil jusqu'à la cuisine. Harold, âgé de quatre-vingt-quinze ans, ne présentait aucune blessure particulière, mais une chute au début de l'année l'avait affaibli et il éprouvait, depuis, des difficultés à se tenir debout trop longtemps. Émilien lui avait alors proposé de recourir au fauteuil roulant, du moins de temps en temps afin qu'il puisse économiser ses forces avec sagesse et prévenir d'autres chutes éventuelles. À quelques pas de la porte de la cuisine, il fit stopper net son carrosse et, se levant tranquillement, accomplit les quelques pas qui lui restaient avant de pénétrer à l'intérieur de la pièce.

— Quel délice ! l'entendit-on claironner à la cantonade. Léonie, ma chère, vous faites toujours des merveilles gustatives !

Capucine et Émilien se firent la bise et les rejoignirent. La situation, déjà, ne manquait pas de faire sourire.

— Non, non, voyons, vous n'allez pas amener des fleurs tous les jours ! commençait à s'offusquer une Octavie rouge d'embarras.

Rechignant manifestement à accepter le beau bouquet de roses que lui tendait un Harold néanmoins radieux, elle finit par s'exécuter en levant les yeux au ciel.

— Ma douce Octavie, un seul bouquet de fleurs par jour, pour vous, c'est encore trop peu, lui susurra Harold de son ton le plus coquet.

Capucine se retint d'éclater de rire alors qu'Octavie pinçait les lèvres.

— Arrêtez donc vos simagrées, mon cher, rétorqua-t-elle d'un ton de réprimande qui manquait cependant de sévérité.

Capucine nota que l'acidité et la verve habituellement présentes dans les paroles de la vieille femme s'étaient comme mystérieusement envolées. Relevant la tête dans un port qu'elle souhaitait plein de dignité, Octavie, le bouquet dans les bras, sortit de la cuisine et se dirigea vers le salon. Ils lui emboîtèrent tous le pas. Alors qu'elle pénétrait à son tour dans la pièce, Capucine ne put réprimer un cri de surprise. Sur l'imposant buffet positionné le long d'un des murs trônaient déjà cinq vases remplis de bouquets de fleurs multicolores, tous plus beaux les uns que les autres. Comment avait-elle pu, tout à l'heure, ne pas les remarquer, lorsqu'elle avait dressé la table ? L'incident dans les vignes devait l'avoir préoccupée plus qu'elle ne le croyait. Se penchant légèrement en avant, Octavie ouvrit l'un des battants du meuble et en extirpa un énième vase.

— Il s'agit du dernier, lança-t-elle à l'adresse d'Harold. Vous allez devoir arrêter de m'offrir des fleurs.

— C'est entendu, acquiesça ce dernier, en envoyant un clin d'œil à Capucine et en s'installant tranquillement sur l'une des chaises placées autour de la table. La prochaine fois, ma douce, je vous apporterai également un vase.

Octavie se raidit et releva la tête, la mine pincée, ce qui suscita un éclat de rire général.

— Allons, ne soyez donc pas incorrigible, protesta-t-elle faiblement. Je n'aime même pas les fleurs !

— À table, intervint Léonie, en déposant au centre de la tablée un grand plat composé de hors-d'œuvre.

Comme Harold l'avait prédit à son arrivée, le dîner fut un pur délice. Tous autour de la table conversaient avec joie. On évoqua le voyage de Capucine et d'Augustin en Californie, ainsi que les dernières enquêtes d'Émilien et sa relation tout en tension avec la belle et perfide Victoire de La Fontaine. Capucine en profita pour raconter l'attaque des vignes au Loup des Bois, ce qui inquiéta Léonie et mit grandement en colère Octavie.

— Mais quel malotru s'est-il donc permis d'agir de la sorte ? s'emporta cette dernière, reprenant son air outragé des grands jours.

Capucine haussa les épaules en signe d'impuissance.

— Nous n'en avons aucune idée, soupira-t-elle.

— Eh bien, dépêchez-vous de savoir pour l'empêcher de sévir à nouveau !

— Pour l'instant, il s'agit d'un cas isolé, nous attendons de voir si cela se reproduit.

— Pardi ! rétorqua l'aïeule courroucée. Devant tant de représailles, je vois mal pourquoi il s'en priverait ! Vous n'avez pas décidé de lui laisser un bol de lait et des biscuits aussi, pendant que vous y êtes ?

— Il nous faut des preuves avant de lancer des représailles, plaida Capucine. Or, pour l'instant, nous n'avons pas l'ombre d'un indice. Augustin est persuadé que c'est David, mais franchement j'en doute.

Pour une fois, Octavie se tut, semblant réfléchir sérieusement à cette éventualité.

— Dans tous les cas, poursuivit-elle au bout de quelques instants, il vous faut connaître l'identité de ce gredin, et au plus vite.

— Oui, mon commandant, répondit Capucine, amenant le sourire autour de la table.

Piquée au vif, Octavie ébaucha une grimace de mécontentement.

— À moins qu'il ne s'agisse encore de la malédiction du château de l'Ange, persifla-t-elle entre ses dents.

Capucine haussa les sourcils.

— Quel château de l'Ange ?

— Celui qui trône en plein milieu de la vigne du même nom, rétorqua l'aïeule.

— Tu veux parler du château Noir ? s'enquit-elle.

— Bien évidemment, petite sotte ! la rabroua Octavie, l'air satisfait. De quel autre château pourrais-je parler ?

Les joues roses et les yeux assombris par l'agacement, Capucine renchérit :

— Je ne savais pas qu'on l'appelait le château de l'Ange, rétorqua-t-elle d'une voix pincée. Pour nous, il a toujours été le château Noir. De quelle malédiction tu parles ?

Léonie se racla la gorge.

— Ne fais pas attention à ces bêtises, ma chérie. Harold, vous reprendrez bien une part de tarte ?

La soirée s'éternisa jusqu'à minuit, les laissant profiter de retrouvailles chaleureuses, ces instants précieux enveloppés d'un voile d'éternité. Lorsque l'horloge comtoise sonna les douze coups de minuit, Capucine raccompagna ses hôtes à la porte d'entrée. L'air de la nuit s'était rafraîchi et elle leur souhaita une bonne nuit, tout en souriant devant le spectacle qu'offrait Harold. Dès le seuil franchi, le vieil homme avait sauté dans son fauteuil roulant, laissant le soin à Émilien de lui faire descendre les marches du perron. Bien que son petit-fils ait la constitution d'un colosse, il dut s'y reprendre à trois fois afin de ne pas faire trop cahoter leur grand-père.

Alors qu'ils repartaient sur le chemin en direction de la Chevrolet noire, celui-ci se retourna et agita la main en signe d'au revoir.

— Si jamais vous rencontrez encore des problèmes à la vigne, avertis-moi, lança-t-il.

Capucine sourit, hocha la tête et secoua la main à son tour. Le firmament d'un bleu sombre et profond scintillait d'une pluie d'étoiles. Le moteur vrombit et la voiture s'éloigna sur le chemin de gravier. Elle bifurqua au bout de l'allée et, dans un long rugissement, s'évanouit au cœur de la nuit.

*

* *

Le sommeil fut de courte durée et, lorsque le réveil indiqua 6 heures, la sonnerie de son téléphone laissa se répandre un chant d'oiseaux mélodieux. Dans la chambre tapissée de bandes nacre et argent, au premier étage du manoir, Capucine se frotta les yeux et s'étira longuement. Elle ne devait pas traîner. La veille, Augustin et elle avaient décidé de se rejoindre à 6 h 30 au Loup des Bois afin de partir en reconnaissance dans les vignes. Après s'être accordé cinq minutes supplémentaires de repos, elle réussit à s'extirper de dessous la couette sous le regard irrité de Cléopâtre, sa jeune chatte de trois ans, qui continuait à se prélasser dans le lit. La féline bâilla à s'en décrocher la mâchoire puis, constatant que ses services n'étaient pas requis, replongea la tête sur ses pattes.

« Ah ! La vie de chat… » songea Capucine en enfilant un jean propre, un débardeur et un pull assorti.

Lorsqu'elle pénétra dans la cuisine dix minutes plus tard, l'air était déjà imprégné des effluves gourmands du petit déjeuner et dévoilait des arômes de café et de pain grillé. Léonie et Octavie étaient déjà levées et pimpantes à souhait. Après avoir dégusté plusieurs tartines, Capucine, déjà en retard, se dépêcha de rejoindre son cousin, qui trépignait d'impatience dans son bureau au chai du Loup.

— Enfin ! s'exclama-t-il, dès qu'il l'aperçut, en se ruant aussitôt vers l'extérieur.

Une à une, ils visitèrent chacune de leurs parcelles. Une belle promenade matinale au cœur du vignoble, qui fut l'occasion pour Capucine de se remémorer l'intégralité de leur domaine, évaluant du même coup les localisations, les atouts et les faiblesses de chaque lot. Leurs pieds crissaient sur le sol le long des rangs, tandis que le soleil, délicatement, s'élevait dans un ciel teinté de rosé. Le spectacle d'une beauté à couper le souffle leur fit momentanément oublier la raison de leur visite. Quatre heures durant, ils examinèrent ainsi soigneusement toutes leurs vignes, les parcelles de Saint-Pierre-des-Bois, celles dites du Fossé, celles de l'Ange, celles du comte de Jade et même les plus éloignées, qui se trouvaient sur la commune de Saint-Maixant. Ils ne repérèrent pas la moindre anomalie et furent grandement rassurés. Le carnage de la parcelle de l'Ange devait s'apparenter, finalement, à une simple malchance.

Non sans un certain contentement, Capucine se retrouva de nouveau à quelques pas du château Noir. Elle l'observa avec un nouvel intérêt. Ainsi, le château mystérieux de son enfance s'appelait le château de l'Ange. Elle songea à la malédiction évoquée par Octavie. Il s'agissait certainement d'un élément de folklore local, repris et amplifié par l'aïeule et son esprit détraqué. Pourtant, cette information attisait sa curiosité. Quelle était donc l'histoire de ce lieu ? En remontant la parcelle, elle se promit de demander plus de renseignements aux jumelles.

— Au fait, s'enquit-elle auprès d'Augustin alors qu'ils s'installaient pour la dernière fois dans la voiture, tu as déjà entendu parler de la Confrérie des vins du Sud-Gironde ?

— La quoi ? lui répondit ce dernier d'un ton moqueur.

— La Confrérie des vins du Sud-Gironde, répéta-t-elle sciemment, en choisissant d'ignorer la provocation.

— La question, c'est plutôt comment, toi, tu en as entendu parler, répondit son cousin. Les confréries, ce sont des histoires de vieillards.

— J'ai reçu une invitation hier, répondit-elle en se renfrognant dans son siège.

Augustin éclata de rire.

— Celle-là, c'est la meilleure de l'année ! Et tu as l'intention d'y aller ?

*
* *

Les pneus de la voiture crissèrent sur les cailloux de l'esplanade et dépassèrent une voiture blanche garée sur le côté, juste devant la porte du chai. Une silhouette élégante en costume les attendait d'un air décontracté, nonchalamment adossée au mur de pierre.

— Qu'est-ce que c'est que ça, encore ? ronchonna Augustin.

— Tu pourrais essayer d'être un peu optimiste, protesta Capucine en ouvrant la portière.

L'homme se redressa aussitôt et s'avança vers eux d'une démarche empruntée, un sourire plaqué sur son beau visage rasé de près.

— Monsieur Augustin Millêtre et mademoiselle Capucine Millêtre, je présume ? s'informa le visiteur d'un ton interrogatif.

— Vous êtes bien renseigné, approuva Augustin en hochant la tête, et vous-même ?

— Enchanté de faire votre connaissance, poursuivit l'inconnu, affable, en tendant sa main. Simon Lacroix, agent immobilier, spécialisé dans les propriétés vinicoles.

Ignorant l'offrande de la poignée de main, Augustin passa devant lui et poursuivit son chemin.

— Vous vous êtes déplacé pour rien, monsieur Lacroix, lança-t-il en ouvrant la porte du chai. Il n'y a rien à vendre ici.

Ne se départant pas de sa politesse et de son amabilité, Simon Lacroix se tourna vers Capucine, avançant de nouveau sa main. Embarrassée par le comportement d'Augustin, elle la saisit.

— Excusez l'attitude de mon cousin, déclara-t-elle. Cependant, il a raison sur le fait principal : nous n'avons rien à vendre.

— Néanmoins, mademoiselle Millêtre, puis-je vous faire part de quelques excellentes propositions qui pourraient vous faire revoir vos positions en la matière ?

— Non, nous vous remercions, mais, quelles que soient les propositions, nous ne sommes pas intéressés.

Simon Lacroix éclata d'un rire souple qui creusa deux jolies fossettes le long de ses joues. Ses cheveux blonds bouclés brillaient et ses grands yeux noisette pétillaient de malice.

— Je comprends, finit-il par répondre. Mais je ne m'avoue pas vaincu pour autant, je me permets de vous laisser ma carte, au cas où, poursuivit-il en plongeant sa main dans la poche intérieure de sa veste.

Il en sortit une carte de visite qu'il lui tendit. Épurée et élégante, elle laissait apparaître son nom en filigrane brillant. Capucine hocha la tête, la saisit et l'observa une seconde.

— Je vous souhaite une bonne journée, mademoiselle Millêtre. Je vous charge d'en faire la commission à votre cousin. Au revoir.

Capucine observa l'agent immobilier s'éloigner vers sa voiture. Puis, rangeant la carte dans la poche de son jean, elle pénétra à son tour dans le chai.

*

* *

1913

Clarisse était morte et la nouvelle avait mortifié tous les habitants de Saint-Pierre-des-Bois. Non pas le fait en lui-même, car la vieille dame était âgée de quatre-vingt-neuf ans et n'avait plus de relations sociales depuis longtemps, mais plutôt la découverte de sa mort elle-même.

En effet, l'absence de Clarisse avait mis trois semaines entières avant d'être découverte. Alertée par la boulangère, Françoise Laffitte, qui recevait d'ordinaire sa visite hebdomadaire, Adèle avait envoyé

Antonin au château. Son fils la retrouva sans vie, recroquevillée sous ses draps. Cette femme si grande, si dure et si austère était réduite à l'aspect d'un fin avorton. La vision en elle-même l'avait bouleversé. Et que dire de la demeure ?

Lui qui avait tellement souffert de ne plus pouvoir rendre visite à sa chère maison d'enfance fut choqué par l'état de saleté, de délabrement et de pestilence des lieux. Toute l'aura sacrée de ses souvenirs s'évanouit en cette brève occasion et quelque chose, ce jour-là, se brisa définitivement en lui.

Quelques jours plus tard, lorsqu'il assista à la lecture du testament maternel, il éprouva une vague de soulagement momentané, car il ne voulait plus jamais y remettre les pieds et n'y serait obligé par aucune volonté. Les rumeurs les plus extravagantes commencèrent à se répandre au cœur du village. Dans l'esprit populaire, le château de l'Ange devint le château Noir, un lieu frappé du sceau de la hantise, du malheur et de la mort, le symbole d'une malédiction qui touchait quiconque était trop fou ou trop inconscient pour s'en approcher.

Fui comme la peste, il fut considéré au fil des années comme un lieu qui obscurcissait le cœur et le jugement, un lieu détenteur même d'une force maléfique puissante et dont la seule présence pouvait détruire la vie de ses habitants et de leur descendance. Des années durant, les villageois craignirent le château, lui vouant une méfiance indéfectible. Ainsi naquit la légende funeste du château Noir.

*

* *

Une semaine entière s'était écoulée sans que les vignes aient rencontré une nouvelle attaque et, au Loup des Bois, on se sentait rassuré. Cyprien et Bertrand avaient définitivement nettoyé la parcelle qui avait subi de lourdes pertes.

— Au moins, déclara Cyprien en voulant détendre l'atmosphère, les vendanges n'épuiseront personne dans ce coin-là.

Augustin avait ri jaune. Il avait toujours en travers de la gorge l'incident et aurait donné cher pour trouver la preuve de la culpabilité de David.

Le samedi 8 septembre se profila à l'horizon comme un jour d'été indien, chaud, chargé en effluves doux et sucrés de la nature. Assise à l'ombre de l'un des citronniers du jardin du manoir, Capucine lisait, transportée par une brise légère qui effleurait agréablement sa peau. Le son du clocher de l'église du village résonna dans le lointain, indiquant 1 heure de l'après-midi. Elle releva la tête et inspira profondément la senteur encore estivale de l'air. Il était temps d'aller se préparer pour son rendez-vous avec la confrérie.

Après avoir essuyé le refus d'Augustin, à qui elle avait proposé de l'accompagner et qui n'avait aucune envie de s'afficher dans ce repaire de vieux poivrots, comme il l'appelait, Capucine avait pris le parti de satisfaire sa curiosité et d'accepter l'invitation. Il ne s'agissait après tout que d'une visite de courtoisie sans engagement.

Une heure plus tard, la Twingo violette s'engagea au pas sur un long chemin de terre qui conduisait tout droit au domaine de Montclair. Imposante bâtisse au vaste parc ombragé, le domaine appartenait depuis une vingtaine d'années à la commune, qui n'hésitait pas à y organiser tous ses événements prestigieux. Louison Jacquemonde, président de la confrérie et accessoirement beau-frère du maire, Yves Argenteuil, y dirigeait avec joie toutes les assemblées de son organisation régionale. Au bout de l'allée, face à la prestigieuse demeure, une rangée de voitures soigneusement garées indiquait que les invités étaient déjà, pour la plupart, arrivés. Capucine se gara à la suite de la file et coupa le moteur. Depuis l'habitacle, elle prit le temps d'observer la scène à la dérobée. Au rez-de-chaussée, une large porte-fenêtre ouverte en grand laissait entrevoir des silhouettes drapées dans d'amples robes d'un rouge bordeaux prononcé.

« Dans quoi ai-je mis les pieds ? » songea-t-elle.

Elle hésita un instant. Devait-elle rebrousser chemin ? Il en était encore temps. Mais elle n'était tout de même pas venue jusqu'ici pour repartir directement. Refoulant l'accès de timidité qui s'emparait d'elle, elle se décida à sortir de la voiture et s'avança en direction de l'entrée. Elle marqua un temps d'arrêt dans l'embrasure de la porte. La robe beige fleurie qu'elle avait choisie lui semblait étonnamment incongrue noyée dans cette assemblée flottante aux couleurs de vin rouge. Une immense pièce toute de parquet clair et de murs chamarrés se déployait sous ses yeux. Un lieu parfait pour organiser un bal ou un mariage, se fit-elle la réflexion au moment où une petite femme replète s'élançait vers elle depuis le fond de la salle.

— Bonjour, bonjour ! s'exclama la nouvelle venue en saisissant Capucine par le bras. Mademoiselle

Millêtre, je présume ? s'enquit-elle tout en poussant gentiment Capucine plus en avant dans la pièce. Odette Jacquemonde, la femme de notre cher président, se présenta la petite femme ronde et joviale. Nous sommes véritablement ravis de vous avoir parmi nous. C'est un grand plaisir pour nous de vous accueillir. Mais attendez un peu que je vous présente mon mari. Louison ? Louison, trésor ? Voici Capucine Millêtre.

Une imposante silhouette se dressa alors devant elle. Louison Jacquemonde arborait un regard sombre et chaleureux. Ils échangèrent une poignée de main ferme, qui lui emprisonna les doigts comme à l'intérieur d'un étau.

— Quelle chance, mademoiselle, que vous soyez ici ! déclara-t-il à son tour. Laissez-moi vous faire une petite visite.

S'ensuivit une demi-heure virevoltante d'une danse étrange au bras d'un Louison Jacquemonde particulièrement enjoué. Capucine tourna en tous sens, au gré des visages et des noms qui défilèrent, sans qu'elle réussisse à en fixer un seul dans sa mémoire.

*

* *

1918

Antonin mourut à la guerre, quelque part sur le front des Balkans, loin de sa famille. Ce fut le jeune Léon, alors âgé de dix-neuf ans, qui emmena sa mère et sa sœur à Marseille, où ils récupérèrent ce qui restait du corps. Malgré leur profonde tristesse, ils ne laissèrent pas leur chagrin s'exprimer. Non qu'ils ne fussent pas profondément affectés par cette perte, mais leur tragédie faisait écho à celle de milliers d'autres et semblait les déposséder du droit de pleurer.

Quelques mois plus tard, Adèle mourut à son tour. Peut-être justement de cette rétention de larmes qui avait fini par noyer son cœur. La maison d'Antonin et d'Adèle fut simplement divisée en deux parts égales entre Léon et Alice.

Le cas de l'héritage d'Antonin, au contraire, constitua une question plus ardue. Il fallut en référer aux dernières volontés de la vieille Clarisse qui avait, elle aussi, envisagé un partage entre ses deux petits-enfants. En tant qu'aîné et vigneron, Léon héritait des vignes, et Alice, de trois ans sa cadette, du château de l'Ange. Instinctivement, ils se récrièrent. Cette répartition était ridicule et caduque. Tout le monde savait bien que le château était maudit. Léguer le château à Alice, c'était ne rien lui léguer du tout, hormis la désolation, le malheur et la malédiction. Le notaire fronça les sourcils et haussa les épaules. La division des biens était ce qu'elle était et il n'y pouvait rien changer. Léon s'emporta, tout nerveux qu'il était, menaçant de brûler cette horrible demeure.

— Faites, faites, ricana le notaire. Votre sœur héritera alors d'un tas de cendres.

Il fallut à Alice tout son talent de persuasion pour empêcher Léon d'abattre sa colère sur le clerc irrespectueux. Ils furent bons pour repartir bredouilles et les volontés de Clarisse furent respectées à la lettre.

*
* *

De ce début d'après-midi étourdissant au domaine de Montclair, Capucine ne garda pas de souvenirs précis, mais plutôt une impression de tourbillon au cœur duquel des vagues de sensations fugaces venaient la frapper par moments. Jamais encore elle n'avait fait connaissance avec autant de personnes différentes en un laps de temps aussi restreint, et sa tête avait fini par se mettre à bourdonner.

À l'exception d'Odette et de Louison Jacquemonde, seul le visage d'une grande femme à l'expression dramatique prénommée Aurore avait réussi à s'imprimer dans son cerveau. Âgée de la soixantaine bien sonnante, cette dernière arborait avec une classe surannée un chignon digne des plus hautes écoles de coiffure. Si ce ne fut le passage éclair du maire de Saint-Pierre-des-Bois, Yves Argenteuil, aucune autre personne ne lui était familière.

Après deux heures de conversations fastidieuses, Capucine commençait sérieusement à trouver le temps long et cherchait une occasion pour s'éclipser. Hélas, les membres de la confrérie, intarissables, se relayaient astucieusement pour lui tenir compagnie. Elle se trouvait ainsi au beau milieu d'une discussion relativement assommante avec trois anciens représentants de la viticulture au teint rubicond, lorsqu'une personne se matérialisa miraculeusement à sa rescousse. Une jeune femme élancée, que Capucine jugea proche de la trentaine, interrompit poliment la conversation.

Particulièrement jolie, elle disposait d'un visage harmonieux à la pointe légèrement allongée, d'un front haut, d'un nez franc et d'une bouche pleine. Ses longs cheveux d'un noir de jais brillaient de manière presque aussi éclatante que son sourire rieur.

Saisissant au vol le bras de Capucine, elle s'adressa gaiement aux trois compères :

— Permettez, messieurs, mais je dois emprunter Mlle Millêtre quelques instants, car j'ai une ou deux questions à lui poser.

Capucine, quoique soulagée, n'en fut pas moins surprise, se demandant qui était cette sauveuse inespérée. Les yeux noirs pétillants l'engagèrent à entrer dans le jeu et c'est avec une belle adresse qu'elle remercia ses interlocuteurs pour leur conversation extrêmement intéressante. En s'éloignant d'un pas vif, mais mesuré, aux côtés de sa nouvelle alliée, elle se demanda si elle n'avait pas un peu trop exagéré en ajoutant l'adverbe. À présent qu'elle était tirée des griffes des vignerons, cela n'avait cependant plus d'importance.

Les deux jeunes femmes sortirent de la salle de réception et s'engagèrent le long de l'allée, réinvestie pour l'occasion en parking. Elles longèrent les véhicules, puis contournèrent la bâtisse en poursuivant leur chemin le long d'un sentier qui donnait sur une immense pelouse impeccablement entretenue. Elles traversèrent l'étendue verdoyante et bifurquèrent vers une petite butte à l'écart du parc, sur laquelle trônait une folie blanche qui surplombait le lieu avec grâce. La jeune femme s'arrêta devant l'édifice à l'allure romanesque et invita Capucine à prendre place sur l'un des bancs circulaires qui jalonnaient l'intérieur de la construction.

— Nous serons plus tranquilles ici que dans cette salle surpeuplée, dit-elle avec une pointe d'espièglerie. Pardonne-moi si tu souhaitais y rester, mais je t'ai observée pendant un petit moment et j'ai cru que tu allais piquer du nez...

Capucine éclata de rire.

— Tu as raison, la chaleur m'assommait un peu, répondit-elle, en repensant au discours particulièrement soporifique des trois vignerons.

— Oui, la chaleur, acquiesça son interlocutrice, d'un air entendu.

Leurs regards se croisèrent et elles rirent de bon cœur.

— Au fait, ajouta la belle brune. Je m'appelle Sophia.

*

* *

1918

Depuis la mort de leurs parents, la relation entre Léon et Alice s'effilochait. Alors qu'ils n'avaient jusqu'alors souffert d'aucune avarie, leurs rapports s'envenimaient petit à petit, au plus grand regret de Pierre, le meilleur ami de Léon et amoureux secret d'Alice. Si aucun des deux ne voulait avouer la nature exacte de ce rafraîchissement, tous savaient que l'héritage en était la cause. L'héritage s'était transformé en une sorte de venin qui s'ingéniait à empoisonner leurs liens. L'attachement qu'ils ressentaient l'un pour l'autre perdurait cependant. Et il sembla, un temps, que les choses se calmeraient.

C'était compter sans la rumeur populaire qui enflait, faisant reprendre du service aux légendes de malédiction. À la moindre de ses visites au village, Alice se voyait suppliée de réduire l'objet de l'outrage en cendres afin de conjurer le mauvais sort. Tous les villageois étaient en effet d'accord sur un point : seul le feu pourrait réduire à néant le Malin qui séjournait au château. Et plus les villageois insistaient, plus Alice s'agaçait. En dépit des avertissements, elle changeait peu à peu d'opinion. L'aversion qu'elle éprouvait envers le château se transformait en un sentiment de révolte. Qui avait le droit, après tout, de la déposséder de son héritage ? Elle se remémorait l'attirance qu'elle ressentait pour lui durant son enfance, sa tristesse à l'idée de ne jamais pouvoir y pénétrer. Voilà qu'après toutes ces années son austère grand-mère lui en donnait enfin le droit aussi bien que l'occasion. Une volonté nouvelle naissait en elle, se nourrissant et se renforçant chaque jour un peu plus. Un courage propre à affronter la peur de la malédiction.

Trois mois après sa visite chez le notaire, Alice prit sa décision : elle devait rendre visite au château. Ne serait-ce qu'une seule fois. Ne serait-ce que quelques secondes. Ensuite, si elle souhaitait elle aussi le condamner, l'oublier et le reléguer à l'abandon, elle pourrait le faire l'esprit tranquille. Elle aurait essayé. Elle n'aurait aucun regret. Elle leur devait bien cela. À Clarisse et au château.

*

* *

De retour au manoir, Capucine demeurait pensive en songeant à cette première incursion dans le monde des confréries. Louison Jacquemonde et sa femme ne lui avaient pas caché leur volonté de la voir rejoindre leur communauté.

— La confrérie a une moyenne d'âge un peu trop élevée, avait concédé Louison sur le ton de la confidence. Il serait temps que nous ouvrions nos portes à la jeunesse qui vient courageusement reprendre le flambeau. Ah, le travail de la terre ! s'enthousiasma-t-il. Il n'y a rien de plus merveilleux, de plus porteur de sens que cette connexion avec la nature et avec ses propres racines. Vous êtes certainement d'accord avec moi. Et que dire de la vigne, du raisin et du vin ? Est-ce que vous connaissez un produit plus secret, plus mystérieux ou plus magique que le vin, mademoiselle Millêtre ?

Au cœur de cette assemblée cependant, seule Sophia lui avait laissé une forte impression. Bien qu'elle n'appartienne pas à la famille des vignerons proprement dite, la jeune femme avait rejoint les bancs de la confrérie en sa qualité de gérante d'un nouveau commerce de vin à Saint-Pierre-des-Bois.

Lors de leur aparté à l'intérieur de la folie du domaine, elles avaient pu apprendre à se connaître dans les grandes lignes et en avaient conçu une entente commune qui les avait poussées à s'échanger leurs numéros de téléphone. Peut-être était-ce le début d'une nouvelle amitié ? Capucine, ravie de cette rencontre, n'en espérait pas moins. Qui savait ce que l'avenir leur réservait ?

III

Le nectar de légende

Les jours suivants filèrent à grande vitesse dans un empressement désordonné. Le Loup des Bois se préparait aux vendanges qui allaient démarrer la semaine suivante. L'impatience emplissait l'air et la nervosité était palpable, principalement du côté d'Augustin. Il s'agissait de ses premières vendanges seul aux commandes des opérations. Malgré la présence rassurante de Cyprien et de Bertrand, tous deux experts dans leur domaine, il ressentait le lourd fardeau de la pression peser sur ses épaules.

Chaque jour, il visitait ses parcelles, humait l'air, se penchait au-dessus des grappes, admirant, jaugeant, goûtant les grains de raisin, à la recherche de la couleur idéale, de la texture adéquate et de la saveur parfaite. Capucine l'accompagnait, observant ses gestes et écoutant ses conseils.

— Pas avant la semaine prochaine, je pense, soupira-t-il en se relevant.

— Tu es sûr ? demanda-t-elle en étudiant d'un œil critique les grappes juteuses d'un violet profond.

— Peut-être un ou deux jours avant, mais il faut faire attention, il y a encore trop d'acidité, expliqua-t-il en croquant dans un énième grain.

Elle hocha la tête puis, relevant les yeux, contempla l'étendue des vignes, par-delà la parcelle des Fossés, celle qui se situait le plus en hauteur et qui dévalait les pentes à flanc de coteaux. Une douce brise faisait osciller une mer de feuilles, qui ondulait tendrement et murmurait dans le vent.

Une vibration dans sa poche la ramena à la réalité et elle sortit son téléphone. Elle sourit instantanément en apercevant le prénom de Sophia s'afficher sur l'écran.

— Sophia m'invite à venir dîner chez elle demain soir. Je peux venir accompagnée, ça te tente ?

Augustin fronça les sourcils.

— Elle est jolie ?

— Tintin ! gronda Capucine du même ton que celui que prenait Léonie pour réprimander son insupportable jumelle.

Les bras levés en l'air en signe de reddition, Augustin sourit, laissant apparaître deux charmantes fossettes.

— C'est bon, c'est bon, je plaisantais. Pourquoi pas, cela me changera un peu les idées !

Satisfaite, Capucine pivota et commença à remonter la parcelle. Augustin, les mains dans les poches, sifflotait tout en la suivant.

— Et sinon, tu n'as pas répondu à ma question.

Capucine soupira et, se retournant, répondit en souriant :

— Non, elle n'est pas jolie, elle est très jolie.

*

* *

Dans la Twingo qui les conduisait au centre du petit village de Saint-Pierre-des-Bois, Augustin râlait en tirant d'un geste machinal sur le col de la chemise blanche que Capucine lui avait fait enfiler à la dernière minute.

À deux pas de la boulangerie du village, une petite porte peinte en rouge portait gracieusement le numéro 4. Capucine et Augustin s'avancèrent dans les rayons chaleureux et déclinants de la fin de journée. À peine avaient-ils posé le pied sur le trottoir que la porte s'ouvrit sur le visage radieux de la belle brune. Elle les gratifia d'un large sourire de bienvenue et déclara, en les laissant passer :

— Entrez, entrez ! C'est au fond, à droite.

Capucine emprunta un long couloir et déboucha dans une pièce spacieuse à l'allure de patio, d'une luminosité extraordinaire. Au-dessus d'eux, une authentique verrière constituait le plafond. Augustin, tout sourire, semblait soudainement avoir retrouvé sa bonne humeur. Au centre de la pièce, une table déjà dressée laissait apercevoir cinq couverts.

— Nous attendons encore du monde ? s'enquit Capucine avec curiosité.

— Oui, répondit Sophia avec un sourire malicieux, mon frère Robin et l'un de ses nouveaux amis.

Elle abaissa le regard une seconde et sembla rougir, n'apercevant pas la grimace qu'esquissait Augustin.

— Mais asseyez-vous ! se reprit-elle aussitôt. Je vais vous servir un verre en attendant.

Un bruit de porte claquée résonna dans le lointain et une voix masculine retentit :

— Sophia ?

— Les voilà ! s'exclama-t-elle, les yeux pétillants.

Un jeune homme brun au teint hâlé et aux mêmes yeux étrangement noirs apparut alors dans la pièce. Athlétique, il était habillé d'une tenue simple et décontractée, composée d'un short de sport et d'un t-shirt, qui laissait apparaître une musculature attrayante. Il s'avança vers Capucine en lui adressant un sourire charmeur. Se sentant rougir de la tête aux pieds, cette dernière s'avança à son tour pour le saluer.

— Robin, enchanté, se présenta-t-il en lui lançant une œillade appuyée.

— Capucine, roucoula-t-elle, en espérant ne pas avoir viré à l'écarlate.

Robin continua de sourire, puis s'effaça et laissa la place à son successeur. Sous l'effet de la surprise, Capucine et Augustin restèrent interdits. David !

— C'est une blague ? grogna Augustin en s'emportant. Qu'est-ce que tu fais là ? s'enquìt-il en s'avançant vers David, d'un air menaçant.

Ce dernier, le regard d'un bleu toujours aussi perçant, ne répondit pas à la provocation.

— Bonsoir à toi aussi, Augustin.

— Oh ! Vous vous connaissez ? s'enquit Sophia d'une voix enjouée, comme si l'agressivité du ton d'Augustin lui avait échappé.

— Oui, répondit Capucine, en se raclant la gorge. Depuis l'enfance.

— Des amis d'enfance, ça par exemple, si on avait su ! s'exclama Robin. C'est incroyable !

Capucine se retourna vers lui, intriguée par le ton qu'il venait d'employer. Joueur, ce dernier en profita pour la gratifier d'un clin d'œil.

— Je ne suis pas coupable, déclara David sans préambule. Je suis désolé de ce qui est arrivé dans vos vignes, mais je n'y suis pour rien.

— Ben voyons, grogna Augustin. Et tu espères qu'on va te croire sur parole ? poursuivit-il, en ricanant. D'ailleurs, si ce n'est pas toi, comment es-tu au courant ?

— Tout le village en parle, répliqua David en le contournant pour s'avancer vers la table. J'espère simplement pour vous que le coupable ne recommencera pas.

— Quelle grandeur d'âme ! ironisa Augustin, rouge de colère. Si tu n'y mets plus les pieds, cela devrait aller.

— Vraiment, Tintin ? interrogea David en reprenant délibérément le surnom d'enfance de son ancien ami. Peux-tu m'expliquer dans quel but j'aurais fait cela ?

— Pour nous ruiner, tiens, nous détruire !

Les traits du visage de David restèrent impassibles, comme s'il s'attendait déjà à cette réponse. De l'autre côté de la pièce, Robin et Sophia observaient la scène en silence.

— Arrêtez maintenant, intervint Capucine, qui s'était rapprochée d'eux. Ce n'est ni l'endroit ni le moment de régler vos comptes.

Dix minutes plus tard, la tension était quelque peu redescendue. Après avoir attrapé Augustin par le bras et l'avoir forcé à s'asseoir sur l'une des chaises, Capucine avait tenté de rétablir tous les abords d'une conversation civilisée entre amis. Augustin, les mâchoires serrées, se contentait de dévisager David d'un air peu amène. Quant à celui-ci, il avait pris tout simplement le parti de l'ignorer, ce qui était, au vu des circonstances, la meilleure tactique.

Pendant ce temps, Sophia et Robin s'employaient à être des hôtes parfaits. Les effluves provenant de la cuisine indiquaient que Sophia leur avait concocté de bons petits plats. À la fin de l'apéritif, Robin se leva et disparut discrètement. Lorsqu'il revint, il portait avec lui une bouteille de vin rouge qu'il déposa nonchalamment sur la table.

— Ma sœur nous a préparé ses somptueuses lasagnes, déclara-t-il. Il nous fallait un vin de choix pour pouvoir les déguster.

Dans un mouvement commun, David et Augustin écarquillèrent les yeux et se jetèrent sur la bouteille, chacun la saisissant d'une main.

— Mais enfin, vous êtes fous ? s'emporta Capucine. Vous ne savez pas vous tenir, vous ressemblez à deux enfants de cinq ans ! gronda-t-elle.

Sophia et Robin échangèrent un regard complice et éclatèrent de rire.

— Dans le cas présent, il s'agit peut-être d'un comportement normal, répondit le jeune homme, un sourire énigmatique sur le visage.

Intriguée, Capucine s'avança à son tour vers la bouteille que tenaient toujours les deux hommes. Elle n'en crut d'abord pas ses yeux et s'approcha plus près. Non, ce n'était pas possible.

— Comment vous avez trouvé cette bouteille ? demanda-t-elle en se retournant vers Robin.

Il se contenta de sourire et, attrapant doucement la bouteille des mains des deux hommes, enfonça le tire-bouchon.

— Mais, mais… bredouilla Augustin, qui éprouvait des difficultés à sortir de sa stupeur. Qu'est-ce que tu fais, tu ne vas quand même pas l'ouvrir ?

Robin éclata de rire.

— Tu ne vas pas me faire croire que tu n'as pas envie de la goûter ?

— Bien sûr que si ! répondit l'autre, médusé. Mais une bouteille pareille, ça vaut une fortune.

— C'est un 2002, il y en a des plus chères, rétorqua Robin. Mais je t'accorde, en effet, qu'elle n'était pas donnée. Celle-ci vaut dans les trois cents euros.

Lentement, Robin remonta le bouchon le long du goulot de verre teinté. Un bruit sonore s'échappa pour indiquer le triomphe de l'ouverture et la promesse de la qualité.

— De toute façon, maintenant c'est trop tard, dit-il. Qui en veut ?

*

* *

1918

Le jour de la visite arriva. Alice n'en menait pas large. Le ventre noué et les tempes douloureuses, elle avait envie de reporter cette tentative. À une autre fois, un autre jour, une autre décennie peut-être aussi. Elle savait pourtant combien son attitude était ridicule. Elle n'avait aucune obligation, hormis celle qu'elle s'était elle-même fixée. À mesure que l'heure qu'elle avait choisie approchait, se délitaient en elle les bribes de courage.

Prenant une profonde respiration, elle tenta de reprendre ses esprits. Elle ne devait pas se laisser gagner par la panique. Elle avait organisé cette visite pendant près de trois semaines, cherchant une idée qui éloignerait Pierre et Léon afin d'avoir la voie libre. Elle les avait expédiés chez un cousin de Pierre qui avait besoin d'aide pour un déménagement à Marmande.

Devant le château, elle tremblait. Un pied après l'autre, elle se força à avancer. Le trousseau de clés que lui avait remis le notaire en comportait trois. Une clé pour l'entrée principale, une clé pour la porte de la cave et une clé pour la porte de derrière. Alice contourna le château, avisant l'aspect de chacune des entrées. Elle se décida enfin pour la porte de derrière, petite et simple. Comme la porte de sa maison. Un bref instant, ce choix la rassura.

Elle introduisit la clé dans la serrure et lentement la tourna dans le mécanisme. Une infime partie d'elle espérait qu'il soit grippé mais, même alors, elle aurait toujours une autre possibilité. Elle entendit le déclic et leva une main tremblante vers la poignée, qui s'abaissa. La porte s'ouvrit lentement, révélant une atmosphère assombrie, tandis qu'une odeur fauve de renfermé la giflait de plein fouet.

Avançant de quelques pas, elle pénétra à l'intérieur du château.

— Mon Dieu ! murmura-t-elle.

*

* *

Une heure plus tard, la dégustation avait eu raison de l'animosité ambiante. Les cinq convives se reposaient avec les dernières gouttes du fabuleux nectar dans leurs verres. Si le repas avait été délicieux dans son intégralité, la bouteille de vin avait égoïstement tout éclipsé. Elle se tenait désormais, vide, avec son étiquette sibylline où ne se percevaient que des lettres tracées dans une écriture manuscrite penchée, enroulées les unes aux autres pour créer l'appellation sacrée : « La Vigne des Mystères ». Renommé dans la région entière, ce vin délicieux était une énigme. Apparu en 1950, uniquement identifié par cette étiquette impénétrable, nul ne savait quel château en était le propriétaire.

Par la magie de son nez, la richesse de ses tanins et la gouleyante et soyeuse onctuosité de sa bouche, il n'y avait aucun doute sur le terroir qui l'avait engendré. Ce vin était une production de la région. Cependant, il avait un arôme et une subtile pointe d'un ingrédient secret qui le rendait aussi impénétrable qu'exceptionnel.

À l'époque de son apparition et durant de nombreuses années, la quête de la vigne des Mystères s'était effectuée comme un véritable sport régional. Tous les habitants, des vignerons les plus chevronnés aux amateurs les moins expérimentés, se lançaient dans une course à travers les vignobles et les châteaux, à la recherche de la source du nectar. En vain. La vigne des Mystères avait continué à rendre fou ses admirateurs.

Au fil des ans, la bouteille avait pris une valeur considérable. À présent, elle se vendait comme un produit de luxe, une denrée rare que personne ne savait où trouver et qui apparaissait bien souvent, comme par magie, sur le marché noir.

Robin fit tournoyer le breuvage en délicates volutes dans son verre longiligne. Capucine ne pouvait s'empêcher d'admirer le beau jeune homme qui venait de leur faire découvrir le goût de ce cru légendaire.

— C'est extraordinaire, commenta-t-elle, les yeux toujours posés sur lui. Comment avez-vous fait pour vous le procurer ? Est-ce que vous sauriez qui en est l'auteur ?

Robin croisa son regard et sourit effrontément. Ses yeux d'un noir profond brillaient, envoûtants.

— Je rêverais pouvoir l'affirmer, répondit-il. Hélas, nous n'avons pas cette chance.

Il laissa le silence s'installer un instant afin de ménager son effet.

— Dans le cas présent, cette bouteille a été jalousement conservée par un vieil agriculteur qui est malheureusement mort avant d'avoir songé à l'ouvrir. Comme il n'avait pas de descendance, on nous a contactés pour estimer le stock de sa cave à vins. Nous avons fait quelques belles découvertes, mais aucune capable d'égaler celle-ci.

— Et vous l'avez ouverte pour la boire avec nous ? s'enquit Capucine, interloquée.

Sophia éclata de son beau rire cristallin.

— Ne sois pas aussi surprise. On s'est dit que, s'il y avait des personnes qui allaient l'apprécier, c'était bien vous.

Capucine sourit. Elle se sentait reconnaissante envers la gentillesse et la bienveillance de ses nouveaux amis.

— Eh bien, merci beaucoup en tout cas, je n'aurais jamais pensé en goûter de toute ma vie, reprit-elle.

— Tu l'as pourtant déjà fait, l'interrompit Augustin. Tu ne t'en souviens pas ?

Capucine fronça les sourcils.

— Non, répondit-elle. Je suis sûre que non.

— Oh que si, la contredit-il. Et je peux même te donner le lieu et la date. Au manoir, à Noël 1993. Papi avait réussi à s'en procurer une bouteille. Octavie avait hurlé tous les saints pendant une demi-heure. Bon, ce n'était certes pas tout à fait pareil, car on nous a juste fait déguster une goutte noyée dans de l'eau. On n'avait que huit ans à l'époque. Mais j'avais tellement insisté qu'ils nous en ont donné. Même si j'ai bien cru qu'Octavie allait s'étouffer devant tant de gâchis, comme elle disait.

Il se mit à rigoler à l'évocation du souvenir.

— Tu te souviens forcément.

Un coup de pied sous la table, lui heurta le tibia de plein fouet. D'un bond furieux, il se retourna vers David et s'apprêta à l'abreuver d'insultes lorsqu'il croisa son regard appuyé. Aussitôt, il se rappela que le Noël 1993 correspondait au premier que Capucine et sa petite sœur Melody avaient passé au manoir sans leurs parents. Il était en effet probable qu'elle ne s'en souvienne pas. Furieux contre lui-même pour l'oubli et pour le rappel à l'ordre de David, il grogna en se penchant en avant pour masser son tibia endolori.

— De toute façon, ça n'a aucune importance, rectifia-t-il en se raclant la gorge. La dégustation d'aujourd'hui était bien meilleure.

*

* *

Lorsqu'elle referma doucement la porte du manoir, peu après 2 heures du matin, Capucine se sentait envahie d'une douce légèreté. Le repas, qui n'avait pourtant pas débuté sous les meilleurs auspices, s'était finalement révélé très agréable. Sophia et Robin avaient été adorables et tout portait à croire que cette soirée marquait le début de belles histoires d'amitié.

Malgré tous ses efforts, ou peut-être précisément à cause d'eux, les marches de l'escalier du premier étage grincèrent affreusement dans le silence. Quelques instants plus tard, elle s'allongea enfin sous sa couette et tendit le bras en direction de Cléopâtre qui somnolait paisiblement. La féline ouvrit un œil et renifla le front de la nouvelle venue pour vérifier son identité, puis, apparemment satisfaite, elle s'étira et replia la patte sur sa tête, se recouvrant ainsi entièrement les yeux. Il était visiblement l'heure de dormir pour tout le monde.

IV

Sur le fil

— Qu'est-ce que c'est que ça ? rugit Augustin, les cheveux fous tressautant sur son crâne.

Interdite, Capucine contemplait la vigne de la parcelle du lieu-dit Espérance. Durant la nuit, un petit malin avait coupé les fils de fer qui la maintenait sur deux hectares entiers. Désormais, aussi loin que portait le regard, les rangs de vigne ployaient piteusement vers le sol, tels de longs serpents emmêlés. Certes, la vigne n'avait pas été saccagée et les grappes semblaient intactes, mais dans cette configuration on aurait bien du mal à faire avancer le tracteur pour vendanger.

Augustin, la tête cachée entre les paumes des mains, se balançait d'avant en arrière en grognant.

— Ce n'est pas possible ! répétait-il. Ce n'est pas possible !

Il releva la tête et, apercevant de nouveau le désastre, s'exclama, hors de lui :

— Ça va nous prendre la journée pour réparer !

Cyprien Maingeon, qui avait donné l'alerte, s'avança et répondit :

— Exact, alors autant s'y mettre tout de suite !

Le visage marqué par la rage, Augustin acquiesça en silence. Le mieux pour l'instant était de rester pragmatique.

— Allez, au travail ! rugit-il.

Ses prédictions se révélèrent exactes et, lorsque le soleil se coucha sur l'Espérance, ils avaient remis d'aplomb toute la vigne. Se massant les lombaires, Augustin goûta un énième raisin et hocha la tête.

— On commence les vendanges dans quatre jours, soupira-t-il.

Derrière lui, Capucine, exténuée, s'assit sur le sol argileux. Aucun des deux n'osait le dire, mais une même angoisse les étreignait. Car pour vendanger sans souci, il allait leur falloir tenir sans encombre jusqu'à mercredi. Après l'incident de la vigne de l'Ange, celui-ci leur apparaissait comme une mise en garde ou une piqûre de rappel. Un message ironique qui semblait signifier : « Ne rêvez pas, l'histoire n'est pas finie. »

En dépit de son caractère profondément ennuyeux, cette nouvelle attaque ressemblait davantage à une mauvaise farce qu'à une agression. Elle les mettait pourtant encore plus mal à l'aise que la précédente. Ils commençaient à comprendre le rôle qui leur était attribué au cœur de l'histoire insidieuse du chat et de la souris.

Capucine soupira.

— Tintin, et si…

— Non, l'interrompit son cousin. Il vaut mieux aviser au jour le jour. Inutile de faire des suppositions pour l'instant, OK ?

Capucine hocha la tête à contrecœur.

— Oui, acquiesça-t-elle néanmoins. Tu as raison. À chaque jour suffit sa peine.

*

* *

Dans la cuisine du manoir, l'air exhalait l'arôme gourmand d'une brioche maison tout juste sortie du four. Capucine était aux anges. Les yeux à demi clos en ce dimanche matin, elle avait été tirée du lit à 8 heures par l'odeur alléchante de la viennoiserie. La tête encore dans les nuages, elle se régalait de la pâtisserie moelleuse délicatement parfumée à la fleur d'oranger. Au loin, elle entendit claquer la porte du manoir.

— Capucine ? tonna aussitôt la voix excédée d'Augustin.

Il déboucha dans la cuisine, le visage rouge et l'air mécontent.

— Qu'est-ce qu'il se passe ici ? s'écria-t-il. Pourquoi le téléphone sonne toujours occupé ? Et toi, lança-t-il à l'adresse de Capucine, où est ton téléphone portable ?

La bouche encore emplie de brioche fondante, Capucine fit un signe du doigt en direction du plafond, pour indiquer sa chambre à l'étage de la maison.

Augustin fulminait.

— Je me demande si j'ai pensé à rebrancher la prise du téléphone hier, intervint alors Octavie d'un air pensif. Je l'ai débranchée hier après-midi après que cet affreux bonhomme nous a appelés deux fois de suite pour nous vendre des cercueils. Non mais vraiment, de nos jours, les gens n'ont plus aucun respect. Ils nous enterreraient vivants !

Augustin, s'efforçant de garder un semblant de calme, secoua la tête pour maintenir son attention sur la raison de sa visite, la seule qui importait.

— Cela a recommencé, grinça-t-il. Les fils de l'Espérance ont encore été coupés.

Capucine avala sa bouchée et soupira.

— Je vais appeler Émilien, répondit-elle.

*
* *

Émilien Chevalier avait inspecté toutes les vignes et recueilli la plainte. Un soleil aveuglant, digne des plus beaux jours d'été, inondait le ciel d'un bleu azur sans nuages et les faisait déjà transpirer en plein milieu de matinée.

— Il ne reste plus qu'à enregistrer la plainte, déclara-t-il. Mais je dois vous avouer que, pour l'instant, l'enquête ne se présente pas favorablement. Qui que ce soit, il n'a rien laissé derrière lui pour nous donner un indice.

Les mâchoires serrées, Augustin grondait tout en essuyant son front trempé de sueur.

— Super, on verra ça plus tard alors. En attendant, pose ton calepin et viens plutôt nous aider.

— S'il te plaît, précisa Capucine, à l'autre bout du rang.

— Oui, oui, ronchonna l'autre. S'il te plaît, et que ça saute !

Émilien sourit et remonta ses manches de chemise.

— Avec plaisir, répondit-il, mais pas plus d'une petite heure malheureusement. Je devrai retourner au poste ensuite.

Une nouvelle journée harassante s'écoula ainsi, les laissant sans force à la tombée de la nuit.

— Et maintenant ? demanda Capucine en regardant Augustin.

— Et maintenant, on prie, répondit ce dernier en fermant la porte du chai et en se traînant le long du sentier qui conduisait vers la maison du Loup.

*

* *

1918

Alice sortit du château en chancelant. Elle n'aurait su dire combien de temps elle y était restée. Une éternité lui semblait s'être écoulée. Elle inspira goulûment à pleins poumons. Elle avait cru s'asphyxier dans cette atmosphère confinée. Elle fit quelques pas puis s'affala par terre, à même le sol. Elle se sentait soudain tellement faible. Ses jambes flageolaient de manière inquiétante. Malgré tout, elle éprouvait de la fierté. Elle avait osé pénétrer dans l'antre interdit. Elle en avait arpenté toutes les pièces, à la va-vite certes, presque en courant, mais toutes. Suffisamment pour constater le désastre. À mi-parcours, à mesure que ses yeux s'écarquillaient d'horreur, elle avait pris conscience d'un fait qui l'avait un peu plus déstabilisée.

Aucune âme n'avait pénétré dans le château depuis qu'Antonin, son père, avait découvert Clarisse sur son lit de mort. Ce qui signifiait qu'elle avait vu le château exactement tel que sa terrifiante grand-mère l'avait laissé. Au loin, l'église fit carillonner ses cloches. Distraitement, les yeux clos et le visage enfoui entre ses bras croisés, Alice compta. Elle releva soudain la tête, désarmée. Sa visite n'avait pas duré plus de dix minutes. Un étourdissement la gagna et elle se retourna vers l'édifice, incrédule.

Comment allait-elle réussir à prendre soin de son héritage ?

*

* *

Le lundi matin, Augustin s'était levé aux aurores et précipité, lampe de poche au poing, au lieu-dit Espérance.

« Pitié, songeait-il en son for intérieur. Pitié. »

Il claqua la portière de la voiture et courut dans des vignes étrangères jusqu'à ce qu'il rejoigne sa parcelle. À mi-chemin, il s'arrêta, le souffle coupé, les larmes aux yeux et la gorge irritée. Puis il poursuivit de plus belle. Il tomba à genoux devant la première rangée, les mains levées vers un ciel qui commençait à peine à se teinter des couleurs pastel de la naissance du jour. Puis il s'effondra sur le sol, face contre terre. Il n'avait plus la force ni de bouger ni de se relever et ne s'en donna pas la peine.

Il fut trouvé une heure plus tard par Bertrand et Cyprien, qui ne furent pas trop de deux pour l'aider à se remettre debout.

— Chut, soufflait doucement Bertrand comme s'il berçait l'un de ses enfants. Ce n'est pas grave, on a encore le temps de tout remettre d'aplomb.

Augustin tremblait de tout son corps.

— Oui, finit-il par soupirer. Mais cette nuit, nous allons devoir veiller les vignes.

À 7 heures du matin, les quatre compères se relancèrent dans leur activité : dégager les fils cassés, attacher les nouveaux, redresser la vigne, tirer en ligne droite et attacher. Encore et toujours. Émilien, qui avait été alerté par Capucine, repassa faire un tour dans les vignes aux alentours de 8 heures et promit de demander des renforts pour une surveillance nocturne.

Après des heures de dur labeur, un éclat de voix leur parvint dans le lointain.

— Salut ! entendirent-ils claironner.

Toutes les têtes pointèrent au-dessus des rangs de vigne, curieuses. Au niveau de la rue, une silhouette masculine leur faisait des signes de la main.

— Qui est-ce ? s'enquit Augustin en plissant les yeux en direction de l'inconnu.

Capucine, la main en visière, attendit quelques instants jusqu'à ce que sa vision s'accommode, puis s'exclama :

— C'est Robin !

Marchant d'un pas alerte, le jeune homme les rejoignit rapidement.

— Qu'est-ce que tu fais là ? l'interrogea Augustin en lui serrant la main.

— Il paraît que vous avez besoin d'un coup de main, l'informa le beau brun. Je suis venu vous aider.

— Comment est-ce que tu es au courant ? poursuivit l'autre en jetant un regard suspicieux en direction de sa cousine.

Capucine, le rose aux joues, s'apprêta à protester lorsque Robin éclata de rire et répondit :

— Tu plaisantes ? Tu te rappelles qu'on habite dans un petit village ? Vos péripéties en ont déjà fait le tour.

— Et le magasin ? questionna cette fois-ci Capucine.

— Sophia peut le tenir toute seule une journée, dit-il. D'ailleurs, elle t'envoie tout son courage.

— Merci, c'est adorable, répondit Capucine, tout sourire.

— Oui, oui, c'est tout mignon, rétorqua Augustin. Allez, on s'y remet, poursuivit-il en se rapprochant de Robin et en lui donnant une accolade virile. Merci pour ton aide, on s'en souviendra.

*

* *

— AAAArrrrggggghhh !

Un long cri de frustration s'invita au cœur de son rêve. Se réveillant brutalement, Capucine avisa Augustin qui gesticulait au pied de son lit. Les traits grimaçants et les cheveux hirsutes, il faisait les cent pas en vociférant.

— Encore ? peina-t-elle à articuler en se redressant, l'esprit ensommeillé.

— Encore, gronda-t-il, le visage congestionné de fureur.

Capucine se frotta les yeux. Elle était restée aux côtés de son cousin à faire le guet dans les vignes de l'Espérance jusqu'à ce que Cyprien et Bertrand viennent les relayer à 3 heures du matin. Émilien, malgré ses efforts, n'avait pas réussi à convaincre son chef de la nécessité d'une équipe de prévention et s'était rendu lui-même sur place pour leur prêter main-forte. Elle avisa l'heure et constata qu'il était 7 heures.

— Les fils ont encore été coupés ?

— Mais non ! hurla si fort son cousin que sa voix dérailla dans les notes aiguës. La parcelle de l'Ange ! Elle a été rasée !

*
* *

1918

Lentement mais sûrement, Alice apprivoisait et domptait son appréhension. Désormais, elle était capable de se rendre au château sans se sentir mal. Chaque jour, elle lui rendait une petite visite, parfois éclair, parfois plus longue. Dès qu'elle pénétrait à l'intérieur, elle ouvrait en grand toutes les issues, laissant l'air circuler librement. Petit à petit, la pestilence régressait et l'obscurité rétrécissait.

Lorsqu'elle avait un haut-le-cœur, elle se précipitait vers les fenêtres et respirait goulûment l'air frais. En dépit de tous ces efforts d'aération, un parfum de fleurs mûres étouffant, à la limite du pourrissement, résistait et imprégnait le château en profondeur. Une odeur de funérailles.

Lorsqu'elle fut capable d'y rester une heure durant, elle commença le grand nettoyage. Jamais elle n'aurait cru voir autant d'abominations en un seul endroit. Le sol était maculé de déchets, les murs tartinés de sang et de déjections, qui prenaient parfois l'allure d'insultes infamantes. La lie des flux humains et animaux s'étaient unis pour la pire des associations. Alice, courageuse, concentrait ses efforts pièce par pièce, gâchis par gâchis, ne renonçant jamais. Sa belle entreprise perdura longtemps. Elle y passa des jours, des semaines, des mois.

*

* *

Le paysage était proche de la désolation et ressemblait à un monceau de terre réquisitionné pour la guerre. Cette fois-ci, aucun pied de vigne n'avait été épargné. Il ne restait rien qu'un vaste champ labouré. À peine arrivée sur les lieux, Capucine, stupéfaite, manqua défaillir. Soutenue par Bertrand, arrivé en renfort, elle se laissa choir sur le sol et s'assit à même la terre, ne parvenant pas à en croire ses yeux.

Une grande tristesse enflait lentement au creux de sa poitrine. Il y avait le saccage en lui-même, bien évidemment, mais plus que cela, il y avait la destruction d'une nature qui portait en elle l'âme éternelle des membres de sa famille. Dans ces vignes, Clément, son grand-père, avait travaillé toute sa vie. Tristan et Fantine, ses parents, avaient sans relâche aidé l'exploitation à chacune de ses vendanges. À travers la dégradation de ce sanctuaire vivant, c'était un peu comme s'ils mouraient une seconde fois.

Elle serra les mains, qui se remplirent de terre meuble. Une terre qui dégageait une étrange chaleur. Une vague sensation de réconfort l'envahit à ce contact. La terre, témoin muet de toutes les époques, restait imperturbable, toujours présente, toujours fidèle à elle-même. Elle releva les yeux et croisa le regard noir d'Augustin. Jamais encore elle ne lui avait vu une expression aussi enragée. Tout dans son être, de ses cheveux en bataille jusqu'à son maintien rigide, évoquait l'intensité de sa fureur. Toute cette colère qui grandissait à l'intérieur de lui semblait trop immense pour un seul être. Le visage rouge et boursouflé, presque méconnaissable, il s'élança soudain vers la route.

— Augustin ! souffla Capucine.

Mais elle comprit à sa démarche qu'elle ne pourrait pas l'arrêter.

*

* *

Une demi-heure plus tard, en haut du coteau, ses cris perçants résonnèrent. Capucine, Bertrand et Cyprien, qui venait juste de les rejoindre, se retournèrent dans un même mouvement. Augustin, les cheveux plus que jamais dressés sur la tête, dévalait la pente à perdre haleine. S'arrêtant par intervalles réguliers, il se retournait pour brandir un bras vers la parcelle éventrée.

— Là ! l'entendait-on vociférer. Là !

Derrière lui descendait David, suivi de près par ses parents, Étienne et Lucie Ducats. C'est au bord de l'hystérie, en effet, qu'Augustin avait déboulé dans la cour du château Rose-Ducats, hurlant comme un possédé contre les parois entremêlées de briques rouges et de pierres blanches.

— Viens voir si tu l'oses, David ! Viens voir ton œuvre !

Étienne, qui avait été le premier à entendre les hurlements fous, était sorti sur le perron. Devant un tel spectacle, il avait marqué l'arrêt, quelque peu décontenancé, puis avait reculé et refermé la porte un instant.

Lucie avait voulu appeler la police, mais David l'en avait dissuadée, expliquant à ses parents qu'Augustin le croyait responsable des saccages de la vigne. Ils étaient alors ressortis tous les trois devant un Augustin qui continuait à s'époumoner. Entre les cris de ce dernier, ils comprirent qu'un autre incident avait eu lieu et acceptèrent de le suivre pour constater le drame de leurs propres yeux.

Lorsqu'ils arrivèrent tout en bas du coteau, il était clair qu'Augustin, à force de crier, frôlait l'extinction de voix. David et son père s'approchèrent, se contentant de hocher la tête en direction des deux hommes et de Capucine. Lucie, un peu en retrait, observait la scène, le visage impénétrable et les bras croisés. Ses cheveux noirs relâchés sur ses épaules et son tablier rouge noué autour de la taille lui donnaient des airs de mamma italienne.

— Quelle misère, soupira Étienne, tandis que David se penchait pour ramasser entre ses mains un peu de terre, tout comme Capucine l'avait fait quelques minutes auparavant. Quelle misère !

*

* *

1924

Pierre se sentait fatigué. D'un naturel gai, sociable et pétillant, ce grand blond aux cheveux bouclés était d'une immense gentillesse, qui n'avait d'égale que son caractère distrait et étourdi. En pleine fleur de l'âge, il travaillait avec bonheur dans les vignes aux côtés de Léon. Il avait même réussi à épouser Alice, dont il avait toujours été épris. Tout se déroulait donc parfaitement dans le meilleur des mondes, surtout depuis la fin de la guerre. Cependant, Pierre, sous son grand rire franc et ses manières affables, se sentait fatigué. Non pas physiquement mais nerveusement, car il était lassé de servir de tampon dans les disputes de plus en plus violentes entre le frère et la sœur.

Depuis qu'Alice avait hérité du château, leurs rapports se délitaient entièrement. Et plus Alice rendait visite à son château, plus leur relation se détériorait. Lorsque Pierre y réfléchissait, il trouvait à cette tension une allure quelque peu surnaturelle, car Léon n'était jamais au courant des allées et venues d'Alice. Son agressivité envers sa sœur se décuplait cependant systématiquement à chaque fois qu'elle revenait du château. Comme s'il savait, quelque part au fond de lui-même.

Or la récente requête de sa femme lui laissait présager non seulement de nouveaux ennuis, mais le pire à venir. La veille, Alice lui avait annoncé, avec le plus grand naturel, son désir de s'installer au château. Pierre n'avait tout d'abord pas su comment réagir. Cette nouvelle l'avait tellement étonné qu'il en était resté comme deux ronds de flan, se contentant de la regarder d'un air hébété. Jamais, au grand jamais, il n'avait ne serait-ce qu'un seul instant imaginé devoir un jour faire face à cette éventualité.

Et que dire alors des rumeurs de malédiction qui agitaient le village comme au temps de son enfance ? À l'instar de nombre de ses voisins, Pierre regardait le sinistre château avec un mélange d'antipathie et d'effroi. Certes, en épousant Alice, il s'était lancé dans une longue campagne en vue de l'apprivoiser, mais apprivoiser de loin était différent de plonger à l'intérieur.

Devant ses réticences, Alice avait argumenté que cela ne pourrait malheureusement pas se faire avant au moins une année, le temps de restaurer les pièces principales. Pierre avait frissonné en l'entendant prononcer le mot « malheureusement ». Comment allait-il bien pouvoir annoncer cela à Léon ? Car si Pierre était conscient d'une chose, c'est qu'il ne devait pas laisser à Alice la primauté en la matière. Il lui faudrait, à lui, user de toutes ses qualités diplomatiques pour éviter que cette querelle ne fût la dernière. Et Pierre en était fatigué d'avance.

*
* *

— C'est la malédiction ! tonna Octavie en brandissant son doigt en l'air.

Léonie, de dos, s'occupait des fourneaux et, pour une fois, ne reprit pas sa sœur jumelle. Cette intervention silencieuse, certainement plus qu'aucune autre, interpella Capucine.

Augustin serra les poings, contractant ses mâchoires.

— Tu veux parler de celle que tu as jetée sur notre famille avec tes médisances et tes mensonges ? attaqua-t-il d'une voix éraillée.

Les jumelles tressaillirent et Octavie, la mine outragée, le dévisagea d'un regard noir.

— Quelle mouche t'a piqué, garnement ? rétorqua-t-elle de son ton aigre. Comme toujours, vous les jeunes, vous ne comprenez rien ! s'emporta-t-elle en faisant un grand geste théâtral avec le bras. Oh, malheureux que vous êtes ! La malédiction dont je parle est bien plus puissante et n'a rien à voir avec deux ou trois petits malentendus.

Le visage empourpré, Augustin se leva d'un bond et plaqua la chaise contre la table.

— Je suis certain que Félicien Ducats appréciera ta vision des choses, railla-t-il. Sur ce, j'ai d'autres choses à faire qu'entendre les foutaises d'une vieille illuminée !

Traversant la cuisine, il s'approcha de Léonie, lui déposa une bise sur la joue et pivota vers la porte qu'il ouvrit et referma avec fracas.

— Quel petit impertinent ! se récria Octavie, consternée, en le regardant passer devant les fenêtres afin de regagner le devant de la maison.

Ouvrant la bouche pour se lancer dans la suite de son monologue infernal, elle tourna la tête vers Capucine et resta coite. Cette dernière avait profité de la diversion de son cousin pour s'éclipser en douce. Face au silence inhabituel d'Octavie, Léonie se retourna. Avisant la grimace outrée de sa sœur et la pièce vide, elle éclata de rire.

— Eh bien, pour une fois, ils te laissent sans voix, plaisanta-t-elle avec bon cœur.

V

Les vendanges rouges

IL SURSAUTA D'UN BOND et ouvrit les yeux en grand. Il lui semblait qu'il venait à peine de poser la tête sur l'oreiller. Ce qui était en partie vrai. Augustin avait encore surveillé ses vignes jusqu'à 3 heures du matin. Hélas, la luminosité qui commençait faiblement à apparaître à travers le Velux ne pouvait faire autrement que de le ramener à la réalité de l'aube naissante. Le carillon de la sonnette retentit dans le lointain. Il se redressa d'un bond et avisa l'heure : 6 heures du matin à peine. Mais qui pouvait bien oser sonner chez lui à cette heure ? S'extirpant avec difficulté du lit chaleureux, il sortit de sa chambre en traînant les pieds. Située au deuxième étage, elle avait longtemps été un grenier jusqu'à ce qu'il la transforme en grand loft.

— J'arrive, grogna-t-il en descendant l'escalier qui le menait au rez-de-chaussée alors que la sonnette retentissait de nouveau.

Il agrippa la poignée de la porte d'entrée et ouvrit sans ménagement, se préparant à aboyer sur l'indésirable.

— Tu en as mis du temps ! l'apostropha Capucine.

Passant tranquillement devant lui, elle entra sans se faire prier. Abasourdi, Augustin referma la porte et se retourna vers l'apparition, mais sa cousine avait déjà filé. Des bruits de vaisselle lui indiquèrent qu'elle avait pris possession de la cuisine.

— Qu'est-ce que tu fais là ? s'insurgea Augustin en pénétrant à son tour dans la grande pièce décorée de tissu vichy à carreaux rouges et blancs.

— Tu as bien ordonné un réveil à 6 heures pétantes, non ? répliqua Capucine tout en versant de l'eau dans la bouilloire.

— Oui, la réprimanda aussitôt Augustin. Pour toi. Tu sais bien que je me prépare en deux minutes, tu m'as fait manquer au moins trente minutes de sommeil.

L'air furibond, il affichait une expression de mauvaise grâce, qui se détendit quelque peu lorsqu'il lorgna le torchon qui enrobait une brioche chaude dont le délicieux fumet commençait à parfumer la pièce. Quelques instants plus tard, la bouche remplie de la viennoiserie fondante, il en avait oublié toute velléité de remontrance.

— Quelle merveille ! s'extasiait-il pour la troisième fois.

— Merci, répondit Capucine, enchantée. J'ai suivi la recette de grand-mère à la lettre et je suis assez fière du résultat.

Augustin hocha la tête d'un air ravi. Aujourd'hui commençait leur première journée de vendange. Il aurait souhaité se sentir impatient et excité. Cependant, toutes les contrariétés auxquelles il avait dû faire face dernièrement ne lui faisaient ressentir qu'angoisse et inquiétude.

Or, en ce premier matin, Capucine lui avait apporté exactement ce dont il avait besoin : un moment de douceur, de gourmandise et d'apaisement. Un moment de sérénité qui lui avait permis de poser à terre son fardeau, le temps d'un délicieux petit déjeuner. Reposant sa tasse de café sur la table, il respira profondément. À présent, il se sentait prêt à affronter ce défi.

Il croisa les jolis yeux verts en amande de sa cousine et lança dans une envolée triomphante :

— En avant !

*

* *

1926

Jamais Pierre n'avait vu Léon dans un tel état. Son visage rouge cramoisi fulminait avec une intensité effrayante. La rage déformait ses traits à un point tel que son plus fidèle ami avait bien du mal à le reconnaître. Des veines saillantes et gonflées nervuraient son front. Et Pierre ne pouvait s'empêcher de poursuivre ses balbutiements, tout pétrifié qu'il était.

— Nous n'habiterons que dans quelques pièces seulement, chuchota-t-il d'une voix plus faible qu'à l'ordinaire, comme si cela pouvait changer quoi que ce soit.

Son timbre presque plaintif ne laissait rien augurer de bon. Lorsqu'elle avait entendu l'aveu, Marie, l'épouse de Léon, s'était levée et avait emmené les jumelles à l'étage avec elle. Il ne restait désormais plus que les deux hommes dans la pièce. Léon s'était redressé d'un bond si prodigieux qu'il avait envoyé la chaise au sol dans un épouvantable fracas. Il ne s'était pourtant pas encore exprimé. Peut-être l'afflux de sang qui enflait à l'intérieur de sa tête comprimait-il la parole ? Et cette attente devenait, pour Pierre, plus intolérable à chaque seconde. Son rythme cardiaque s'accélérait dans sa poitrine et il l'entendait résonner contre ses tempes. C'était ainsi qu'il s'imaginait le son d'un tambour africain au cœur d'une nuit d'été. Un son franc, sec et entêtant, dépouillé cependant de l'angoisse qu'il sentait ici l'étreindre jusqu'au cœur.

Enfin, la colère éclata.

— Est-ce que vous êtes devenus fous ? rugit Léon de sa voix de stentor. Habiter dans ce taudis maudit ? C'est hors de question, vous m'entendez ! Plutôt y mettre le feu ! D'ailleurs, c'est ce que j'aurais dû faire depuis le début !

Impassible, Pierre ne réagit pas, attendant patiemment que l'orage perde de sa vigueur. En dépit de la face rageuse de Léon, il ne prenait pas ses menaces au sérieux.

— Repars sur-le-champ et ramène-la ici.

Pierre reprit vie, en gigotant sur place, les yeux posés sur ses mains.

— Tu la connais bien, plaida-t-il d'un air navré, quand elle a décidé quelque chose, il est presque impossible de l'en détourner.

— Tout comme moi ! vociféra Léon, hors de lui.

Pierre dodelina du chef, d'un air las.

— Débrouille-toi pour trouver une solution alors !

Pierre s'empourpra.

— Comment ? s'étrangla-t-il. Tu sais très bien qu'elle ne renoncera pas.

— Moi non plus ! rugit l'autre de nouveau.

Il faudrait pourtant bien que l'un des deux le fasse. Pierre releva les yeux et observa un instant son ami.

— Léon, implora-t-il. Mon ami. Dieu sait que j'étais d'accord avec toi, mais je t'assure que c'est largement exagéré. Ce n'est vraiment pas aussi terrible que tu le penses. Si tu pouvais seulement venir voir, rien que quelques instants, tu te rendrais compte aussi. Le château est délabré et dans un piteux état, certes. Mais pour le reste, ce sont des contes de bonne femme hystérique, je t'assure que…

— Arrrrgh ! hurla Léon dans un cri féroce. Toi aussi, tu perds la raison ? Ne vois-tu pas que c'est précisément le pouvoir de ce lieu ? Tant que tu restes à l'extérieur, tu le vois sous son vrai jour, mais dès que tu te laisses séduire un seul instant, il te convainc de son innocence. Mais ce n'est que pour mieux te poignarder ensuite dans le dos ! Ne le vois-tu pas ?

— Léon, je t'en prie, au nom de notre amitié, au nom de l'amour de ta sœur, s'il te plaît, accepte juste de nous laisser faire nos propres choix !

Le visage empourpré de Léon avait perdu de ses couleurs flamboyantes. Son teint marbré prenait à présent une teinte grise de désolation.

— Jamais ! déclara-t-il d'un ton catégorique et définitif. Si vous choisissez de vivre là-bas, je ne risquerai pas la santé de ma femme ni celle de mes filles. Si vous me désobéissez, je ne veux plus vous voir, ni ici ni ailleurs.

— Du chantage ? Vraiment ? s'indigna Pierre.

— Je ne vois aucune autre solution, répondit Léon.

— Dans ce cas…

La voix de Pierre vacilla de déception. Sans demander son reste, il pivota et, le dos droit, quitta la pièce en claquant la porte derrière lui.

*
* *

Les vendanges de raisin rouge se prolongèrent une semaine entière. Après cet intervalle sportif au cœur des vignes, les employés pouvaient bénéficier d'une pause avant l'arrivée des vendanges de raisin blanc, destinées à produire le vin sec, puis, encore plus tard, lorsque la pourriture noble aurait confit les grappes, à celle du vin blanc doux et liquoreux, apanage du sauternes et du sainte-croix-du-mont. Mais en attendant, ils n'allaient pas se reposer pour autant. Le travail de la vinification demandait savoir-faire et attention tout au long du processus de remontages et de fermentations.

Nulle atmosphère au monde ne pouvait être plus lourde que celle d'un chai à cette période-là, et l'on avait l'impression d'être saoul à jeun. Cyprien, d'ordinaire taciturne, semblait transformé et rayonnait littéralement de l'intérieur. On devinait combien ses fonctions de chef de culture lui tenaient à cœur.

Les vendanges achevées laissaient cependant retomber une partie des tensions. Ils pouvaient dès à présent cesser les patrouilles nocturnes dans les rangs de raisin rouge. Depuis une semaine, aucun méfait n'avait été à signaler et ils commençaient à penser que leur initiative avait découragé les malfaiteurs. Depuis la destruction de la parcelle de l'Ange, le calme était revenu, les faisant rêver d'une nuit entière de sommeil sans interruption.

Pour Bertrand, le maître de chai, la situation s'inversait cependant. Son flegme habituel révolu laissait la place à une concentration finement aiguisée. Toute l'alchimie du vin reposait désormais entre ses mains. Le visage grave et l'expression sérieuse, il était investi dans sa mission. Pendant ce temps, Capucine aidait sur tous les fronts, observant chacune des étapes avec minutie. Dès l'année suivante, elle pourrait ainsi seconder efficacement Augustin.

Au cœur de ces belles journées, chaque pause déjeuner en commun représentait une occasion de partager, parfois un peu plus que de mesure, les notes vibrantes d'un vieux millésime de la propriété. Elle nommait cela le « vin de la poésie » tant il déployait l'habileté à disserter à son sujet. Elle appréciait tout particulièrement ces instants de grâce, où les hommes de la terre relâchaient leurs armures quotidiennes et délivraient avec pudeur le cœur même de leur vocation. Avec leurs yeux enfiévrés, ils s'accordaient le droit d'exprimer leurs pensées les plus intimes sur ce nectar sacré qui, en dépit de leur grande expertise et de leur large expérience, continuait à les fasciner.

— La magie du vin, murmurait Bertrand, rejoint par les hochements de tête rêveurs de Cyprien.

*

* *

1927

Pierre et Alice avaient emménagé dans le château depuis un an et Pierre ne s'y faisait toujours pas. Malgré tout, cette grande bâtisse austère continuait à le terrifier en secret. Alice avait pourtant travaillé d'arrache-pied afin de créer un lieu accueillant, du moins dans les pièces à vivre principales. Il se trouvait néanmoins incapable de rester dans certaines d'entre elles. Le grand salon, par exemple, le répugnait au plus haut point, sans qu'il puisse en trouver la raison. Alice l'avait nettoyé et repeint, mais il éprouvait une sorte de nausée indescriptible. Et que fallait-il dire de cette odeur infecte de fleurs en décomposition ?

Léon et Alice ne se parlaient plus depuis un an. Lorsque Pierre avait eu le courage d'avouer les intentions de sa femme à son meilleur ami, une dispute d'une rare ampleur avait éclaté. Mais Léon avait eu beau hurler et menacer, Alice ne s'était pas laissé apeurer, au contraire. Sa détermination n'en avait été que plus vive. L'ultime chantage de Léon avait été d'interdire à Alice de revoir ses nièces, ce qui l'avait grandement attristée. Elle n'avait, cependant, pas flanché, ripostant que cela lui était bien égal, ce qui avait porté le coup de grâce. Léon était parti dans un accès de furie si profond que Pierre avait dû s'interposer de peur qu'il n'en vienne aux mains. Ce geste avait irrémédiablement scellé la rupture.

Pierre continuait à travailler aux côtés de Léon, mais leur amitié était brisée. Les deux anciens amis, qui avaient été si proches, ne s'exprimaient plus que par monosyllabes, pour commenter leur travail.

— *Quel gâchis, soupirait souvent Marie, la femme de Léon.*

— *C'est de leur faute, rétorquait alors ce dernier. Jamais elle n'aurait dû ouvrir la porte de ce château.*

*

* *

— Au secours ! Au secours !

Augustin avait tiré l'alarme à 5 heures du matin. Trop tard. Les cuves de vin rouge avaient eu le temps d'inonder le chai, une partie de l'esplanade, et de s'élancer dans le sillon des flancs de coteaux. Le vin retournait à la terre.

Une heure plus tard, ils attendaient, livides, assis sur des chaises dans la cuisine du Loup des Bois, où Capucine avait préparé du café. Cyprien et Bertrand avaient été sortis du lit, de même qu'Émilien Chevalier qui, les yeux encore ensommeillés, prenait des notes sur son carnet.

— Bon, déclara ce dernier en se raclant la gorge. Je suppose qu'il ne peut pas s'agir d'un oubli ou d'une maladresse ?

— Non, répliqua Augustin en serrant les dents. On n'ouvre pas cinq vannes par maladresse.

— Vous n'avez toujours pas une idée du responsable ? Qui pourrait vouloir ruiner votre production ?

Personne ne répondit. Les airs hébétés suffisaient à exprimer l'ampleur du désarroi. Capucine versa le café brûlant dans les tasses et l'arôme réconfortant s'échappa en volutes de fumée tout autour de la table.

— Tout est perdu ? questionna Émilien en reposant momentanément son carnet sur la table.

— Non, répondit Cyprien en frissonnant. Heureusement, il faut du temps pour vider une cuve. Mais on a perdu approximativement la moitié de la récolte.

Le visage blême, il l'enfouit dans ses mains et laissa échapper un râle. Bertrand, quant à lui, semblait encore sous le choc. Il regardait dans le vide, ne semblant rien entendre de ce qui se passait autour de lui. Augustin se redressa soudain, arborant un rictus mauvais. Il serrait les poings avec tant de force que les jointures de ses doigts devinrent translucides.

— Je vais le tuer, grogna-t-il en se levant d'un bond.

Faisant un pas de travers, il manqua trébucher et s'étaler de tout son long.

— Augustin, arrête ! s'écria Capucine en se précipitant pour lui barrer le passage. Ce n'est pas David !

— Ah oui ? s'emporta ce dernier. Et qui d'autre, hein ? Qui connais-tu d'assez malade et déséquilibré pour faire une chose pareille, Capucine ? Dis-moi, qui d'autre ?

— David n'est ni malade ni déséquilibré, contra-t-elle avec fermeté.

— Non, répondit Augustin de son ton le plus ironique. Bien sûr que non, c'est même un modèle de santé mentale ! C'est d'ailleurs pour cette raison qu'il a essayé de tuer Léonie.

Émilien s'était également levé et retenait Augustin par les épaules.

— Je pense que l'on devrait tous prendre le temps de s'asseoir et de respirer calmement quelques minutes, précisa-t-il. Augustin, qu'est-ce qui te fait dire que le coupable pourrait être David ?

— Tu veux dire à part tout ce qui s'est passé l'année dernière ?

— Oui, acquiesça Émilien d'un air sévère, c'est exactement ce que je veux dire. Est-ce que tu as la moindre preuve de ton accusation ?

— Des preuves ? vociféra Augustin, rouge de colère. Si on attend les preuves, le château Millêtre sera complètement ruiné.

*

* *

1928

Le grand drame d'Alice avait été d'épouser un mari distrait. Pierre possédait pourtant beaucoup de qualités. Il était gentil et doux comme un agneau, et ce avec tout le monde. De par son caractère empreint d'une infinie bonté, il inspirait une sympathie innée. Mais la confiance, hélas, devait s'arrêter là où commençaient son inattention et sa cruelle absence de concentration. Mieux valait ainsi ne pas lui demander de l'aide en cuisine, par peur de le voir utiliser une lame aiguisée. Mieux valait également ne pas lui imposer des réparations trop longues, armé d'un marteau, car l'activité tournait immanquablement à l'accident ou au drame.

En moins de temps qu'il fallait généralement à Alice pour arriver sur les lieux, il avait déjà commis une catastrophe. Sa distraction le rendait maladroit, et sa maladresse dangereux.

Combien de fois, n'avait-elle pas dû désinfecter une plaie et soigner coups et bleus ? Elle avait même dû lui retirer un clou qu'il s'était par inadvertance planté dans le pied. Cela s'était produit plusieurs années auparavant. Pourtant, elle entendait encore le rire de Léon résonner dans ses oreilles. Telle était la magie des souvenirs.

— Tu t'es pris pour Jésus ? lançait ce dernier à son ami, tandis que celui-ci grimaçait de douleur.

Elle, éberluée, s'était contentée de bougonner :

— On n'a pas idée de s'enfoncer ça sous le pied. Et un clou rouillé par-dessus le marché !

Pierre, comme à son habitude, s'en était sorti sans le moindre dommage. Il avait toujours eu de la chance, malgré tout. Mais voilà qu'en déménageant au château, ils avaient vendu la maison familiale des Rivière et que Pierre avait décidé de s'acheter une Panhard & Levassor. Comme il en était fier !

À chacune de leur sortie, cependant, Alice tremblait. Car Pierre, tout à son enthousiasme et à sa distraction légendaire, éprouvait de réelles difficultés à prendre correctement les virages. Alice, dans ses moments, se découvrait un langage beaucoup moins châtié qu'à l'ordinaire. Poussée dans ses derniers retranchements, elle avait l'impression de frôler la mort à chaque écart de conduite. Et ils étaient nombreux…

Par un beau matin du mois de mai, Pierre décida de se rendre au marché de Saint-Pierre-des-Bois en voiture, car ils étaient en retard sur l'horaire. Alice, qui savait que tout lui servait de prétexte, ne prit pas la peine de répondre et se contenta de soupirer. La Panhard s'élança sur les petites routes sinueuses bordées de hauts talus qui les menaient vers le village en contrebas. Pour une fois, le trajet se passait sans frayeur majeure. Pierre semblait plus attentif. Les toits des maisons du village étincelaient sous l'éclat du soleil. Il emprunta la rue du cimetière, puis obliqua vers la droite et poussa le moteur à fond. Au bout de l'allée, les étals multicolores du marché se distinguaient déjà avec netteté. Il y avait du monde sur la place. La voiture, pendant ce temps, poursuivait sa course.

— Regarde donc ce que le père Miro a fait à sa devanture ! s'exclama soudain Pierre, à demi retourné sur son siège.

— Attention ! hurla Alice au moment où la Panhard folle s'élançait en plein milieu du parvis.

Les pneus crissèrent et le capot de la voiture s'arrêta à un cheveu du premier étal, celui de Mme Antoine, la maraîchère. Des cris fusèrent dans toutes les directions. Les villageois s'étaient heureusement écartés de justesse de dessous les roues du bolide. Tout le monde tremblait de peur et d'indignation.

La bouche ouverte sous l'effet de la surprise, Pierre descendit précipitamment du véhicule et, de sa grande voix affable, entreprit de se répandre en excuses avec une pointe de mauvaise foi.

— Mon Dieu ! Pardonnez-moi, pardonnez-moi ! Je ne vous avais pas vus ! Qui aurait cru que le soleil aveuglait autant ? Quel malheur ! Est-ce que tout le monde va bien ? Oui ? Pardonnez-moi, mes amis. Quelle histoire ! Et vous, madame Antoine, un peu

plus et ces pommes de terre finissaient en purée plus tôt que prévu.

Quelques rires nerveux se firent entendre, preuve que Pierre réussissait toujours à conquérir la sympathie. Le sourire large, il s'exclama :

— Bon, eh bien, maintenant que nous sommes garés, autant faire nos achats.

Il déclencha une nouvelle salve d'hilarité. Alice sortit à son tour de la voiture et l'attroupement s'évanouit presque aussitôt. C'était l'effet qu'elle produisait depuis qu'elle habitait le château.

En désespoir de cause, elle finit par ne plus accepter de monter avec lui qu'à l'arrière du véhicule, l'endroit qu'elle jugeait le plus sûr, et où elle se cramponnait avec la plus grande énergie. Installée bien en face de la route, elle lui criait les directives de conduite. Cela, hélas, ne changea jamais l'issue des promenades, car Pierre, malgré son grand cœur, ne l'écoutait guère dès qu'il était question de sa Panhard.

*
* *

Émilien avait fait le tour du chai et des installations. Aucune ouverture n'avait été forcée.

— Une chose est sûre, expliqua-t-il, il n'y a pas eu d'effraction.

— Ce qui veut dire ? rouspéta Augustin.

— Ce qui veut dire que la personne qui a ouvert les vannes possède une clé.

— Magnifique, rétorqua ce dernier.

Quatre personnes seulement en possédaient un jeu. Émilien reposa son carnet sur ses genoux.

— À quel point connais-tu Bertrand et Cyprien ? demanda-t-il.

Augustin soupira et leva les bras au ciel.

— C'est impossible, je les connais depuis toujours, dit-il.

*

* *

La nouvelle avait dévalé les coteaux presque aussi vite que le jus perdu. Vers 9 heures du matin déjà, un attroupement de voisins et de viticulteurs du coin entourait les abords de la route qui menait à l'esplanade du Loup des Bois. La pompe industrielle qui avait été appelée en renfort aspirait dans un bruit de souffle lugubre une partie du labeur de toute une année.

Augustin, le teint gris, était dévasté. Dans sa tête, il ne faisait que ruminer cette terrible catastrophe. Au-dehors, les discussions animées allaient bon train. Il pouvait entendre les jurons et les éclats de voix. Aucun de ces accents, pourtant, ne lui semblait sincère et il ne doutait pas qu'en secret chacun d'eux se repaissait du spectacle, tels des insectes nuisibles, bienheureux de leur chance. À ses côtés, Capucine semblait perdue dans ses pensées, les yeux concentrés sur la pompe.

Voilà donc comment commençaient ses premiers pas dans le monde de la viticulture. Elle avait pourtant été prévenue de l'injustice et de la violence du temps et des éléments, qui pouvaient ravager, en l'espace de quelques jours, de quelques heures, voire parfois de quelques minutes seulement, tous les efforts entrepris pendant des mois. Cependant, personne ne l'avait prévenue contre une main humaine aussi dévastatrice. Qui donc avait pu leur en vouloir au point de tenter de détruire leur récolte ?

— Je vais devoir partir au poste, annonça Émilien, je vous tiens au courant.

Esquissant un bref sourire, il s'éloigna de son pas vif et alerte de géant. Grimpant dans sa voiture, il sortit de l'allée. Attiré par la foule, son regard accrocha celui de David Ducats. Les deux hommes se dévisagèrent un instant, puis David détourna les yeux, reportant son attention sur le petit homme chauve et bedonnant avec qui il discutait. Émilien, songeur, tourna le volant et s'élança sur la route. Il espérait que, cette fois-ci, David Ducats n'avait rien à voir dans l'histoire.

*

* *

La soirée retomba dans une atmosphère pesante. Émilien était revenu en début d'après-midi et avait noté les témoignages de tous les employés du Loup, salariés et saisonniers. Il allait poursuivre une enquête qui, sans l'ombre d'une preuve, ne s'annonçait pas sous les meilleurs auspices. Pendant ce temps, Augustin avait fait changer toutes les serrures du chai.

Capucine, quant à elle, se sentait angoissée. L'impression désagréable d'une ombre qui rôde ne la quittait plus et elle avait proposé à Augustin de venir habiter quelque temps au manoir. Dans ce contexte, elle s'inquiétait de le savoir seul dans la maison du Loup. Son cousin, révolté par la tournure que prenaient les choses, l'avait aussitôt rabrouée. Il avait même refusé l'invitation à dîner de Léonie et d'Octavie.

Une heure plus tard, Capucine sortit de la douche aussi rouge qu'une écrevisse. L'eau chaude ruisselante lui avait fait un bien fou, la délassant en chassant ses idées noires. Elle s'habilla puis descendit les marches du premier étage afin de regagner la cuisine où se faisaient entendre les sons typiques des préparatifs du repas. Alors qu'elle posait son pied sur la dernière marche, un bref coup de sonnette la fit tressaillir.

— J'y vais ! lança-t-elle en direction de la cuisine.

La mine taciturne d'Augustin apparut sur le seuil de la porte. Ses mains trituraient rageusement un sac de sport.

— Je reste juste ce soir, bougonna-t-il en la dépassant.

Bien que l'occasion ne se prêtât pas forcément aux festivités, Léonie décida de manger dans le salon, et Capucine dressa rapidement la table à cet effet. Un coup d'œil jeté en arrière lui permit de constater que ce bon vieil Harold continuait à poursuivre Octavie de ses assiduités florales. Lorsqu'elle fit pivoter de nouveau son visage vers la table, un large sourire sur le visage, elle fut interceptée par le regard noir de l'aïeule.

— Et donc, Augustin ? claironna celle-ci afin d'éviter la moindre remarque. Comment se fait-il que tu te sois levé à 5 heures du matin ?

Augustin, qui mâchait nerveusement un bout de pain, blêmit.

— Voyons, Octavie, la réprimanda aussitôt Léonie, laisse donc le petit tranquille. Avec tout ce qu'il a enduré aujourd'hui…

Augustin posa son quignon de pain sur la table et darda un regard provocateur sur Octavie.

— Je n'arrivais pas à dormir, rétorqua-t-il. J'étais tellement exalté…

Sa voix se brisa sur la dernière syllabe.

— Ma toute première récolte, acheva-t-il dans un souffle misérable.

— Techniquement, cette assertion est erronée, précisa Octavie, à qui il en fallait plus pour se laisser attendrir. Ta véritable première récolte sera celle de l'année prochaine, quand tu auras réalisé toutes les étapes seul.

Augustin serra les mâchoires.

— Octavie, vraiment ! s'indigna Léonie en secouant la tête.

— Eh bien, quoi ? répliqua cette dernière, apparemment d'humeur belliqueuse. Je ne dis que la stricte vérité.

— Cela n'a rien à voir avec cette terrible tragédie, enfin, poursuivit Léonie, qui commençait également à perdre son calme légendaire.

— En tout cas, les interrompit Capucine, heureusement que tu t'es levé plus tôt que d'habitude. Nous avons malgré tout pu sauver une partie de la récolte.

Augustin reposa sa serviette sur la table et se leva.

— Je vous laisse. Je dois aller prévenir papa et maman.

Il quitta la pièce le dos voûté, puis son pas traînant résonna dans les marches de l'escalier. Léonie soupira, puis se leva à son tour, commençant à débarrasser la table.

— Qu'est-ce que tu fais ? croassa Octavie d'une voix incrédule. Nous n'avons pas encore mangé le dessert.

— Tu n'auras qu'à le manger dans la cuisine, répliqua cette dernière en emportant les assiettes.

Capucine ne put s'empêcher de sourire et se leva à son tour pour l'aider.

— Efface-moi ce sourire, petite impertinente ! maugréa aussitôt l'aïeule mécontente.

Alors qu'elle réalisait un dernier aller-retour dans le salon pour débarrasser, Capucine s'arrêta sur le seuil. Octavie, près du buffet recouvert de bouquets, observait ses fleurs en silence. Sur le coin de sa bouche se dessinait un sourire.

*

* *

Le lendemain matin, Augustin, épuisé, ne put s'extirper du lit. Pris par une forte fièvre, il resta couché toute la journée, puis celle du lendemain et du surlendemain. Installé dans la chambre d'ami du manoir, il se contentait de pleurer silencieusement toute la journée.

— Tintin, tout va s'arranger, lui répétait chaque jour Capucine, qui faisait des allers-retours entre le chai et le manoir. Nous n'avons pas perdu tant de volume que cela.

Mais au mot volume, les larmes d'Augustin s'écoulaient de plus belle. Aucune parole ne parvenait à l'apaiser. Il se sentait pris au piège et désespéré. Au bout des trois jours, n'apercevant aucun signe indiquant que la situation était en voie d'amélioration, Octavie se décida à faire ce que personne d'autre n'aurait tenté. Déboulant dans la chambre en dépit de son grand âge, elle retira la couette d'un geste leste tout en maugréant de sa voix aigre :

— Debout, fainéant, et plus vite que cela ! Le temps des pleurnicheries est terminé !

Augustin, effaré, tenta de se recouvrir, en rouspétant contre la rudesse de l'aïeule qui n'avait, cependant, aucune intention de s'en laisser conter.

— Allez, oust ! lança cette dernière en soulevant la couette afin de créer un courant d'air froid.

Elle ne mit un terme à ses provocations que lorsqu'il se leva enfin. Particulièrement de mauvaise humeur, il écumait dans la chambre, vexé comme un pou. Ce sursaut lui fut pourtant salutaire. Forcé de se remettre en selle, il se laissa conduire de force dans la salle de bains, où il prit sa première douche depuis son arrivée.

— Il était temps ! claironna Octavie en redescendant l'escalier. Un peu plus et on allait élever des mouches !

Lorsqu'il en ressortit un quart d'heure plus tard, il se sentait revigoré. Il descendit aussitôt à la cuisine pour reprendre des forces et, lorsqu'il ne put plus rien avaler, se décida à repartir au Loup des Bois. L'heure était venue de contre-attaquer.

*

* *

Augustin avait réuni dans son bureau ses deux bras droits et Capucine. Le cheveu toujours en bataille malgré quelques efforts de discipline, il arborait une expression sereine, mais empreinte de gravité.

— Nous allons devoir mener deux actions en parallèle. Premièrement, une action de vigilance extrême. À partir de maintenant, nous devons faire attention à tout et rester constamment sur nos gardes. Cela ne va pas être une partie de plaisir, mais c'est indispensable si nous voulons sortir de cette crise. Si la moindre chose vous semble suspecte, il faut à tout prix m'en parler. Si nous ouvrons l'œil ensemble, nous pourrons peut-être déjouer de nouvelles attaques. J'ai de nouveau demandé à Émilien la présence d'une patrouille de nuit. On verra si cela aboutit. Deuxièmement, une action de motivation extrême, il n'est pas question pour autant d'abandonner le travail qu'il nous reste à accomplir, il faut achever la fermentation du rouge et mener les vendanges de blanc sec qui commencent dans deux jours. En d'autres termes, on respire, on se serre les coudes et on avance, coûte que coûte.

Lorsque Cyprien et Bertrand repartirent travailler, Augustin confia une dernière mission à sa cousine, celle de surveiller les deux hommes. Il possédait une confiance presque aveugle envers leur loyauté, pourtant l'épisode de l'ouverture des vannes dans le chai avait laissé place au doute. Était-il possible que l'un des deux y soit, de près ou de loin, mêlé ? Dans l'incertitude, mieux valait demeurer prudent.

*

* *

À la suite de la réunion, les troupes se dispersèrent, chacun répondant à l'appel de ses fonctions. Aux côtés de Bertrand, Capucine se concentra sur la fermentation malolactique. Dans une grande bassine blanche, le jus d'un rose profond se laissait recouvrir d'une épaisse couche de mousse rose clair. Oscillant d'un pied sur l'autre, elle résistait à l'envie de plonger la main à l'intérieur.

— Quelle merveille ! entendit-elle soudain une voix susurrer derrière elle.

Elle sursauta et se retourna.

— Oh ! Pardonnez-moi, mademoiselle Millêtre, s'exclama Simon Lacroix en souriant. Je ne voulais pas vous effrayer. J'ai appelé, mais personne ne m'a répondu et, la porte étant ouverte, je me suis permis d'entrer.

Capucine fronça les sourcils. Elle ne supportait pas la manière traînante que cet agent immobilier avait de l'appeler « mademoiselle Millêtre ».

— Et vous entrez souvent chez les gens sans vous annoncer ? s'enquit-elle.

Au son de sa voix, elle réalisa combien les derniers événements l'avaient mise sur la défensive. Simon Lacroix leva aussitôt les mains en l'air en signe de reddition.

— Toutes mes excuses, vraiment, mademoiselle Millêtre, poursuivit-il. Il m'arrive effectivement de m'offrir cette permission. Comme vous, mes clients possèdent souvent de grands bâtiments, et il ne leur est pas toujours possible d'entendre mon arrivée.

— Sauf que nous ne sommes pas vos clients, rectifia Capucine.

— Pas encore, en effet, j'en conviens, lui répondit le jeune homme, visiblement amusé.

— Et que nous vaut le plaisir de cette nouvelle visite ? demanda Capucine.

Simon Lacroix se reconstitua une expression professionnelle plus sérieuse.

— J'ai pris connaissance des soucis fâcheux que vous rencontrez dernièrement. Je venais tout d'abord vous apporter le témoignage de ma profonde sympathie. J'espère que ces incidents malencontreux sont derrière vous. En ma qualité d'agent immobilier, je me devais toutefois de vous confirmer mon souhait d'estimation et de vente de votre propriété.

Capucine secoua la tête.

— Nous n'avons pas changé nos positions, monsieur Lacroix.

— Si je peux me permettre, vous ne risquez rien à prendre connaissance de la valeur de votre bien. Cela ne vous donnera qu'un éventail plus large des possibilités qui s'offrent à vous. Je ne vous le souhaite pas mais, si les choses devaient continuer ainsi et s'envenimer, eh bien, il est évident que la propriété perdrait énormément de valeur.

— Pourquoi les choses s'envenimeraient-elles ? répliqua Capucine.

Augustin choisit ce moment pour faire irruption en trombe dans la salle.

— Cina ? s'écria-t-il avant d'apercevoir l'agent immobilier.

— Qu'est-ce que vous faites là, vous ? questionna-t-il d'un ton peu engageant.

— Je venais réitérer mon offre de…

Augustin balaya la suite de la phrase d'un mouvement de bras contrarié.

— Nous ne sommes pas intéressés, répliqua-t-il d'une voix sans appel. Il faut vous le dire en quelle langue ?

Attrapant l'agent par le coude, il le fit pivoter sur lui-même et le raccompagna à l'extérieur.

— Ne vous donnez surtout pas la peine de repasser. C'est une décision ferme et définitive. Au revoir !

Il referma la porte du chai dans un grand fracas.

— Et alors ? On entre ici comme dans un moulin ou quoi ? gronda-t-il en se dirigeant vers Capucine. Pourquoi tu l'as laissé entrer, tu as perdu la tête ?

— Pas du tout, rétorqua cette dernière. Et figure-toi qu'il n'a pas attendu ma bénédiction pour le faire.

Augustin, les sourcils froncés, jeta un regard en direction de la porte.

— Il va vraiment falloir que l'on fasse attention à tout, déclara-t-il.

VI

Les vendanges blanches

Les vendanges du raisin blanc débutèrent à leur tour sans entrave. Une appréhension de tous les instants les enveloppait néanmoins. Au moindre soupçon d'anicroche, ils blêmissaient, sentant leurs pouls s'emballer. Leurs rythmes cardiaques s'accéléraient d'un coup, puis revenaient soudain à la normale dès qu'ils réalisaient que tout se déroulait parfaitement normalement.

Augustin et Cyprien s'étaient ainsi fait la plus belle peur de leur vie, durant la nuit qui avait suivi la vendange des ultimes grappes. Aucun des deux hommes ne parvenant à trouver le sommeil, ils avaient eu, chacun sans le savoir, la même idée. Quitte à ne pas dormir, autant rendre une petite visite au chai, histoire de vérifier que tout s'y déroulait bien.

— C'est de l'inconscience ! les réprimanda Capucine le lendemain matin, lorsqu'elle les retrouva à 7 heures dans la salle de dégustation, complètement éméchés devant trois bouteilles vides.

Trois bouteilles qui avaient permis aux deux comparses de se remettre de leurs émotions. Car si Augustin n'avait précédé le brave Cyprien que de quelques minutes, le discret grincement de la porte de bois, dû à l'arrivée de ce dernier, l'avait cloué sur place alors qu'il inspectait les lieux dans l'obscurité. Jamais, de toute sa vie, il n'avait senti son cœur cogner aussi fort à l'intérieur de sa poitrine. À vrai dire, il avait même cru sa dernière heure arrivée. Avec une lenteur insupportable, il avait entendu les pas feutrés se rapprocher de lui. Instinctivement, il s'était aplati dans le renfoncement qui existait entre deux cuves et avait attendu, le cœur au bord de la débâcle.

En ce qui concernait Cyprien, l'histoire n'était guère plus favorable. S'il n'avait rien détecté d'anormal lorsqu'il avait ouvert la porte, une sensation désagréable lui avait, pas après pas, englué l'estomac à mesure qu'il avançait. Lorsqu'il avait débouché dans l'espace central, il avait été certain de ressentir une présence étrangère. Il n'était pas seul. Il ne lui restait plus qu'une chose à faire : allumer la lumière. Or, lorsqu'il s'était dirigé vers l'interrupteur qui se trouvait sur sa droite, il lui avait soudain semblé discerner une zone d'ombre plus accentuée, juste en face dudit interrupteur. Une ombre de la taille d'un homme, juste entre les deux premières cuves de l'installation. Cyprien n'avait jamais été homme à pouvoir être qualifié de mauviette, pourtant il lui avait fallu déployer tout son courage pour se lancer d'un bond vers le mur et appuyer sur le bouton. Il avait aussitôt fait volte-face, prêt à livrer bataille. Dans le feu de l'action, il avait hurlé de terreur. Un cri qui s'était répercuté à l'écho de celui d'Augustin. Terrifié, celui-ci avait en effet pressenti, dans l'empressement de son collègue, la potentialité d'une attaque imminente.

Lorsque la lumière les avait enfin éclairés l'un et l'autre, les deux couillons en avaient été quittes pour la plus belle frayeur de leur vie. Riant aux éclats, ils s'étaient donné des tapes sur l'épaule à grand renfort de démonstration de virilité.

— Qu'est-ce que tu fais là, canaille ? s'était exclamé Augustin.

— Pardieu, la même chose que toi ! avait répondu Cyprien.

D'un commun accord, ils avaient terminé cette épopée en décidant de déboucher une bonne bouteille. Il était 4 heures du matin.

— Quelle idée d'inspecter le chai dans le noir, et tout seul en plus ! rouspéta Capucine en secouant la tête.

— Allumer la lumière aurait pu faire fuir David, riposta Augustin avec le plus grand sérieux.

Il était toujours convaincu que leur voisin et le traître saboteur ne faisaient qu'une seule et même personne. Décidant de se lever, il tituba et se laissa choir par terre. Cyprien, hilare, s'en tapa les cuisses. Relevant la tête en l'air avec une expression de sainte consternation, Capucine ressembla soudain à Octavie dans ses grands jours de tempête. Faisant demi-tour, elle quitta la salle de dégustation sans un mot.

Il allait falloir plusieurs heures à ces deux ivrognes pour retrouver leur lucidité, et elle ne comptait pas jouer à la nounou. Bertrand, qui les rejoignit une demi-heure plus tard, eut toutes les peines du monde à tenter de les mettre au travail.

Au bout d'une demi-heure, il abandonna à son tour et partit vaquer à ses occupations.

*

* *

Capucine s'arrêta un instant devant l'enseigne du bar à vin joliment baptisé *Il était un autre petit bois.* Cela faisait des mois qu'elle n'y avait pas mis les pieds. À vrai dire, la première et dernière fois s'était déroulée lorsqu'elle avait assisté à la soirée poker dans l'arrière-salle. À cette occasion, elle avait côtoyé Émilien, mais également son insupportable supérieure, Victoire de La Fontaine, David, ainsi que son ancien assistant de chai, Hadrien Duchemin. Capucine songea à ce dernier un instant. À la suite de la révélation de son implication dans l'accident de Léonie, le jeune collègue de David avait préféré partir travailler dans une autre propriété, ce qu'elle comprenait parfaitement.

Elle observa la poignée de porte en forme de pomme, la saisit, tourna et entra. Un coup d'œil circulaire lui permit de constater que le décor n'avait pas changé. Il se révélait toujours aussi étonnant et féerique. Au côté d'un large bar en bois trônait le tronc d'un arbre immense dont le feuillage surplombait gracieusement les tables.

Seule métamorphose notoire, l'établissement d'une scène au fond de la salle, où se produisait une chanteuse accoutrée en enchanteresse du Moyen Âge. Elle fredonnait plus qu'elle ne chantait une mélodie harmonieuse, les yeux à demi clos, plongeant la salle dans une atmosphère onirique.

Capucine s'avança en direction du bar, cherchant des yeux Nathalie Compagnon, l'amie qu'elle devait rejoindre. À sa grande surprise, elle avisa soudain Sophia et David assis à une table. Croisant le regard de Sophia, elle lui fit un signe de la main et s'avança naturellement pour leur dire bonjour. Alors qu'elle s'approchait de la table pour entamer la conversation, une femme installée derrière elle lui intima l'ordre de s'asseoir afin de ne pas gêner la vue. Confuse, Capucine se pencha et s'assit à leurs côtés tandis que la chanteuse montait petit à petit dans les tours.

— Quelle surprise ! s'exclama-t-elle. Vous êtes venus voir le concert ?

Elle aperçut une lueur briller dans les yeux de Sophia. Un peu plus maquillée que d'ordinaire, elle avait l'air de s'être spécialement apprêtée pour l'occasion.

— En partie oui, répondit-elle. Et toi ? Que viens-tu faire ici ?

— Je dois retrouver une amie, répondit Capucine en jetant un regard vers la porte d'entrée. Elle ne devrait plus tarder.

Tournant les yeux vers David, elle se retrouva plongée dans son regard impénétrable. Même au milieu de l'atmosphère tamisée, il restait aussi perçant qu'un éclair. Ne faisant aucun commentaire, il se contenta de la dévisager.

— Capucine ?

— Oui ? répondit-elle en se retournant de nouveau vers Sophia.

— Je suis désolée, commença sa nouvelle amie. C'est un peu gênant, mais nous sommes en plein rendez-vous.

Elle se tut, laissant la fin de la phrase produire son effet. Capucine la regarda un instant sans comprendre. Avec qui étaient-ils en rendez-vous ? Puis, comme au ralenti, elle aperçut la main de Sophia se lever et se poser lentement sur celle de David. Un courant d'air froid traversa alors la pièce en même temps que ses joues s'enflammèrent sous l'embarras. Mais qu'elle était idiote !

Comme montée sur ressort, elle se releva précipitamment, emportant avec elle la chaise qui bascula en arrière et retomba sur le sol dans un épouvantable fracas. La chanteuse médiévale en eut une envolée lyrique tandis que plusieurs spectateurs rouspétèrent en chœur.

— Oh ! Bien sûr, bafouilla-t-elle en replaçant maladroitement la chaise. Je suis désolée ! Je vous souhaite une bonne soirée.

Morte de honte, elle s'éclipsa aussi vite qu'elle le pût en direction du bar. David et Sophia avaient un rendez-vous ensemble ? Elle n'en croyait pas ses yeux. Les joues en feu, elle essayait de reprendre contenance. Elle releva la tête au moment où Nathalie apparaissait dans l'embrasure de la porte et se précipita vers elle.

Elle n'avait qu'une seule envie, repartir de cet endroit au plus vite. Elle le proposa d'ailleurs aussitôt à la jeune femme, qui souhaitait malheureusement rester pour applaudir la performance d'un de ses collègues infirmiers.

— Tu te souviens peut-être de lui, d'ailleurs, il s'agit de Julien, celui que tu avais vu à l'hôpital. Il est poète à ses heures perdues et a prévu d'interpréter ses œuvres.

Pour l'occasion, Nathalie avait même réservé la table la plus proche de la scène. Non sans appréhension, Capucine s'y dirigea en prenant soin de contourner la table de David. Le sourire jusqu'aux oreilles, Nathalie était manifestement heureuse de la revoir. Et comme à chaque fois qu'elle se laissait gagner par la joie, Nathalie était un intarissable moulin à paroles. Après plusieurs questions auxquelles Capucine répondit de manière évasive, elle se lança dans un monologue animé afin de lui résumer ses aventures estivales.

Malgré son enthousiasme communicatif, Capucine ne parvenait pas à lui accorder l'attention qu'elle aurait dû. Toutes ses pensées restaient obnubilées par David et Sophia. Comme dans un rêve, elle aperçut le collègue de Nathalie monter sur scène et entendit de loin le ton de sa voix. Il redescendit rapidement. Le monde autour d'elle semblait tourner à une vitesse irréelle, tantôt ralentie, tantôt accélérée.

Le patron du bar monta à son tour sur l'estrade et saisit le micro. Un larsen désagréable résonna, l'obligeant à sortir de sa torpeur.

— Merci à tous pour vos applaudissements. C'est un véritable plaisir pour tous nos artistes de se produire ce soir devant un public aussi chaleureux. Et maintenant, avant de clore cette belle soirée, j'aimerais inviter le dernier artiste à monter sur scène. C'est un ami de longue date, que j'entends gratouiller sa guitare depuis des années, mais que je n'ai entendu chanter que très récemment. Et lorsque cela s'est produit, je lui ai dit : « Mon gars, tu plaisantes, pourquoi tu m'avais caché ça ? » Alors ce soir, il va monter sur scène pour la toute première fois et vous interpréter quelques-unes de ses compositions. Mesdames et messieurs, je vous demande un tonnerre d'applaudissements pour… David !

David, un prénom bien commun qui flotta un instant dans l'air avant d'être rejoint par une salve de clameurs. À aucun moment pendant les quelques secondes qui défilèrent dans le brouhaha, l'idée n'effleura Capucine qu'il pouvait s'agir de David Ducats. Elle connaissait David depuis toujours et ne l'avait jamais vu ni jouer d'un instrument de musique ni chanter. Bouche bée, elle se contenta de l'observer, alors qu'il prenait place sur un tabouret haut.

Il positionna confortablement une guitare d'un noir brillant contre sa chemise blanche. Ses longs cheveux noirs, qu'il avait pris le soin d'attacher en queue-de-cheval souple, ondulaient légèrement dans son dos et sous la lumière des spots, son teint hâlé et ses grands yeux bleus illuminaient la pièce. Il inspira profondément et, plaquant l'accord sur sa guitare, se mit à jouer. Quelques balancements de doigts plus tard, sa voix résonna dans le micro, un timbre à la fois grave, profond et chaud. Les yeux écarquillés, Capucine ne pouvait plus le quitter du regard. Quand avait-il acquis un tel talent ? Il chanta en tout et pour tout quatre chansons.

Lorsqu'il remercia l'audience des clients du bar à vin, ses yeux se posèrent naturellement sur elle, une seconde, puis deux, trois, quatre… Un instant qui sembla durer une éternité avant qu'enfin il se lève et descende de scène, sa guitare à la main, en direction de Sophia.

*
* *

Il était un peu plus de 1 heure du matin lorsque Capucine rentra au manoir. Elle gara la voiture à son emplacement habituel, sous le grand tilleul près de la boîte aux lettres, et éteignit les phares. Elle hésitait cependant à regagner sa chambre. Elle se sentait comme survoltée et n'avait aucune envie de dormir. Sur un coup de tête, elle décida soudain de repartir et ralluma les phares de la Twingo, qui illuminèrent les alentours. Dans ces circonstances, mieux valait employer son temps intelligemment plutôt que de rester inactive.

Deux minutes plus tard, elle se gara de nouveau sur l'esplanade du Loup des Bois. Tout était plongé dans l'obscurité. Se remémorant les mésaventures d'Augustin et de Cyprien, elle prit le soin de se munir de la lampe torche qu'elle conservait dans la boîte à gants, puis sortit de la voiture. Le faisceau de lumière éclaira la façade du chai, se reflétant aux abords du bâtiment. Elle ferma doucement la portière et s'avança vers la grande porte en bois. Le hululement d'une chouette perça le silence nocturne. À deux pas du portail, un craquement résonna soudain. Capucine se figea, les sens en alerte et le cœur battant à tout rompre. Elle se fustigea intérieurement. Pourquoi était-elle venue ici en pleine nuit ? Cette idée était stupide. N'avait-elle pas d'ailleurs, elle-même, réprimandé Augustin et Cyprien pour avoir agi de la sorte aussi inconsciemment ? Avec tout ce qui s'était passé dernièrement, à quoi avait-elle pensé ?

Un second craquement résonna alors, semblant provenir de l'angle latéral gauche du chai, celui d'où partait le sentier qui menait tout droit à la maison de son oncle et de sa tante. Si seulement cela pouvait être Augustin qui jouait une fois de plus les intrépides ! Que faire ? Maintenant, le faisceau de la lampe dans le même axe, elle se déplaça lentement et commença à s'avancer vers le bord du mur. Elle n'avait pas le choix, elle devait aller éclairer le sentier en espérant ne pas se retrouver nez à nez avec une mauvaise rencontre. C'était cela ou courir à toute allure vers la voiture et repartir en trombe. Capucine hésita soudain. Elle jeta un regard en arrière vers la Twingo, qui ne lui avait jamais semblé aussi loin. La fuite était l'option la plus tentante. Un nouveau craquement lui fit manquer un battement de cœur. Le bruit se rapprochait. Respirant profondément, Capucine s'arma de courage. Elle ne pouvait plus reculer. Un pas, puis deux. Le silence paraissait assourdissant.

Plus qu'un grand pas et elle pourrait apercevoir le sentier. Une irrépressible envie de fuir la submergea de nouveau. Sans crier gare, elle sauta d'un seul coup sur le côté en braquant la lumière droit devant elle. Elle hurla, puis se tut, interdite.

— Mais qu'est-ce que vous faites là ? s'enquit-elle après avoir repris sa respiration.

*

* *

Juin 1929

Cela faisait déjà sept ans que Léon et Marie avaient eu leurs jumelles. Les deux petites se ressemblaient comme deux gouttes d'eau et étaient magnifiques. Alice soupira en se remémorant leurs visages gracieux. Elles avaient pris tous les traits caractéristiques de la famille : les traits poupins, les yeux verts candides et la blondeur angélique.

Cela faisait sept ans qu'Alice se sentait malheureuse de ne pas avoir d'enfant. À presque vingt-huit ans, elle commençait à se demander si tout fonctionnait bien chez elle. Pourquoi n'arrivait-elle pas à tomber enceinte ?

Plus le temps passait et plus elle sentait son cœur se gorger de peur et de fiel. Depuis quelque temps, elle ne supportait même plus la simple vision d'un enfant. L'enfant d'un autre. Le cadeau qu'elle convoitait avec tant de force et d'espoir. Le trésor qui lui était refusé avec tant de cruauté.

Morte de honte devant sa possible stérilité, elle finit par accepter l'idée de s'en ouvrir à un médecin. Ce jour-là, Pierre, particulièrement nerveux, faisait cahoter la Panhard plus que d'ordinaire. Au sommet de la grande côte du Marais, il accéléra à plein régime, faisant siffler le vent contre les vitres. Alice, à l'arrière, se cramponnait avec fermeté. Mais elle ne fermait pas les yeux, car la ligne devant eux était droite. Pas un virage ne se profilait à l'horizon.

Elle ressentit soudain une douleur aiguë dans le bas-ventre, et se plia en deux en poussant un cri. Pierre, surpris, se retourna, basculant le poids de sa main droite sur le volant. Alice se remit à crier, cette fois d'appréhension. La voiture partait sur le côté et commençait à filer dans l'herbe rase d'un champ ponctué de bottes de paille.

Une poignée de paysans médusés regardèrent le bolide passer en trombe devant eux et continuer sa course dans le champ jusqu'à ce qu'il s'immobilise dans une botte de foin. Catastrophés, ils accoururent aussitôt. Pierre était déjà sorti du véhicule, dont le capot fumait allègrement. Alice, exaspérée et le cœur battant, en faisait de même avec, toutefois, nettement moins de célérité.

— Ah ! Mes chers messieurs ! s'exclama Pierre en apercevant les hommes accourir à leur rescousse. Un grand merci, mes braves ! Auriez-vous la gentillesse de m'aider à la remettre sur le droit chemin ? s'enquit-il. La voiture, bien sûr, pas ma femme !

Il partit d'un éclat de rire contagieux et poursuivit, l'œil malicieux :

— C'est fou comme son contrôle peut parfois être capricieux !

Les paysans poussèrent vaillamment la bête et, quelques minutes plus tard, la Panhard fut remise sur la route.

— Merci bien, merci, mes bons messieurs, vous nous avez été d'une grande aide ! s'égosilla Pierre.

Il sauta dans la Panhard, lança le moteur et repartit en trombe. Les paysans le regardèrent s'éloigner, interloqués. Tout embarrassé, l'un d'eux se décida finalement à rompre le malaise et à prendre la parole. Après s'être raclé la gorge, il déclara d'une voix timide :

— Ma chère madame, votre mari vous a oubliée ! Nous allons vous raccompagner.

Raide comme la justice bafouée, Alice avait déjà entrepris de regagner la route à pied.

— Non, non, messieurs, détrompez-vous, leur répondit-elle de son ton le plus digne. Il est simplement parti vérifier que la voiture fonctionnait bien. Il va revenir me chercher.

Furibonde, Alice s'empressa de remonter la côte. C'était bien la première fois que Pierre se comportait aussi mal. Décidément, sa distraction n'allait pas en s'arrangeant. Voilà qu'il oubliait sa propre femme à présent !

Dix minutes plus tard, elle entendit le bruit de pétarade de la Panhard avant de l'apercevoir. Elle était arrivée presque au bout de la côte et ne voyait que le ciel au-dessus de la route. Lorsque Pierre déboucha enfin au sommet, la Panhard s'envola de quelques centimètres dans les airs. Alice poussa un profond soupir d'exaspération. La voiture pila devant elle et Pierre en descendit.

— Ma chérie, tu souhaitais donc faire une petite promenade ? s'exclama-t-il.

Oh, celui-là, il ne perdait rien pour attendre.

*

* *

Capucine contemplait Étienne Ducats, le père de David. L'instant de surprise passé, elle avait réorienté la lumière de la torche qui l'aveuglait. En dépit de la fraîcheur de la nuit, son front était constellé de gouttelettes de sueur.

— Je me promenais dans mes vignes lorsque j'ai aperçu comme une lueur dans les vôtres, expliqua-t-il. J'ai voulu voir ce qu'il en était et me suis rapproché, mais la lueur s'est éteinte.

Capucine fronça les sourcils.

— Mais il ne faut pas faire ça ! s'exclama-t-elle. Celui qui s'en prend à nous est peut-être dangereux. Vous imaginez s'il vous avait vu vous approcher ? Tout seul et en pleine nuit, c'est de l'inconscience !

— Ah oui ? s'étonna Étienne Ducats. Et toi, que faisais-tu ?

Capucine soupira un instant, un fin sourire s'esquissant naturellement.

— Je venais au chai, mais j'avais pris le soin de me munir d'une lumière, déclara-t-elle en désignant le faisceau de la lampe torche.

— Ah oui, c'est certain qu'une telle arme devrait effrayer plus d'un rôdeur, répondit-il, taquin.

Un petit rire sortit de sa gorge.

— Dans ce cas, j'ai bien peur que nous soyons à un contre un, rétorqua-t-elle. Mais s'il vous plaît, si cela devait se reproduire à l'avenir, ne vous mettez pas en danger et appelez simplement la police.

Étienne Ducats acquiesça.

— Bon, vu que tout va bien, je vais rentrer.

Il abaissa la tête en signe de salutation et se mit en marche. Capucine le suivit du regard jusqu'à ce qu'il disparaisse de vue de l'esplanade. Prise d'un frisson, elle se dirigea rapidement vers sa voiture. Elle avait eu suffisamment d'émotions fortes pour la soirée.

*

* *

Augustin, le nez dans ses livres de compte, lorgnait les colonnes de chiffres en se prenant la tête à pleines mains. Sur le pas de la porte du bureau, Capucine l'observait en silence, attendant le moment propice. Elle ne savait pas comment lui annoncer la découverte qu'elle avait faite aux abords du chai, la nuit passée.

Plus elle y réfléchissait et plus les explications de leur voisin lui paraissaient alambiquées. Elle appréhendait l'effet qu'elles auraient sur son cousin. La nouvelle n'allait certainement pas manquer de relancer ses suspicions concernant la culpabilité de David. D'autant plus s'il venait à penser qu'il s'agissait d'une vengeance familiale.

— Oui ? demanda Augustin, sans relever le nez de son livre.

— Est-ce que tu as déjà entendu David jouer à la guitare ? interrogea-t-elle de but en blanc.

— Quoi ? s'exclama son cousin en levant les yeux.

— Et chanter ?

— Non, répondit-il, l'expression incrédule en abaissant de nouveau les yeux.

— Il a une voix merveilleuse, poursuivit-elle. Je ne l'aurais jamais cru. Et il joue très bien de la guitare aussi. Moi qui pensais que c'était toi le spécialiste.

Le silence réinvestit la pièce. Seule la respiration d'Augustin se percevait. Capucine se racla la gorge.

— Je suis allée au bar à vin hier soir et il s'y produisait. Il y avait Sophia aussi. Je crois qu'ils se fréquentent. Sophia et David. Enfin, c'est ce qu'elle m'a fait comprendre. Je trouve cela un peu bizarre, non ? C'est vrai, qu'est-ce qu'elle lui trouve ? Il n'est pas très loquace et…

Elle hésita à poursuivre, levant le regard vers la petite lucarne qui donnait sur le vignoble.

— Je ne sais pas, mais je ne trouve pas qu'ils aillent particulièrement bien ensemble. Elle est tellement belle et charmante, je l'aurais davantage vue avec quelqu'un comme toi.

Elle se leva et commença à marcher en rond, faisant les cent pas devant le bureau.

— D'ailleurs, c'est une idée formidable. Pourquoi tu n'inviterais pas Sophia à dîner ? Elle serait sûrement ravie et vous pourriez…

— Non mais c'est une blague ? l'interrompit Augustin, furibond, en tapant du poing sur la table.

Capucine sursauta.

— Qu'est-ce qu'il se passe ? s'étonna-t-elle.

— Qu'est-ce qu'il se passe ? répéta-t-il d'un timbre plus fort. Tu veux savoir ce qu'il se passe ? Figure-toi qu'on est en plein milieu d'une crise monumentale et que la seule chose qui t'intéresse c'est David. David par-ci, David par-là, et qu'il joue bien de la guitare, et qu'il a une belle voix, et qu'est-ce qu'il peut bien trouver à Sophia ? finit-il dans un hurlement. Non mais je rêve ! Tu en pinces pour lui ou quoi ?

— Alors là, pas du tout ! s'insurgea Capucine en levant le menton en l'air. Je te racontais simplement ma soirée, et d'abord j'ai demandé ce qu'elle pouvait bien lui trouver à lui, pas le contraire.

— Ben voyons, grommela Augustin, qui avait déjà reporté son attention sur les colonnes de chiffres.

Capucine, mécontente, se rengorgea et croisa les bras.

— Si je suis venue te voir, c'était pour te parler de quelque chose d'important, poursuivit-elle.

— Si c'est aussi intéressant, cela pourra attendre, décréta-t-il d'un ton mauvais.

Elle fit la grimace et déclara avec désinvolture :

— À toi de juger ! La nuit dernière, j'ai rencontré Étienne Ducats près du chai !

*
* *

Comme elle l'avait envisagé, Augustin entra dans une colère noire. À sa grande surprise cependant, il ne se rua pas directement tête baissée chez ses voisins et appela Émilien. Faisant claquer les talons de ses bottes sur le sol, il tempêtait en vociférant dans l'appareil. À l'autre bout de la ligne, le ton impassible du policier l'exhortait au calme.

— Comment ça, tu ne vas rien faire ? se scandalisa Augustin. Nous avons enfin la preuve. La preuve !

Un instant de silence tendu régna le temps qu'Émilien fournisse sa réponse.

— Pas suffisant ? explosa alors Augustin. Mais qu'est-ce qu'il te faut de plus ?

Il raccrocha sans prendre la peine d'écouter la réponse et passa en trombe devant sa cousine.

— Augustin ? l'appela-t-elle. Où vas-tu ?

N'obtenant aucune réponse, elle s'élança à sa suite. Indéniablement, il se rendait chez les Ducats.

— Augustin, attends, l'implora-t-elle. Et si jamais Étienne cherchait réellement à nous rendre service ?

Augustin, sans interrompre son élan, éclata d'un rire sarcastique.

— Allons, même toi, tu n'y as pas cru !

— Non, ce n'est pas vrai, répliqua Capucine en forçant l'allure pour tenter de le rattraper. J'ai simplement eu un doute. Et avec tout ce qui s'est passé dernièrement, c'est tout à fait naturel. Nous sommes constamment sur nos gardes. À force, il y a de quoi devenir paranoïaque.

Augustin s'arrêta subitement et se retourna pour faire volte-face, manquant la percuter.

— Et nous allons continuer à l'être jusqu'à ce que toute cette histoire soit terminée, grinça-t-il avant de reprendre son chemin, toujours aussi déterminé.

*
* *

L'entrée de la propriété du château Rose-Ducats était grande ouverte. Ils entrèrent sans se faire annoncer et obliquèrent directement vers le chai. Les façades de moellons et de briques rouges entremêlées scintillaient sous l'éclat du soleil. Augustin agrippa rageusement la poignée de la porte et l'ouvrit d'un coup sec.

— David ? appela-t-il en pénétrant à l'intérieur. David ?

Ils s'avancèrent dans le bâtiment saturé des effluves de fermentation. Au bout du couloir, David apparut dans l'embrasure de la porte de sa salle de dégustation.

— Alors, c'est de cela qu'il s'agit ? l'apostropha aussitôt Augustin. C'est encore une grotesque histoire de vengeance familiale ?

Son corps tremblait de tous ses membres tant il était hors de lui. Il s'immobilisa à deux cheveux de son ancien ami et, nez à nez, le toisa avec mépris.

— Seulement, cette fois-ci, tu ne peux pas faire tout le sale boulot tout seul, il a fallu que tu débauches ton père ! Tu n'as pas honte ?

David, interdit, écoutait le débit de paroles sans broncher. Il jeta un regard interrogateur en direction de Capucine, qui leva les épaules en signe d'impuissance. Augustin était lancé et poursuivait ses accusations à bâtons rompus. La silhouette de Sophia apparut alors aux côtés de David. La jeune femme leur lança de grands yeux étonnés. Pris de court, Augustin manqua s'étrangler, ce qui permit au flot ininterrompu de ses récriminations de cesser. Profitant de cette interruption, David en profita pour prendre la parole.

— Je ne sais absolument pas de quoi tu parles. Et qu'est-ce que mon père vient faire là-dedans ?

— Je l'ai croisé cette nuit, aux abords du chai, expliqua Capucine.

— Et ? s'enquit David avec une pointe d'agacement.

— Et compte tenu des circonstances...

Capucine hésita.

— Compte tenu des circonstances, vous pensez que mon père et moi nous amusons à nous balader à la belle étoile pour détruire votre vignoble.

— Exactement, grogna Augustin en serrant les poings.

David éclata d'un rire sans joie.

— Lui avez-vous au moins demandé ce qu'il faisait ?

— Oui, acquiesça Capucine, dont le rouge commençait à monter aux joues. Il m'a dit avoir aperçu de la lumière et être venu vérifier que tout allait bien.

David hocha la tête d'un air satisfait.

— Cela lui ressemble bien, en effet.

Augustin ricana ironiquement.

— Et c'est pour le remercier de ce comportement de bon voisinage que vous venez nous agresser aujourd'hui ? demanda David.

Fulminant, Augustin s'apprêtait à répondre lorsque Capucine, le devançant, s'avança et se planta devant David.

— Avec tout ce qui s'est passé, tu ne peux pas nous reprocher d'avoir des doutes.

David sourit amèrement.

— Sur moi peut-être bien, dit-il, mais certainement pas sur mon père.

Dans sa voix, une fraîcheur inhabituelle s'était installée. Comme giflée au visage, Capucine recula. Augustin en profita pour reprendre la discussion, et continua à argumenter, point par point, les raisons qui justifiaient selon lui ses accusations. Capucine se sentit soudain prise d'un sentiment de vertige. Les yeux posés sur Sophia, elle observa un instant la jeune femme. Elle avait relevé ses cheveux en une queue-de-cheval qui aérait son visage et le rendait encore plus beau. Une pointe de malaise s'insinua en elle à l'idée de la relation qu'elle entretenait avec David. Capucine soupira.

Peu importait cependant ce qu'elle ressentait. Elle n'y pouvait rien et n'avait pas à intervenir. Contemplant toujours Sophia, elle fronça les sourcils. Il y avait une infime note de vulnérabilité ou de fragilité en elle qui donnait envie de la prendre dans ses bras pour la protéger. C'était un sentiment étrange qu'elle n'avait jamais éprouvé auparavant. Les deux hommes, les bras croisés, continuaient à se disputer, chacun se pensant dans son bon droit. Elle contourna Augustin et, s'approchant de l'angle de la porte où se trouvait toujours Sophia :

— Une petite promenade, ça te dit ?

La belle brune hocha la tête et elles s'engagèrent ensemble vers la sortie, laissant les éclats de voix diminuer lentement derrière elles. À l'extérieur, Capucine bifurqua sur la gauche et se dirigea vers le début du vignoble. Lorsqu'elle était petite, elle adorait cet endroit. Les coteaux, bien que moins impressionnants quant à leurs dénivelés que ceux que l'on apercevait depuis le Loup des Bois, étaient indéniablement plus spectaculaires. La pureté des lignes et la géométrie finement ciselée du paysage évoquaient la perfection d'une peinture. Elles pivotèrent vers le sentier et poursuivirent le long de l'allée qui serpentait entre les rangées de vignes.

— Je suis désolée, confia finalement Capucine en rompant le silence.

— À quel sujet ? s'enquit Sophia en se tournant vers elle.

— Par rapport à notre relation un peu compliquée avec David, répondit-elle. Tu dois penser qu'Augustin est de nature agressive. C'est pourtant tellement loin de sa personnalité, mais ces derniers temps ont été difficiles. Je suis à peu près certaine que David n'a rien à voir dans tout cela, mais pas lui. Et je crois que c'est la seule façon qu'il a trouvée pour en être sûr.

Sophia hocha la tête et détourna le regard, le portant sur le paysage.

— Ne t'inquiète pas, répondit-elle après un instant. Je comprends tout à fait et je ne juge pas. Cela dit, je suis également sûre que David n'a rien à voir dans cette histoire. Il a véritablement un bon fond. Même si cela lui est arrivé de s'égarer.

Sophia laissa planer sa dernière phrase dans l'air. Capucine, interpellée, s'arrêta.

— Il t'a raconté ce qui s'est passé l'année dernière ? demanda-t-elle.

Sophia acquiesça.

— Oui. C'est en grande partie grâce à cela que je comprends chacun de vos points de vue. Cette situation est délicate pour tout le monde.

Elle sourit et son visage s'épanouit encore plus, lui conférant une empreinte de grâce et une pointe de malice. Capucine sourit à son tour et elles poursuivirent leur promenade en discutant d'autres sujets.

Lorsqu'elles revinrent au chai une heure plus tard, Augustin était parti et David, le nez dans un tube à essai, paraissait tendu et énervé. Capucine tourna les talons sans demander son reste et rentra au manoir. Sur le chemin du retour, elle songea à Sophia. Cela ne faisait pas longtemps qu'elle la connaissait, mais elle ressentait déjà pour elle une affection inexplicable. Se faire des amies n'avait jamais été son point fort. Capucine, qui n'appréciait pas les relations superficielles, avait toujours privilégié les amitiés rares certes, mais également fortes et complices. À ce titre, elle n'avait jamais eu beaucoup d'amis. Depuis sa plus tendre enfance, sa sœur cadette, Melody, avait toujours joué le rôle de sa meilleure amie. Une amitié exclusive à laquelle s'étaient ensuite greffées celles d'Augustin et de David. Elle avait bien entendu eu d'autres amis, mais jamais rien de comparable. Peut-être jusqu'à Sophia, se dit-elle. Peut-être trouverait-elle grâce à elle une amitié profonde en dehors du cercle de sa famille proche ?

VIII

Les secrets de famille

Juillet 1929

Le médecin *n'avait rien décelé d'inquiétant. Parfois, les enfants se faisaient un peu attendre. Il connaissait quelques couples dans son cas et tous avaient finalement réussi à concevoir. Il n'y avait donc pas de quoi s'inquiéter. Alice avait été rassurée et avait décidé de prendre son mal en patience.*

Il s'agissait de la première fois qu'elle acceptait de monter dans la Panhard depuis l'incident de la côte. Elle avait tant remonté les bretelles à Pierre que ce dernier avait cru drôle de raconter son exploit dans tout le voisinage.

— Je lui disais : « Tu vois ? Toi qui rouspètes tout le temps du fait que ma conduite nous fait perdre du temps, nous nous sommes remis sur les rails rapidement cette fois-ci. » J'avoue que, sur le moment, j'ai trouvé un peu bizarre qu'elle ne me réponde pas, mais je me suis dit qu'elle n'avait tout simplement rien à objecter.

Pierre riait alors à gorge déployée avant de reprendre son récit.

— Lorsque je suis arrivé devant la maison, je lui ai lancé : « Tout le monde descend ! » Et c'est à cet instant que j'ai regardé dans le rétroviseur. Misère ! La voiture était vide. Inutile de dire que je me suis empressé de remettre le moteur en marche. Ah, quelle histoire !

Il laissait son rire généralement s'épanouir lors de ce nouvel intermède, puis achevait d'un air espiègle :

— En tout cas, lorsque nous sommes enfin repartis tous les deux vers la maison, il n'y avait plus aucun doute possible. Elle était bien dans la voiture !

L'anecdote était devenue fameuse, au grand dam d'Alice qui avait décidé de punir Pierre en faisant la grève de la Panhard. Après un mois de supplications, elle accepta finalement de se laisser conduire pour rendre une seconde visite au médecin, qui se trouvait à plusieurs kilomètres. Depuis quelques jours, elle ne se sentait pas en forme, elle était fatiguée et la tête lui tournait comme si elle avait des vertiges. La Panhard s'élança dans son embardée habituelle et commença à prendre de la vitesse. Au croisement du Vieux Moulin, Pierre, qui souhaitait éviter le chemin qui passait par la côte, bifurqua sur la gauche et emprunta la route bordée de hauts talus tortueux. Ils passèrent devant le chemin qui menait au chai des Millêtre et poursuivirent. Le virage suivant était étroit et en épingle à cheveux. Alice criait à son mari de ralentir tout en se cramponnant de toutes ses forces au siège.

Au même instant, Martin Millêtre se redressa dans son rang de vigne. Il lui semblait avoir entendu un appel. Il dressa l'oreille, aux aguets, puis, n'entendant que le silence, replongea aux côtés de ses grappes de raisin.

— Au secours ! entendit-il alors claironner dans le lointain.

Il s'élança aussitôt en direction de la voix. Lorsqu'il déboucha sur le dernier rang de vigne, il s'arrêta sous l'effet de la surprise. En contrebas, au milieu de la mare aux Bourbiers, gisait une Panhard. Il plissa les yeux et reconnut celle de ce grand fou de Rivière. La voix d'Alice résonna de nouveau. Les mains solidement campées sur les hanches, il soupira tout en secouant la tête. Puis il descendit le coteau. Heureusement, la mare n'était pas profonde. Il y plongea jusqu'à la taille et prit la main d'Alice pour l'aider à s'en extirper. Catastrophé par l'état de sa voiture, Pierre pataugeait aux côtés du véhicule en se lamentant. Lorsqu'elle revint sur la terre ferme, Alice, folle de rage, l'exhorta à sortir de l'eau par tous les diables. Entêté, Pierre ne voulut rien savoir tant que sa Panhard risquait de s'embourber.

Martin Millêtre partit donc chercher de la corde et son attelage de chevaux de trait. Ensemble, ils réussirent à sortir la Panhard du marasme. Au comble du bonheur, Pierre accourut vers son voisin pour le prendre dans ses bras. Mais juste avant qu'il ait pu le rejoindre, il glissa sur une épaisse couche de boue et arriva devant lui les quatre fers en l'air. Alice leva les yeux au ciel. Une fois de plus, ils avaient eu beaucoup de chance. Au village, les rumeurs de malédiction commençaient même à prendre des tournures de farces.

Alice, cependant, avait atteint sa limite. Elle fut catégorique. Il était hors de question qu'elle remonte dans cet engin de malheur. La Panhard était à vendre.

— Mais enfin, ma chérie, c'est toi qui me fais peur à chaque fois avec tes cris ! plaida son mari, tout penaud.

Alice l'interrompit aussitôt d'un ton sec :

— Je ne remonterai plus jamais dans ce cercueil mobile et toi non plus. Notre enfant a besoin d'un père !

Pierre fronça les sourcils.

— Je peux au moins la garder en attendant que tu tombes enceinte ? implora-t-il alors d'une toute petite voix remplie d'espoir.

Les yeux d'Alice s'illuminèrent d'indignation un bref instant, puis un petit sourire narquois apparut aux coins de ses lèvres.

— C'est entendu, accepta-t-elle.

Pierre rayonnait déjà.

— Tu peux donc la mettre en vente dès aujourd'hui, poursuivit-elle.

Puis elle s'éloigna d'un pas léger et victorieux, le laissant bouche bée. Le médecin l'avait avertie. Les symptômes qu'elle présentait pouvaient indiquer une grossesse. Or, lorsque la Panhard s'était envolée dans les airs, croyant sa fin arrivée, Alice avait ressenti la force de la vie qui poussait en elle. Elle en était sûre, elle était enceinte.

*
* *

Capucine contemplait le ciel d'un rose époustouflant, accoudée contre la rambarde du perron du manoir. Debout devant les marches, elle se fit la réflexion qu'il manquait une chaise ou un fauteuil pour admirer la vue avec plus de confort. Machinalement, elle se redressa et plaqua ses mains contre la cambrure de son dos en se massant doucement les lombaires. Jamais elle n'avait ressenti de telles douleurs dans cette zone, comme dans aucune autre de son corps d'ailleurs. Pas particulièrement sportive, elle ne sollicitait d'ordinaire pas beaucoup ses muscles, or le travail à la vigne requérait un bon niveau de condition physique. Plus qu'elle ne l'avait imaginé…

Des muscles, pour la plupart inconnus jusqu'alors, la faisaient souffrir le martyre. Cependant, ces douleurs la rendaient fière. Bientôt, elle serait aussi fine et musclée que l'était sa tante Louise. Elle pivota et pénétra à l'intérieur du manoir. Attirée par une délicieuse odeur qui s'échappait de la cuisine, elle s'y dirigea et avisa les jumelles, tranquillement installées sur la table, en pleine préparation de pain frotté à l'ail.

— Rien de tel pour ragaillardir ! s'exclama Octavie en découvrant ses canines dans un large sourire.

Capucine sourit à son tour et s'assit en face de ses grands-mères. En dépit de leur âge avancé, les deux femmes rayonnaient. Leurs beaux visages encadrés d'un sempiternel chignon blanc étaient lumineux et peu ridés. Capucine lorgna discrètement sur Octavie, celle qui avait toujours été mauvaise et acariâtre. Pendant de longues années, sa méchanceté naturelle s'était lue de l'éclat de ses yeux jusqu'à la commissure de ses lèvres.

Depuis son retour de Californie, Capucine la trouvait différente. Le visage de l'aïeule ne lui renvoyait plus cette image. Tout au plus, Octavie avait l'air d'une peste, de celles qui jouent les princesses capricieuses et insupportables. Capucine reporta son attention sur les tartines de pain, qui si elle se référait au fumet s'échappant de la marmite, allait accompagner le fameux tourrain local, composé entre autres de tomate et de céleri. L'eau lui monta à la bouche.

Sans crier gare, l'image du château Noir refit soudain surface dans son esprit. Se souvenant de la question restée en suspens la fois précédente, elle profita de ce moment de calme pour la réitérer.

— Au fait, dit-elle, vous n'aviez pas fini de me raconter l'histoire du château de l'Ange, l'autre soir. Pourquoi porte-t-il ce nom ?

Léonie et Octavie échangèrent un regard.

— Rien ne sert de remuer la boue, grogna Octavie en s'acharnant sur le bout de pain qu'elle tenait entre ses doigts.

— Personne n'a parlé de boue, s'étonna Capucine.

Octavie leva les yeux au ciel et, se tournant vers Léonie, se mit à soupirer.

— Cette petite ne comprend jamais rien, se plaignit-elle.

— Allons, elle est simplement curieuse, répliqua l'autre.

Capucine écarquilla les yeux.

— Ouh ouh ! lança-t-elle en secouant la main devant leur nez. Vous vous souvenez que je suis là ?

— Ce serait difficile à oublier avec tout ce vacarme, cingla Octavie en fronçant les sourcils.

— Ce qui ne répond pas à ma question, renchérit Capucine.

— Il n'y a rien à dire là-dessus, répliqua sèchement l'aïeule. Un point, c'est tout.

Capucine leva les yeux au ciel à son tour.

— Pourquoi l'appelait-on le château de l'Ange ? poursuivit-elle comme si elle n'avait pas entendu Octavie. Et pourquoi le surnommait-on le château Noir ? À cause de la couleur de ses murs ?

— Tu n'en as pas marre de toutes ces questions ? s'emporta Octavie. Un vrai moulin à paroles ! Laisse-nous un peu tranquilles, veux-tu !

Capucine fronça les sourcils. La dernière fois qu'elle avait vu Octavie autant sur la défensive, elle avait fini par révéler un secret de famille impensable. Elle se tourna d'un air suspicieux vers Léonie, qui ne disait rien non plus.

— Et toi, grand-mère ? s'enquit Capucine. Tu n'as pas d'autres informations ?

— Veux-tu bien arrêter d'ennuyer Léonie avec ça ? rouspéta Octavie de plus belle.

Léonie haussa les épaules.

— Ce sont de vieilles histoires, tu sais, ma chérie, se contenta-t-elle de dire.

— Comme vous voudrez, répondit leur petite-fille en se levant. Ce n'est pas grave, je finirai bien par trouver quelqu'un qui me répondra.

— Comment ? s'exclama Octavie, rouge de colère. Il est absolument hors de question que tu interroges qui que ce soit à ce sujet ! Il ne manquerait plus que cela !

— Et pourquoi pas ? lança cette dernière du tac au tac.

— Oh, mais parce que je te l'interdis ! chevrota la vieille femme.

Léonie ferma les paupières en soupirant bruyamment. Voilà qui allait convaincre Capucine de questionner le village dans son intégralité…

Capucine, qui savait qu'elle détenait à présent l'avantage, fit mine de partir et s'avança vers le couloir.

— Très bien, très bien ! s'écria l'aïeule exaspérée en levant les mains en signe de reddition. Reviens et assieds-toi. C'est une longue histoire.

*

* *

Septembre 1929

Son corps commençait à se transformer avec douceur et fluidité. Chaque jour lui amenait une nouvelle sensation, l'impression toujours plus intense de cette vie qu'elle sentait éclore à l'intérieur de son être. Alice s'attendait aux symptômes classiques. Les rondeurs localisées, les sensations de nausées, les sentiments de fatigue et bien évidemment la joie de la future naissance. Cependant, rien ne l'avait préparée à l'émotion saisissante qui l'avait enveloppée dès qu'elle avait su. Un incroyable sentiment de complétude régnait en elle, une fusion comme elle ne l'avait jamais rêvée, une communion d'âmes, calme et sereine. Pour la première fois de sa vie, le concept du terme « bonheur » prenait tout son sens et toute sa saveur. Elle se sentait épaulée, aimée, en harmonie. Elle n'avait besoin de rien d'autre. Tout ce qu'elle désirait se trouvait en elle. Au cœur de cette autosuffisance surprenante, plus rien ne comptait, plus rien n'existait.

Naturellement, elle se referma sur elle-même, non pas dans un mouvement de repli sur soi, mais au contraire dans une attitude enveloppante, bienveillante et chaleureuse, à l'image d'une chrysalide. Elle irradiait en permanence, douillettement lovée au creux de son cocon douillet.

Naturellement, Alice se réfugia dans le château Noir. Elle y passait tout son temps, modifiant tendrement la décoration, pièce après pièce, afin de créer une atmosphère plus personnelle. Cela faisait près de trois ans qu'ils vivaient au château, pourtant Pierre ne s'y faisait toujours pas. Le cœur aux bords des lèvres, il s'y glissait toujours avec un mélange d'effroi et de dégoût. La nuit, il faisait souvent des cauchemars et la suppliait de partir.

Alice faisait alors la sourde oreille. Elle avait appris à aimer son château et à s'y sentir chez elle. Il était sa possession. Un orgueil comme nul autre pareil l'empêchait de faire preuve de la moindre empathie vis-à-vis de son mari. Si elle avait réussi à s'y faire, il le ferait également, même si cela devait prendre du temps. Partir n'était pas une option envisageable.

Les mois défilaient au compte-gouttes. Octobre et son cortège de feuilles flamboyantes, novembre et les premiers frimas, décembre et ses promesses de festins. Elle était alors enceinte de cinq mois. Jamais elle ne s'était sentie aussi à l'aise dans sa féminité. Le rôle le plus beau et le plus important de la nature lui incombait et elle vivait un rêve éveillé.

Depuis plusieurs jours, elle faisait cependant des insomnies, se réveillant souvent au milieu de la nuit, sans savoir pourquoi. Elle restait alors allongée dans le noir, les yeux ouverts. Une nuit, elle ressentit soudain le besoin impérieux de se lever et de se dégourdir les jambes. Pierre chahutait dans son sommeil, visiblement encore en proie à des cauchemars. Elle se leva sans bruit et quitta la chambre. La main plaquée le long de la tapisserie, elle frôlait les murs pour se diriger. Au bout du couloir, elle déboucha sur le palier qui donnait sur le grand escalier et s'arrêta un instant pour humer l'air. Au milieu du hall, l'imposante statue de l'ange se dressait dans toute sa magnificence. Le pied posé sur la première marche, elle sentit soudain ses jambes se dérober. Elle tomba lourdement et, dans sa chute, poussa un cri strident.

*

* *

— Comme tu le sais, commença Léonie, les Angélus étaient l'une des familles les plus riches du canton au début du siècle. Nous possédions un grand vignoble ainsi qu'un magnifique château. À l'époque, il s'appelait le château de l'Ange, en référence à notre nom.

— Comment ? s'exclama Capucine. Le château Noir nous appartient ?

— Ah non, aucune interruption ! claironna aussitôt Octavie. Si tu veux connaître la vérité, tu écoutes en silence.

Avisant le doigt sentencieux brandi en l'air, Capucine se tut de mauvaise grâce.

— Il me semble aussi qu'il provient d'une statue d'un ange, une reproduction de l'archange Raphaël, qui se trouvait quelque part dans le hall, mais nous n'avons jamais pu le vérifier. En dépit des aléas de la vie et de la vigne, notre famille avait toujours prospéré grâce à ce patrimoine. À l'époque, même les Millêtre et les Ducats ne pouvaient pas prétendre à une telle renommée. Nous possédions, ce que beaucoup nous envièrent pendant longtemps, cette demeure antique qui était l'un des plus beaux joyaux de la région. À chaque descendance et à chaque mariage, le domaine s'agrandissait d'autant, engloutissant la richesse, les biens immobiliers ou les vignes des nouvelles familles.

— Des pièces rapportées, commenta Octavie.

— Chut ! s'empressa de l'invectiver Capucine.

L'aïeule revêche darda sur elle une grimace.

— Et puis un jour, poursuivit Léonie d'une tonalité plus forte afin d'éviter un nouvel esclandre, un jour, Antonin Angélus, notre grand-père, tomba amoureux d'une jeune fille simple, fille d'un petit vigneron qui ne possédait qu'une humble maisonnette et quelques rangées de vigne. Ce fut un drame. Étrangement, pas tant pour Lucien, le père d'Antonin et le patriarche de la lignée que pour sa femme, Clarisse Angélus. D'après les racontars, Clarisse était une femme têtue et assez effrayante. Elle avait une silhouette raide et fine ainsi qu'un visage sec et allongé. Avec elle, tout devait filer droit, être impeccablement rangé, suivre le plan établi et surtout ne déroger à aucune règle.

Capucine tourna la tête vers Octavie d'un air entendu. Cette description lui allait à la perfection. Cette dernière, à laquelle l'allusion n'avait pas échappé, serra les mâchoires.

— Pour Clarisse, un tel mariage était inconcevable. Elle se lança donc dans une véritable guerre ouverte contre son propre fils et échoua. Antonin et Adèle se marièrent. À cause de cette histoire, le château de l'Ange fut transformé. Clarisse s'en servit pour faire du chantage et interdit son accès à sa propre famille.

— Tu oublies de dire que la folle avait décidé de ne plus parler, intervint Octavie.

— J'allais y venir. À compter du jour du mariage, date selon elle funeste entre toutes, elle décida de s'enfermer dans un mutisme total dont elle ne sortit apparemment plus jamais. Lucien, son époux, mourut peu de temps après. Elle lui survécut pendant plusieurs années. Une période qui lui permit de complètement ruiner le château. Elle qui, d'ordinaire, aimait tant l'ordre et la propreté, amorça le sombre déclin que l'on connaît aujourd'hui. De l'avis général, enfermée dans sa maison et dans sa tête, elle frisa la folie.

Léonie s'interrompit, reprenant sa respiration. Une pause sur laquelle Octavie sauta pour participer au récit.

— Dis plutôt qu'elle était complètement maboule.

— Octavie, protesta Léonie, nous n'en savons rien.

— Pardi si, moi, je le sais, grogna Octavie.

— Quoi qu'il en soit, Clarisse mourut dans la solitude et la saleté la plus totale. C'est Antonin, son fils, qui fit la découverte de son corps, environ trois semaines après son décès.

— D'après les rumeurs, ce qu'il trouva à l'intérieur du château, en plus du corps, faisait froid dans le dos, interféra de nouveau Octavie. Car certes, la folle avait fait tout son possible pour rendre la demeure inhabitable, mais elle avait aussi et surtout réussi à insuffler au lieu une véritable aura maléfique.

Capucine frissonna. Octavie se mit à sourire et, rapprochant lentement la tête, poursuivit en baissant la voix dans un murmure.

— Il trouva des inscriptions faites avec du sang le long des murs, des chaudrons emplis de décoctions étranges, des morceaux d'animaux morts étalés un peu partout, le tout dans un capharnaüm indescriptible. Et la magnifique statue de l'ange qui trônait dans l'entrée, d'une blancheur immaculée, était devenue toute noire !

Puis elle partit dans un grand éclat de rire, faisant tressaillir Capucine.

— Octavie, la réprimanda Léonie. Tu n'as pas honte ! Elle essaye juste de te faire peur, précisa-t-elle à l'attention de sa petite-fille.

— Que nenni, protesta Octavie, qui avait retrouvé toute sa verve. Et tu le sais aussi bien que moi. Cette Clarisse était au mieux une sorcière, au pire une hystérique illuminée et démoniaque.

— Tu connais bien la propension des gens à affabuler, répliqua Léonie en hochant la tête. Pour ma part, je n'ai jamais vraiment adhéré à cette partie de l'histoire. Beaucoup trop mélodramatique pour moi. Mais le spectacle auquel a assisté Antonin l'a effectivement chamboulé. La vision de sa mère décédée depuis un moment associée au déclin de la maison de son enfance avait de quoi le bouleverser. Toujours est-il qu'à partir de ce moment-là il nourrit une profonde aversion contre le château, qu'il transmit à son fils, notre père, Léon.

— Lorsque nous étions petites, poursuivit Octavie, le château de l'Ange était un sujet défendu. S'il nous arrivait d'en parler, notre père faisait comme s'il n'avait rien entendu. Il ne fallait ni l'observer ni le voir, et encore moins le nommer. Tout le monde faisait comme s'il n'existait pas. Et donc, bien entendu, c'était l'un de nos sujets favoris. Mais ce n'est que bien des années plus tard que nous avons pu en savoir plus. Les habitants du village avaient beau être effrayés, ils adoraient répandre des ragots. C'est que ce n'était pas une histoire banale.

Capucine hocha la tête. L'histoire qu'elle venait d'entendre semblait incroyable. « Encore un secret de famille », songea-t-elle.

— À qui appartient le château aujourd'hui ? Il est encore à nous ?

Octavie éclata de rire.

— C'est une très bonne question. Je me la suis justement posée lorsque tu l'as évoqué au dîner.

— Vous ne le savez pas ? demanda-t-elle, étonnée.

Léonie, quelque peu embarrassée, se racla la gorge.

— Eh bien, nous pensons que si, mais disons que nos connaissances en la matière n'ont pas été actualisées depuis un moment.

— Comment cela, actualisées ?

Octavie sourit de plus belle.

— Après la mort d'Antonin et d'Adèle, l'héritage des Angélus fut divisé en deux. Notre père Léon récolta tout le domaine viticole et sa sœur cadette, Alice, reçut le château.

— Alice ? répéta Capucine en fronçant les sourcils. C'est la première fois que j'entends parler d'elle.

— Mais non ! désapprouva l'aïeule en tapant du pied sous la table. Tu l'as déjà vue, elle est sur certaines photos dans la malle du grenier.

— Cela ne me dit rien du tout, la contredit ouvertement Capucine.

— Certainement parce que nous ne l'avons jamais présentée, expliqua Léonie d'une voix douce.

— Tu ne l'as jamais présentée, toi ? s'enquit Octavie. Moi, j'ai toujours dit que c'était une voisine.

Capucine, interloquée, observait les jumelles.

— Mais qu'est-ce que vous racontez ? Pourquoi n'avez-vous pas simplement dit qui elle était réellement ?

— Parce qu'elle était folle, pardi ! rétorqua Octavie.

— Elle aussi ? observa Capucine, l'air soupçonneux. Si tous nos ancêtres étaient aliénés, cela ne nous laisse pas beaucoup de chances, continua-t-elle en regardant Octavie.

— Seulement de leur côté de la famille. Nous avons été épargnés, Dieu soit loué, rétorqua cette dernière.

Capucine haussa les sourcils.

— Ils n'étaient pas fous, rectifia Léonie, il s'agissait simplement d'un autre temps.

— D'un autre temps ? s'enquit Octavie, la mine ironique. Et la Manon alors ? Elle ne s'est pas volatilisée sans raison du jour au lendemain ?

— Manon ? s'enquit de nouveau Capucine, qui commençait à avoir le tournis dans cette valse de prénoms inconnus.

— La fille d'Alice. C'est à elle que le château revenait théoriquement, sauf qu'elle a disparu un beau jour et que nous n'en avons jamais plus entendu parler.

— Et quel âge a-t-elle ?

— Eh bien, si elle est toujours en vie, elle devrait avoir dans les quatre-vingt-cinq ans. Quant à savoir si cette dégénérée a eu des enfants et des petits-enfants, c'est encore autre chose.

— Octavie ! s'insurgea Léonie, dont le rose était monté aux joues. Pourrais-tu avoir un peu de respect, s'il te plaît ?

— C'est le terme « dégénéré » qui te dérange ? rouspéta sa sœur, qui ne se laissait pas si facilement démonter. Tu as peut-être oublié combien elle nous terrifiait lorsque nous étions jeunes ? Déjà, à cette époque, elle avait quelque chose qui ne tournait pas rond, mais alors pas du tout !

— Si je comprends bien, intervint Capucine en interrompant leur diatribe, s'il n'y a plus aucune descendance, le château pourrait être à nous.

— C'est peu probable, à mon avis.

— Et pourquoi cela ?

— Parce que le notaire nous aurait avertis, trancha Octavie.

— Effectivement, soupira Capucine. C'est dommage.

— Dommage ? s'exclama Octavie en manquant de s'étrangler. Pauvre folle ! Le château de l'Ange n'existe plus depuis longtemps. Et il vaut mieux pour tout le monde que personne ne cherche à aller réveiller ce qui se cache à l'intérieur.

Capucine observa l'aïeule, l'esprit songeur.

— Pour une fois, ma chérie, je suis du même avis qu'Octavie, renchérit à son tour Léonie.

*

* *

Au bleu céruléen du ciel se mélangeait lentement une nuance d'un rose tendre et doré. Le crépuscule teintait les vignes de son aura angélique, offrant au paysage l'élégance d'une peinture. Capucine se détourna un instant du vignoble qui s'étendait à perte de vue, entrelacé dans un labyrinthe de coteaux. Depuis la révélation des jumelles, toutes ses pensées étaient obsédées par un seul objet : le château de l'Ange. Elle retint sa respiration un instant, contemplant son aspect miteux et défraîchi. L'ombre d'un fil ténu lui semblait, étrangement, la relier à son pouls imperceptible, à son apparence austère ainsi qu'à son halo de mystère. Un souffle de vent lui balaya le visage, ébouriffant ses cheveux et arrachant d'un même mouvement quelques feuilles d'un rouge profond des branches de l'érable palmé centenaire qui trônait aux côtés des murs fissurés de la bâtisse. Capucine étudiait attentivement les contours du monument, des fenêtres et de la porte d'entrée. Son pouls s'accéléra au moment où elle ressentit comme un appel, une envie irrépressible de se rapprocher, et pourquoi pas d'entrer. Instinctivement, elle s'avança de quelques pas, s'aventurant au-delà du sentier qui bordait les limites de la propriété.

La luminosité commençait à décliner. Elle ne l'apercevait pourtant pas, toute plongée qu'elle était dans sa contemplation silencieuse. Retirée dans un autre monde, elle était imperméable aux sensations de l'extérieur. Elle n'entendit pas non plus le faible bruit de pas, ni ne sentit la présence qui les accompagnait et qui la rejoignait furtivement. Plus rien n'existait hormis la sinistre façade. Elle se laissa guider par ses pas, qui l'emmenaient toujours un peu plus près. Elle se baissa et foula les feuilles d'érable qui jonchaient les abords du château. Jamais encore elle n'avait osé s'aventurer aussi loin. Elle devait à présent lever les yeux pour l'apercevoir dans son intégralité. Malgré la faible luminosité, elle avisa les larges fissures qui lézardaient les murs, tels des coups de griffes, des balafres hideuses et béantes. Comme dans un songe, elle perçut soudain l'effluve déroutant d'un embrun marin. Une douleur mordante la fit tressaillir. Elle ressentit une grande fraîcheur s'emparer d'elle. Puis ce fut la nuit noire.

VIII

L'agression

Décembre 1929

LA CHUTE *dans l'escalier avait été sans gravité pour l'enfant. Pierre s'était réveillé en sursaut en plein milieu de la nuit en entendant son cri et s'était précipité auprès d'elle. Alice s'en était sortie avec une simple entorse à la cheville qui l'avait obligée au repos, ce qui, dans tous les cas, était préférable.*

Il lui avait demandé ce qui s'était passé et elle s'était contentée de dire que ses jambes l'avaient soudain lâchée. Pierre était dubitatif. Les jambes ne flanchaient pas ainsi. Mais elle n'avait jamais changé sa version. Elle devait être fatiguée. Pierre était donc inquiet et ne pouvait s'empêcher de songer aux rumeurs de malédiction.

Durant cette période, il se sentit livré à lui-même et se rendit au village pour interroger tout le monde à ce sujet. Jusque-là, il n'avait jamais été trop regardant, ne souhaitant pas envenimer son sentiment de malaise. À présent, il commençait à ressentir une telle angoisse qu'il lui fallait connaître les moindres détails de cette sinistre renommée. Il se rendit chez les vieux villageois, à l'église, dans les commerces tenus par les commères notoires et questionna allègrement. Et ce qu'il découvrit le stupéfia plus encore.

Des impressions, des suppositions et des inventions se succédèrent à un rythme effréné, toutes aussi fantasques qu'obscures, mais pourtant toutes transformées en certitudes sans le moindre doute. Certains parlaient d'intuition, lui songeait à du vent. La malédiction du château semblait en fait reposer sur un seul et unique personnage, la grand-mère d'Alice, l'austère Clarisse. Par son tempérament, son comportement et son apparence, cette dernière avait réussi à contaminer le lieu en lui insufflant une aura délétère. Il s'interrogeait. Et si tout cela, en définitive, n'était fondé que sur la sottise et la crédulité des gens ? Sur leur besoin fou de calomnier et de frissonner, ainsi que leur penchant à voir le mal partout ?

Pierre retourna au château, l'esprit songeur. Son sentiment permanent d'incommodité provenait-il uniquement de ces histoires saugrenues à dormir debout ou existait-il réellement une malédiction ?

*
* *

Il faisait toujours noir, pourtant, la température lui semblait meilleure. Au loin, comme calfeutré, le son d'une voix lui parvenait avec difficulté. Une voix mécontente.

— Que voulez-vous dire ? s'insurgea Octavie. Elle va s'en remettre sans aucune séquelle, oui ou non ?

— Madame, lui répondit une voix grave, je viens de vous le dire.

— Pas du tout ! rétorqua le timbre aigri. Vous venez d'essayer de nous emberlificoter à coups de probabilité hasardeuse. Voyez-vous, mon cher monsieur, nous n'avons que faire de vos « très certainement ». Nous, nous voulons des certitudes. Déjà que personne n'a daigné nous expliquer ce qui lui est arrivé.

Le médecin, un homme dans la cinquantaine à la chevelure poivre et sel ondulée, soupira de lassitude.

— Ici, nous sommes à l'hôpital, madame, pas dans un cabinet de voyance.

Outragée, Octavie, l'œil noir, vira au rouge et se redressa autant que son grand âge le lui permettait. Les naseaux frémissants agrandis par la fureur, elle s'apprêtait à réparer l'infamie dont elle venait d'être victime en envoyant une riposte bien sentie, lorsque Léonie lui posa une main sur le bras, exerçant une pression d'avertissement.

— Merci beaucoup, docteur, répondit cette dernière. Veuillez nous excuser, nous sommes encore sous le choc.

— Bien entendu, mesdames, répondit le docteur, la mine pincée en inclinant légèrement la tête avant de tourner les talons.

La grimace encore venimeuse d'Octavie se tourna vers sa sœur.

— Tous des incompétents ! vociféra-t-elle entre ses dents.

— Allons, allons, répondit Léonie en se rapprochant du chevet de Capucine et en s'asseyant sur l'une des deux chaises qui bordaient le lit. Ce brave homme n'a rien à voir avec cette histoire.

— Et de quelle histoire s'agit-il précisément ? interrogea sa sœur en prenant place à son tour dans le deuxième fauteuil.

— Ce n'est pas le plus important pour l'instant, souffla Léonie, les yeux humides. Le principal, c'est que Capucine se réveille et retrouve sa pleine santé. Elle nous expliquera sûrement ce qui lui est arrivé.

Mettant nettement en doute cette dernière assertion, Octavie laissa une moue sceptique s'étendre sur son visage.

— Si elle garde autant de souvenirs que toi après ton agression, nous ne risquons pas d'apprendre grand-chose, grogna-t-elle. D'autant plus que le coup a été porté à la tête.

Toutes deux, les yeux rivés sur la jeune femme, l'observaient dormir paisiblement.

— Tu imagines si elle devient dingo, elle aussi !

— Octavie ! souffla sa sœur en soupirant.

*

* *

Augustin déboula dans la chambre d'hôpital avec fracas, faisant sursauter les jumelles.

— Sombre coquin ! s'étrangla Octavie, la main sur le cœur.

— Que s'est-il passé ? s'exclama ce dernier en l'interrompant.

— Nous ne savons pas encore, répondit Léonie en se levant lentement.

— Quoi ? Comment ça ?

— Ah ! rétorqua Octavie, son doigt brandi en l'air. Tu ne sais pas si bien dire.

Léonie se rapprocha de Capucine et lui caressa tendrement le visage.

— Mais qui l'a amenée ici ? poursuivit Augustin.

— Les pompiers apparemment, répliqua Octavie.

— Et où se trouvait-elle ?

— Alors ça ! s'impatienta l'aïeule, en branlant du chef d'un air consterné. Aucun de ces incapables n'a été fichu de nous le dire.

— Mais enfin, c'est ridicule ! s'emporta le jeune homme. Elle ne s'est tout de même pas matérialisée dans leur camion !

— Pardi, ce n'est pas à moi qu'il faut casser les oreilles à ce sujet, se récria l'aïeule. Va-t'en donc t'exprimer à l'accueil ! Ils seront peut-être plus réceptifs qu'avec nous.

— Oui, acquiesça ironiquement Léonie. Il est connu que plus on agresse les gens, plus ils sont coopératifs.

— Parfaitement, rouspéta Octavie. Ces fieffés fainéants ne méritent rien d'autre.

Léonie soupira en secouant la tête.

— Oh ! s'exclama-t-elle. Capucine se réveille.

Les deux autres se précipitèrent au chevet du lit. Capucine, en effet, battait des paupières. Elle ouvrit lentement les yeux et chercha un instant à accommoder sa vision. Elle avisa alors les trois visages penchés au-dessus d'elle et se racla la gorge.

— Qu'est-ce que c'est que tout ce vacarme ? demanda-t-elle.

*

* *

Sophia disposait avec élégance les petits légumes mijotés dans les assiettes tout en fredonnant un air populaire. Elle avait invité David à dîner et semblait heureuse. Le plan se passait à la perfection. Tout en lui posant des questions sur sa journée, elle finissait d'apporter les dernières touches à son plat. Sa mère lui avait toujours répété que l'une des meilleures façons pour séduire un homme était de conquérir son estomac. Sophia se retourna et envoya son plus beau sourire au jeune homme. Elle s'était faite particulièrement jolie, les cheveux lâchés, souples et brillants, les yeux légèrement soulignés de noir et une petite robe bleu clair qui mettait parfaitement en valeur ses courbes plantureuses et son bronzage éclatant.

— C'est prêt ! avertit-elle de son accent acidulé.

David, visiblement ravi, souriait jusqu'aux oreilles. Il s'assit devant son assiette, dont le fumet sentait délicieusement bon.

— Je suis impressionné, déclara-t-il en observant les efforts de décoration.

Sur la table, son téléphone émit soudain une vibration.

— Excuse-moi, dit-il en s'empressant de s'en saisir pour le ranger dans la poche de sa veste.

L'écran allumé lui présenta l'émetteur du message et son visage se figea. Pourquoi Augustin lui envoyait-il un message ? Il déverrouilla le clavier et lut. Son expression s'assombrit instantanément.

— Capucine a eu un accident, dit-il en relevant la tête et en croisant le regard de Sophia. Elle est à l'hôpital.

Pendant un instant, son regard se posa dans le vide, sur un objet invisible, puis, sans plus témoigner d'attention au dîner, il se leva d'un bond.

— Je suis désolé, balbutia-t-il, je dois y aller.

Un éclair furtif traversa les yeux de la jeune femme.

— Attends, répondit-elle en acquiesçant, je t'accompagne.

Lorsque la porte d'entrée rouge claqua, quelques secondes plus tard, les deux assiettes, plus solitaires que jamais, élevaient leurs senteurs vers le plafond translucide de la verrière.

*

* *

— Qu'est-ce qui s'est passé ? s'empressa de questionner Augustin. Tu te souviens ? Tu as pu voir l'agresseur ?

— Oh là là, minute papillon, répliqua Capucine qui venait à peine de se redresser sur ses coussins. Ma tête me semble tellement lourde, commenta-t-elle, en avançant maladroitement ses mains pour évaluer les dommages. Oh ! s'écria-t-elle en constatant l'imposante bosse qui gonflait l'arrière droit de son crâne.

— Alors ? s'entêta Octavie.

— Voyons, vous deux, rétorqua Léonie, laissez-la un peu respirer. Elle a besoin de repos.

— Comment veux-tu qu'elle se repose alors que son agresseur est toujours dans la nature ? objecta l'aïeule d'un ton sans réplique.

— J'ai été attaquée par-derrière, grimaça Capucine. N'ayant pas encore de paire d'yeux à cet endroit, je n'ai pas pu voir l'identité de ce charmant personnage.

Elle grimaça de nouveau en se massant doucement les tempes, tandis qu'un coup de poing furtif résonnait à la porte. Tous s'entre-regardèrent.

— Oui ? s'enquit Augustin.

La poignée de la porte blanche s'abaissa et le panneau s'entrebâilla lentement. David Ducats apparut alors, accompagné de Sophia.

— Sapristi ! grogna Octavie, ce n'est donc pas qu'une expression. Jésus revient véritablement parmi les siens.

Capucine écarquilla les yeux et, d'un geste instinctif, tripota ses cheveux dans une tentative désespérée pour se recoiffer. Augustin, les mâchoires serrées, avait momentanément perdu l'usage de la parole. Les deux jeunes hommes se jaugèrent un bref instant avant qu'Octavie ne brise le silence.

— Arrière, Satan ! tonna-t-elle. Son heure n'a pas encore sonné, indiqua-t-elle en désignant Capucine.

David éclata de rire.

— Parce que, selon vous, je suis venu finir le travail ?

Les deux, le regard noir, se dévisagèrent attentivement.

— Que viendrais-tu faire là sinon ? interrogea cette dernière. À moins que tu ne sois revenu pour moi ?

David marqua un temps d'arrêt, surpris par la réponse.

— Ha ha ! s'égosilla-t-elle. C'est bien ce que je disais !

David s'empourpra légèrement et, mal à l'aise, se racla la gorge.

— Augustin m'a prévenu, je suis venu m'assurer que Capucine allait bien.

Il lui jeta un coup d'œil, puis reporta son attention sur Augustin, qui, face à une Octavie courroucée et coite, grommelait dans sa barbe.

— Je vois que tout va bien, déclara le jeune homme, c'est bien le plus important, on repassera plus tard.

Sophia lança un sourire à la ronde, puis ils s'éclipsèrent.

— Comment ça, tu l'as prévenu ? s'exclama Octavie lorsque la porte fut refermée. Tu as perdu l'esprit ?

Augustin, le visage renfrogné, ne daigna pas lui répondre.

— Ce n'est rien, répondit Capucine, qui ne souhaitait pas entendre l'aïeule faire un esclandre.

Butée, Octavie, renifla de mépris puis, reportant son attention aiguisée sur sa petite-fille, grinça :

— Et toi, depuis quand tu te recoiffes quand tu vois apparaître David Ducats ?

*

* *

— Cela ne me dit vraiment rien qui vaille, confessa Émilien Chevalier. Les sabotages, les agressions… Quelqu'un vous en veut personnellement. Mais qui ?

Tous, assis autour de la table du salon, achevaient le dîner auquel ils avaient fait honneur pour fêter le retour de Capucine au manoir.

— Ce n'est pas précisément pour répondre à cette question que l'on te paye ? rétorqua Octavie.

Harold hoqueta de rire, faisant tressauter sur son crâne déplumé les quelques mèches effilées qui lui restaient.

— Vu la liste vide de suspects, je vais avoir besoin de votre aide, déclara Émilien.

— La liste vide ? s'esclaffa l'aïeule. Et David Ducats alors ?

Émilien soupira en se passant la main dans les cheveux.

— Cela ne peut pas toujours être la faute de David Ducats, répondit-il.

— Et pourquoi pas ? le rembarra-t-elle. C'est là que tu te trompes, mon garçon.

Émilien ne put réprimer un sourire devant l'entêtement et la mauvaise foi d'Octavie.

— Et mis à part lui, vous avez d'autres idées ?

Augustin et Capucine secouèrent la tête en chœur, maussades.

— Et la péronnelle qui est venue avec lui à l'hôpital ? Qui est-ce ? s'enquit de nouveau Octavie.

— Sophia ? s'étonna Capucine. C'est une nouvelle amie. Et c'est loin d'être une péronnelle.

— Tiens donc, une nouvelle ! s'exclama l'autre, trop heureuse d'avoir flairé une piste. Et que fait-elle dans la vie, cette nouvelle ?

— Elle tient le négoce de vins au village.

— Elle travaille dans le vin donc, reprit-elle visiblement enchantée. Révélateur, susurra-t-elle en brandissant le doigt en l'air.

— Tout le monde travaille dans le vin ici, répliqua vertement Capucine.

— Ne monte pas sur tes grands chevaux, rétorqua l'aïeule en grimaçant. Je pensais pourtant que cela te ferait plaisir. Une fois Sophia éliminée, David sera libre de nouveau.

Capucine rougit.

— Tu racontes vraiment n'importe quoi ! s'emporta-t-elle tandis qu'Octavie éclatait de rire. Mais je suis ravie de voir que mon agression te rend hilare.

— Bouuuh, s'époumona l'aïeule, tu as perdu ton sens de l'humour. Certainement parce que j'ai touché vrai !

— Allons, allons, calmez-vous, s'interposa la voix douce et sereine de Léonie, avant que Capucine ne puisse répliquer. Tout cela ne rime à rien.

Il se faisait tard et on débarrassa la table pour laisser Harold et Émilien repartir dans leur maisonnette. Capucine termina de laver la dernière assiette et la laissa s'égoutter. Elle était seule. Les jumelles étaient montées dans leurs chambres et elle se demanda où était Augustin. Elle emprunta le couloir et passa la tête à travers l'embrasure de la porte du salon. Son cousin leva les yeux et lui sourit, l'air grave. De sa main droite, il faisait tournoyer avec souplesse du vin rouge dans son verre à pied.

— À quoi penses-tu ? questionna Capucine en le rejoignant et en prenant place à ses côtés.

— À la vigne des Mystères, avoua-t-il.

— Pourquoi donc ? s'étonna-t-elle.

Un sourire s'épanouit sur ses traits, donnant naissance à deux adorables fossettes.

— Il faut bien rêver parfois, répondit-il. Surtout quand ta vie commence à ressembler à un cauchemar.

Capucine goûta la plaisanterie et sourit à son tour.

— Cela ne va pas durer. Il nous faut juste trouver qui est notre empêcheur de tourner en rond.

— Tu es vraiment convaincue que ce n'est pas David ?

Elle leva les yeux et soupira bruyamment.

— Bien sûr, et d'ailleurs toi aussi, sinon, pourquoi l'aurais-tu prévenu quand j'étais à l'hôpital ?

Augustin ne broncha pas. Les sourcils froncés, il reporta son attention sur le liquide délicat qu'il faisait tournoyer. Lentement, il ralentit le tourbillon et les jambes fluettes apparurent tout autour du verre.

— J'avoue que je ne sais pas pourquoi je l'ai fait. C'était un réflexe je suppose, une réminiscence de notre ancienne amitié. En apprenant la nouvelle, j'ai été pris d'un sentiment de panique et je lui ai envoyé un message.

— Tu as envoyé un message à Melody aussi ?

Il grinça :

— À quoi cela aurait servi ? Ta sœur est à Paris. David au moins est dans le coin.

Capucine laissa s'épanouir une moue ironique sur son visage.

— Si tu le dis. Mais malgré tout, en ton for intérieur, tu ne dois pas le croire aussi coupable que cela.

*
* *

Il était 11 heures du matin, le lendemain, lorsque la sonnette du manoir retentit. Capucine, qui lisait au salon, posa le livre sur le canapé et se dirigea vers la lourde porte de chêne qu'elle ouvrit.

— Bien le bonjour, mademoiselle Millêtre, comment allez-vous ? J'ai appris votre infortune au village.

Elle écarquilla les yeux en avisant l'agent immobilier Simon Lacroix.

— Je... je vais bien, balbutia-t-elle, quelque peu décontenancée.

— Je vois que ma visite vous surprend, mademoiselle Millêtre, s'égaya le jeune homme blond. Il n'y a pourtant là rien d'extraordinaire, sourit-il. C'est ce que l'on appelle la politesse et les relations de bon voisinage.

— J'ignorais que nous étions voisins, répondit Capucine, qui ne s'était pas encore remise de l'effet de surprise.

Simon Lacroix éclata d'un rire franc.

— Il s'agissait d'un trait d'humour ou d'une vision assez étendue du voisinage, mais j'habite tout de même à Langon.

Capucine s'empourpra.

— Oui, bien sûr, pardonnez-moi.

— Ce n'est pas grave, mademoiselle Millêtre, je vous taquinais, répondit-il.

*
* *

Au bruit des pas, Augustin, qui était penché sur le robinet d'une cuve afin de vérifier le bon fonctionnement du bouchon de la valve, se releva. Lorsqu'il aperçut David, il s'abaissa de nouveau sans un mot.

— Bonjour à toi aussi, intervint David. Comment va Capucine ?

— Elle est au manoir, tu n'as qu'à aller la voir, déclara Augustin d'un ton sec.

David sourit.

— Moi qui croyais que tu pourrais continuer à m'informer, expliqua-t-il.

Ne répondant pas à la perche qui lui était jetée, Augustin resta silencieux.

— Comme tu voudras, déclara David, en tapant le bout de ses chaussures sur le sol du chai.

Il attendit encore quelques instants, puis soupira et pivota pour s'éloigner.

— Oh, au fait, lança-t-il, merci de ne pas m'avoir accusé cette fois.

Augustin patienta jusqu'à ce qu'il n'entende plus le son de ses pas pour se relever.

— J'espère surtout ne pas m'être trompé cette fois, marmonna-t-il.

Quelques minutes plus tard, David bifurqua sur le chemin de gravier qui conduisait au manoir. Cela faisait bien longtemps qu'il ne l'avait pas, de son plein gré, emprunté. Au loin, il aperçut la Twingo de Capucine et la jolie façade en pierres de la demeure. Une seconde voiture était garée devant le perron et il aperçut la silhouette d'un homme en costume près de la porte ouverte. Il ralentit, mais déjà l'homme se retournait. Il ne pouvait plus faire demi-tour. Il gara sa moto aux côtés de la voiture blanche inconnue et coupa le moteur. Prenant le temps d'enlever son casque, il s'avança lentement vers les marches.

Capucine avait du mal à en croire ses yeux. Décidément, cette matinée lui réservait bien des surprises et des visites inattendues. L'agent immobilier, quant à lui, ne se départait pas de son sourire, observant le nouvel arrivant.

— Bonjour, déclara David en arrivant à leur hauteur.

— Bonjour, répondit Capucine.

— Enchanté, dit Simon Lacroix en tendant une poignée de main directe.

Un instant, cependant, son sourire parut beaucoup trop large pour être sincère.

— Simon Lacroix, se présenta ce dernier. Agent immobilier de la région.

David Ducats contempla l'homme, les mâchoires serrées.

— David Ducats, répondit-il à son tour. Vigneron.

— Vigneron ? s'écria l'autre en riant. C'est une description bien sommaire pour le propriétaire du grand domaine Rose-Ducats !

— La propriété appartient à mon père, rétorqua David.

— Pour l'instant, rectifia l'agent, le sourire toujours aussi appuyé.

L'antipathie de David se percevait sans qu'il lui soit nécessaire de l'exprimer. Il se tourna vers Capucine et se raclant la gorge, s'apprêta à parler lorsque Simon le devança :

— Hélas, mademoiselle Millêtre, je dois vous laisser, mais ce fut un plaisir.

Il s'inclina vers elle, lui prit la main et, non sans lui avoir jeté un regard malicieux, effectua un baise-main. Puis il se tourna vers David et s'inclina d'un petit mouvement de tête.

— Monsieur Ducats.

Interdite, Capucine le contemplait d'un air sidéré, se demandant en quel siècle la tradition du baise-main avait été révoquée.

L'agent descendit les marches quatre à quatre et ouvrit la portière de sa voiture. Puis il la referma et enclencha le moteur. Il esquissa un bref geste de la main avant de réaliser une marche arrière experte.

— J'étais simplement venu prendre de tes nouvelles, expliqua aussitôt David. Je vois que tu te portes comme un charme. Je te dis donc à la prochaine fois où vous viendrez m'accuser de tous vos ennuis.

Puis, sans lui laisser le temps de répondre, il fit demi-tour, enfourcha sa moto et repartit en trombe.

Que venait-il de se passer ?

*
* *

Capucine se remettait à peine de sa dernière visite lorsque Sophia et Robin firent irruption à leur tour.

— Bonjour, entonnèrent-ils en chœur, en brandissant un bouquet de fleurs.

Capucine éclata de rire.

— Oh, merci beaucoup ! s'égaya-t-elle en les embrassant avec chaleur. Quelle surprise ! Mais que faites-vous ici ? Et qui tient la boutique ?

— On a fermé pour la pause déjeuner, expliqua Sophia en souriant.

— Vous pouvez rester avec nous alors ? proposa Capucine.

— On ne veut pas déranger, dit Robin. On est juste passés pour prendre de tes nouvelles.

— Vous ne dérangez pas du tout, insista Capucine. Venez, entrez.

Elle les conduisit directement à la cuisine, où elle leur présenta les jumelles.

— Tiens donc, siffla Octavie, la nouvelle !

Sophia demanda d'un air étonné :

— La nouvelle ?

— Ne fais pas attention, lui précisa Capucine. Octavie n'a hélas plus toute sa tête.

Léonie éclata de rire, alors qu'Octavie, outrée, en avait lâché la passoire par terre.

— Petite impertinente, grinça-t-elle d'une voix aiguë. Je te défie bien d'être aussi vive d'esprit que moi quand tu auras mon âge.

— Vous avez raison, acquiesça gentiment Robin. J'aimerais moi-même être aussi fringant que vous à soixante-dix ans.

Octavie coula aussitôt un regard chaleureux en direction du jeune homme qui venait de la rajeunir de plus de deux décennies.

— Et vous, jeune homme, qui êtes-vous ? s'enquit-elle d'une voix mielleuse.

— Mon frère est un incorrigible séducteur, souffla Sophia en pouffant de rire.

Le déjeuner se déroula dans la joie et la bonne humeur. Léonie était ravie et Octavie semblait avoir abandonné toute velléité de soupçon.

— Ce jeune homme est très bien, déclara-t-elle après que les deux amis furent repartis ouvrir leur boutique. Intelligent, poli, serviable, joli garçon et célibataire, minauda-t-elle. Qu'est-ce que tu attends ? demanda-t-elle à Capucine en haussant la voix.

— Je ne suis pas sûre de l'intéresser de cette façon, rétorqua Capucine.

— Qu'est-ce que tu en sais ? s'offusqua la vieille femme.

— Je le vois.

— Tu le vois ? s'écria l'autre. À la bonne heure ! Toi qui ne vois jamais ce qui saute aux yeux !

— Comme quoi, par exemple ? commença à s'énerver Capucine.

— Ton agresseur, ma chère, ton agresseur, répliqua l'aïeule, qui avait réponse à tout. Je parie qu'il était pourtant juste sous ton nez. Mais c'était encore trop loin pour toi, railla-t-elle.

Au même instant, la sonnette de la porte d'entrée retentit. Sur le pas de la porte se trouvait Robin. Sophia attendait dans la voiture, le moteur en marche.

— Est-ce que tu accepterais une invitation à dîner en ma compagnie ? demanda le jeune homme.

Capucine se sentit rougir.

— Oui, avec plaisir, répondit-elle.

Ils se sourirent d'un commun accord.

— Samedi soir ?

— Samedi soir.

Lorsqu'elle réapparut dans la cuisine, Capucine annonça son futur rendez-vous aux jumelles.

— Hourra ! triompha Octavie. Quand je vous dis que j'ai toujours raison !

IX

Les flammes de la vengeance

L'INTÉGRALITÉ DU CONTENU de la penderie dissimulait à présent le couvre-lit. Enroulée dans un drap de bain, Capucine piétinait sur le parquet d'une démarche impatiente. Les bras croisés, elle jetait un regard désespéré sur le monticule de linge. Comment allait-elle bien pouvoir s'habiller ce soir ? Elle entendit discrètement frapper à la porte et répondit d'une voix excédée. Léonie entrouvrit la porte.

— Tout va bien, ma chérie ? s'enquit-elle avec douceur.

— Non, c'est une catastrophe, se lamenta Capucine. C'est horriblement cliché, mais je n'ai rien à me mettre. Et je ne sais même pas où nous allons manger. Est-ce que je dois privilégier un style décontracté ou plutôt élégant ? Pourquoi est-ce que j'ai accepté ce rendez-vous ?

— Certainement parce que tu voulais te donner une chance de ne pas finir vieille fille, déclara Octavie en pénétrant à son tour dans la chambre.

Elle jeta un coup d'œil circonspect sur le tas de vêtements et fronça les sourcils.

— Ce qui risque bien d'arriver si tu enfiles l'une de ces guenilles !

Capucine sentit la colère affluer en elle, mais déjà Léonie avait entrepris de pousser Octavie hors de la chambre.

— Mais qu'est-ce que tu fais ? rouspétait l'autre dans le couloir. J'ai parfaitement le droit de rester dans cette chambre ! s'égosilla-t-elle tandis que Léonie lui refermait la porte au nez.

— C'est un scandale ! vociféra Octavie de l'autre côté du panneau de bois.

Capucine ne put s'empêcher de sourire. Voilà qui aurait au moins l'avantage de lui couper momentanément le clapet. Léonie se retourna vers le lit et s'avança, déclarant d'un ton enthousiaste :

— Voilà une bonne chose de faite. Maintenant, voyons ce que nous avons là !

— Je t'entends ! maugréa Octavie derrière la porte close.

Lorsque Capucine sortit enfin de la chambre, dix minutes plus tard, elle était joliment apprêtée d'une petite robe bleu marine aux manches en dentelles. Octavie, adossée au mur du couloir, faisait le pied de grue. Elle afficha une moue dubitative, souffla d'un coup sec de ses naseaux frémissants et, la tête haute, s'éloigna en direction de l'escalier.

Capucine rejoignit la salle de bains et s'observa un instant dans le miroir. Les mains moites, elle frissonnait en peignant ses longs cheveux châtains. Elle opta pour une barrette discrète et ramena la partie supérieure de ses cheveux en arrière sous la forme d'une demi-queue lisse et sage. Elle saupoudra un peu de poudre blush rosé sur ses joues et définit les contours de ses yeux verts d'un fin tracé vert foncé. Elle apposa une touche de mascara noir à la frange de ses cils supérieurs et se repoussa en arrière afin de contempler l'effet. L'image que lui renvoya le miroir lui plut. Elle se sentait soudain métamorphosée, plus féminine tout en restant malgré tout très naturelle. La sonnerie de la porte d'entrée retentit. « Pile à l'heure », songea-t-elle en se dirigeant vers le rez-de-chaussée.

*

* *

Décembre 1929

Pierre avait mal au cœur. Dans tous les sens du terme. Il se sentait triste et ressentait des nausées l'envahir. Quelques heures auparavant, Alice et lui s'étaient rendus au marché et avaient croisé Léon, Marie et les jumelles. Campée sur ses petites jambes, Léonie s'était élancée vers eux avec un naturel et une joie qui lui étreignaient à présent le cœur. Octavie, qui était plus timide, était restée cachée derrière les longues jupes de sa mère. Marie avait esquissé un faible sourire et Léon s'était empourpré, mais à la vue du ventre arrondi d'Alice, la détermination dans son regard avait faibli. Il s'était approché pour récupérer Léonie. Tout d'abord sans un mot, il regardait Alice droit dans les yeux.

Il y avait eu une ouverture. Aussi fine qu'une fissure, mais pourtant bien présente. Il s'était forcé à desserrer les mâchoires.

— Alice, avait-il dit en hochant la tête.

Telle avait été l'ouverture accordée par Léon et sa fierté. Alice n'avait pu faire autrement que de la remarquer aussi, elle qui connaissait son grand frère encore mieux que quiconque, celui qui l'avait embêtée et protégée toute sa vie. Et pourtant, elle n'avait pas saisi cette chance. Elle n'avait pas répondu. Rien. Il aurait pourtant suffi d'un geste, d'un faible sourire, d'un simple mot. Il aurait suffi qu'elle dise à son tour :

— Léon.

Il aurait suffi d'un tout petit signe, d'une infime marque d'attention ou d'intérêt. Au lieu de cela, Alice s'était contentée de lever le menton en l'air et de le dépasser. Pierre avait été trop étonné pour tenter quoi que ce soit et, le temps qu'il reprenne ses esprits, Léon s'était détourné, plus raide que jamais. L'impact de ce geste scellait irrémédiablement leur guerre muette. Le frère et la sœur s'affronteraient sans capitulation.

— Mais enfin, Alice, pourquoi as-tu fait cela ? avait imploré Pierre.

— Qu'ai-je fait ? s'était enquise Alice, la tête déjà ailleurs.

— Léon, dit-il, pourquoi n'as-tu pas répondu à Léon ?

Alice avait eu un geste d'impatience, comme si elle époussetait l'air devant elle.

— Et pourquoi aurais-je dû le faire ?

— Mais enfin, pour entamer une réconciliation !

Alice s'était retournée vers son mari et l'avait foudroyé du regard.

— Et si moi, je n'ai pas envie de me réconcilier ? demanda-t-elle en le laissant sur place, médusé.

*
* *

Vêtu d'une chemise blanche qui rehaussait la chaleur de son teint hâlé et de ses yeux d'un joli brun foncé, Robin avait coiffé ses cheveux en arrière avec une pointe de gel. Dans la voiture, Capucine lissait nerveusement les plis des dentelles de sa robe. Son dernier rendez-vous galant datait de quelques années. Depuis Valentin, son premier amour, elle avait repoussé toutes les occasions qui auraient pu la placer dans cette situation.

Elle tourna discrètement la tête vers le jeune homme qui conduisait à côté d'elle. Pourquoi l'avait-elle choisi, lui, pour briser cette interdiction ? Il se tourna à son tour vers elle et lui sourit chaleureusement. Cela avait certainement quelque chose à voir avec son sourire charmeur et ses yeux profonds. Capucine répondit à son sourire et reporta son attention sur le paysage en dehors de l'habitacle.

Il lui semblait, cependant, ressentir une autre émotion, une sorte de curiosité. Et puis, il s'agissait du frère de Sophia. Elle n'avait rien à craindre. Il fallait qu'elle se détende et profite simplement de la soirée. Ils arrivèrent rapidement en plein cœur du centre-ville de Langon, où il arrêta le moteur après s'être garé sur une place.

— Où allons-nous ? s'enquit Capucine

Robin sourit d'un air malicieux.

— Encore quelques minutes de patience et tu auras la surprise, dit-il.

Quelques pas plus tard, ils s'arrêtèrent devant une devanture élégante et raffinée et pénétrèrent à l'intérieur d'un charmant restaurant.

— Bonsoir, les salua une adolescente avenante.

— Bonsoir, répondirent-ils en chœur.

— Nous avons réservé la table près de la cheminée, déclara Robin.

— La meilleure, répondit la serveuse. Veuillez me suivre.

En dernière position, Capucine contemplait, ravie, le magnifique décor des lieux. Ils pénétrèrent dans une salle aux murs de pierre apparente et à l'énorme cheminée rougeoyante. Tout autour de la pièce, des vieux plats en cuivre lustrés servaient de décoration murale. Au fond de la salle, ingénieusement placée devant la cheminée, une petite table les attendait. Capucine jeta un coup d'œil circulaire autour d'elle. Seule une famille composée de deux adultes et de deux adolescents partageait, pour l'instant, l'endroit avec eux. La serveuse leur tendit une carte.

— Les suggestions du jour ont été ajoutées sur la dernière page du menu, précisa-t-elle poliment avant de s'éclipser discrètement.

— Cet endroit est magnifique, murmura Capucine en se penchant en avant.

— J'étais sûr que cela te plairait, répondit Robin, visiblement satisfait. Le cadre est agréable, le personnel extrêmement gentil et la cuisine délicieuse. Tout est fait maison en plus. Un vrai régal !

— Tu viens souvent ? s'enquit-elle tout en laissant planer son regard sur le contenu de la carte.

— De temps en temps. C'est le restaurant préféré de Sophia, répondit-il, le nez également tourné vers son futur festin.

— Exactement ! retentit alors une voix familière.

Ils levèrent les yeux, surpris, et découvrirent Sophia. Particulièrement sublime dans une petite robe d'un rouge éclatant, elle se tenait aux côtés de David, qui avait également revêtu une tenue élégante pour l'occasion.

— Qu'est-ce que tu fais là, sœurette ? s'enquit Robin.

— Apparemment la même chose que toi, répondit Sophia en riant. Voici l'avantage et l'inconvénient d'être jumeaux. Nous avons les mêmes idées !

Robin grimaça. Capucine croisa le regard de David et se sentit emplie d'une vague de malaise. Il y avait une lueur dure dans son regard qui la dérangeait. Elle détourna les yeux et se concentra sur Sophia.

— Il ne nous reste plus qu'à vous souhaiter un bon repas, poursuivit la jolie brune en leur lançant un clin d'œil. Bonne soirée !

Puis elle attrapa le bras de David et le conduisit à leur table, quelques mètres plus loin. Capucine se sentait trembler. La soirée avait comme perdu un peu de son charme. Elle prit une profonde inspiration et tenta de se ressaisir en découvrant le menu. Les saveurs se révélaient sous des nominations épurées qui lui donnaient l'eau à la bouche. Elle se décida finalement pour un velouté de potimarron à la châtaigne, espuma d'ail et fines herbes avec sa tuile craquante parmesan qu'elle accompagnerait d'un filet de lieu en croûte de noisette sur son lit de purée de patate douce et émulsion vanillée. Elle restait indécise quant au choix du dessert, entre un chou maison à la crème lait noisette ou un feuilleté pistache framboise.

Elle avait beau fixer le menu, elle éprouvait l'envie de se tourner pour observer David et Sophia.

— Tu as une idée ? demanda Robin, qui avait déjà refermé sa carte. On prend un verre ou une bouteille de vin ?

— Une demi-bouteille ? suggéra-t-elle en souriant et en posant le menu sur le côté de la table. Je te laisse choisir.

Un château Archambeau d'Illats arriva rapidement sur la table. Il se mariait à la perfection avec la pièce de bœuf qu'avait commandée Robin. Bientôt, Capucine réussit à faire abstraction de la présence de David et Sophia et se concentra sur l'appréciation du moment.

Robin était un garçon passionné et intéressant. Il lui parla de son enfance et lui confia tous les moments importants de son existence avec une simplicité qu'elle trouva touchante. Lui et Sophia avaient été élevés dans la passion du vin, car le rêve de leur mère avait toujours été de posséder un château.

— Quand j'étais petit, confia le jeune homme en faisant tourner le nectar dans son verre, je me disais qu'un jour, Sophia et moi, nous deviendrions propriétaire de notre domaine.

— Et à présent ? questionna-t-elle en souriant. Vous avez abandonné l'idée ?

Robin resta silencieux un instant, semblant réfléchir à la réponse.

— Je ne sais pas. Disons plutôt que nous avons réalisé que ce ne serait pas possible.

— Il ne faut pas dire ça, s'étonna Capucine. Vous êtes jeunes, il peut encore se produire de nombreuses opportunités. Regarde-moi, dit-elle en souriant. Je n'aurais jamais pensé faire un jour partie de l'aventure du château Millêtre. Ce n'était ni mon rôle ni mon souhait. Et pourtant, j'en suis très heureuse. Il me tarde de m'y connaître mieux. Il ne faut pas abandonner ses rêves sous prétexte qu'on ne sait pas comment les accomplir. La vie fait parfois des détours étranges, mais finalement, si l'on y croit suffisamment, elle finit par nous amener exactement à l'endroit où nous pouvons réaliser nos rêves.

— C'est une jolie façon de penser, répondit le jeune homme.

Il leva son verre.

— Alors, trinquons aux détours étranges de la vie !

Et le bruit du verre se répandit en écho au cœur du restaurant.

*

* *

— Tu as un nouveau petit ami ? questionna Melody, la petite sœur de Capucine, dans le combiné du téléphone.

— Non, répondit Capucine. Nous sommes simplement allés au restaurant. Si l'on se revoit, peut-être, on verra.

Un couinement fusa.

— Et alors, mon cœur, gazouilla Melody. Tu veux dire bonjour à tatie, toi aussi ? Je crois que Félicien veut te parler, expliqua-t-elle en rigolant.

— Comment va mon neveu préféré ? rebondit aussitôt Capucine. Quand est-ce qu'il descend au manoir, voir la terre de ses ancêtres ?

— J'espère avant Noël, soupira Melody. Richard est sur une grosse affaire en ce moment, on attend de voir comment cela se passe. Mais on aimerait venir très bientôt, même si ce n'est que le temps d'un week-end.

— Super, approuva Capucine. Il me tarde de le voir, il a dû bien changer.

— Oui, il change un peu chaque jour, c'est impressionnant. J'espère que, d'ici là, les problèmes dans les vignes seront de l'histoire ancienne.

— Et moi donc, répondit Capucine.

— Léonie ? entendit-elle soudain crier.

Capucine dressa l'oreille et entrebâilla la porte de sa chambre. La chambre d'Octavie était grande ouverte.

— Léonie ? cria-t-elle de nouveau.

— Qu'est-ce qu'il se passe ? s'enquit Capucine.

— Venez vite voir, s'empressa de répondre la voix surexcitée de l'aïeule.

Léonie sortit la tête de la salle de bains et lança un regard interrogateur à sa petite-fille, qui haussa les épaules.

— Melody, je dois te laisser, expliqua-t-elle dans le téléphone. Je te rappellerai la semaine prochaine. Gros bisous à tous les trois.

Puis elle s'avança dans le couloir et pénétra dans la chambre de l'aïeule. Même si cela ne lui était plus interdit depuis qu'elle avait trouvé la lettre d'amour d'Harold dans la table de nuit de la vieille femme, quelques mois auparavant, elle ressentait toujours un malaise lorsqu'elle y entrait. Elle avisa le grand lit à baldaquin noir, ainsi que l'immense bibliothèque de bois sombre qui tapissait tout un pan de mur. Octavie se tenait devant la fenêtre, les mains solidement campées sur les hanches.

— Incroyable, déclara-t-elle. Vite, venez voir, vous êtes en train de rater tout le spectacle.

Léonie entra à la suite de Capucine et toutes deux se rapprochèrent des vitres. Capucine poussa un cri.

— Mon Dieu, mais que se passe-t-il ?

Atterrée, elle resta un instant sans réaction.

Le château Noir brillait de l'éclat ardent d'immenses flammes.

— Tu as appelé les pompiers ? demanda-t-elle en se tournant précipitamment vers Octavie.

— Pour quoi faire ? répondit la vieille en ricanant. Tout ce qui périt par le feu retrouve sa pureté.

*

* *

Les sirènes résonnaient dans le lointain. Tous les voisins des alentours, alertés par le remue-ménage, s'étaient rendus directement sur place et s'agglutinaient à présent là où se trouvait l'ancienne vigne de l'Ange. Les jumelles, en raison de leur grand âge, étaient restées au manoir, derrière la fenêtre de la chambre d'Octavie.

Au cœur de l'attroupement, Capucine et Augustin regardaient sans comprendre les hautes flammes braver le vent et monter toujours plus haut. L'air sentait la chaleur et le brûlé.

— Qu'est-ce qui se passe ? entendirent-ils dans leur dos.

Ils se retournèrent et aperçurent David. Lâchés, ses longs cheveux bouclés lui tombaient juste au-dessous des épaules. La lueur des flammes éclairait son visage et se reflétait dans ses prunelles.

— Le feu, répondit Augustin d'un ton sec, en se retournant vers le brasier.

— On sait comment il a débuté ? poursuivit David en s'immisçant entre eux.

— Non.

Comme hypnotisés, ils continuèrent à observer l'évolution des flammes. Les lumières des camions de pompiers se rapprochaient. Une explosion des fenêtres du premier étage les fit sursauter. Capucine frissonna malgré l'intense chaleur qui émanait de la bâtisse.

Sans ses fenêtres, le château renvoyait une image inquiétante de monstre aux globes oculaires démoniaques. Les camions débouchèrent à grande vitesse devant le château lorsqu'une nouvelle explosion fit voler en éclats les vitres du deuxième étage. Instinctivement, Capucine ferma les yeux et se détourna. Elle sentit alors son visage s'enfouir dans un pull de laine et des bras robustes lui enserrer les épaules. Elle leva les yeux et ressentit un frisson lui parcourir toute la colonne vertébrale lorsqu'elle réalisa qu'elle se trouvait dans les bras de David.

— Pardon, bredouilla-t-elle, le visage cramoisi, en se dégageant de l'étreinte.

Bientôt, les grands jets d'eau s'élancèrent en direction du ciel et retombèrent sur les flammes, offrant un étonnant spectacle de fontaine or et blanc. Capucine frissonna de nouveau.

— Tu veux ma veste ? entendit-elle David lui proposer dans son dos.

— Non merci, ça va aller, répondit-elle sans oser le regarder.

*

* *

Décembre 1929

Ils ne s'étaient pas disputés. Il avait préféré partir avant. Il avait ressenti le besoin de prendre l'air. De s'éloigner de l'atmosphère suffocante qui le faisait étouffer. À présent, il avait du mal à savoir s'il s'agissait du château ou bien d'elle, et il avait la sensation désagréable qu'elle en était devenue comme une affreuse extension.

Il était sorti à pied et avait marché dans les vignes. Il avait dépassé la propriété des Millêtre et celle des Ducats. Il s'était allongé sur le dos à même le sol un moment et cela l'avait grandement calmé. Le contact avec la terre, sa fermeté ainsi que sa chaleur lui avait communiqué une onde d'apaisement instantanée. Il pouvait respirer profondément à présent, sans que rien ne vienne entraver son souffle.

Il sentait un calme intense le bercer petit à petit. Au sein de cette parfaite sérénité, il entendait les battements de son cœur pour elle, Alice, l'amour de sa vie. Il était temps qu'il la rejoigne. Avec de l'amour et de la patience, il réussirait à la réconcilier avec son frère, il en était à présent convaincu.

Il se releva et entama son trajet de retour vers le château. Sur le versant déclinant d'un coteau, il apercevait une étrange luminosité teinter le ciel comme un coucher de soleil. Un pincement au cœur l'avertit que quelque chose était inhabituel. Le soleil s'était couché depuis une demi-heure. Il courut dans la brise fraîche et remonta le coteau aussi vite qu'il le put. La douleur dans sa poitrine était de plus en plus aiguë, de plus en plus implacable. Lorsqu'il arriva au sommet, il comprit avec effroi d'où l'éclat provenait. Au loin, tel un joyau flamboyant, le château de l'Ange brûlait.

— Alice ! souffla-t-il en reprenant sa course effrénée.

Il avait beau se forcer à accélérer l'allure, ses jambes s'alourdissaient de minute en minute. Il respirait de plus en plus difficilement et sa vue commençait à se brouiller.

« Encore un rang de vigne, se disait-il pour se motiver. Encore un rang. »

Un coup de cisaille étreignit soudain son cœur, au moment où il trébucha. Les vignes de l'Ange n'étaient plus qu'à quelques pas. Ses genoux tombèrent sur le sol.

Non ! Il fallait qu'il se relève, il devait aller secourir Alice !

Il releva la tête vers le château qui irradiait de mille feux. Il haletait de plus en plus, manquant d'air. Où se trouvait Alice ? Soudain, comme dans un rêve, il crut apercevoir une ombre noire, dehors devant les flammes.

— Alice ? appela-t-il en tendant la main vers elle. Alice, souffla-t-il avant de s'écrouler à terre.

*

* *

Petit à petit, l'intensité du feu commençait à s'amoindrir. La brise fraîche se frayait de nouveau un chemin, apportant la senteur âcre du désastre. Autour d'eux, la foule commençait à se disperser lentement. Le pire était passé. Il faudrait attendre plusieurs heures avant de pouvoir évaluer les dégâts. Capucine soupira. Que s'était-il donc passé ? Était-ce un accident ou un acte de malveillance ?

— Au feu ! s'éleva alors une voix derrière eux. Au feu !

— Pose tes valises ! s'écria Augustin en se tournant vers la foule d'un air exaspéré.

Son visage blêmit aussitôt et il laissa s'échapper un râle d'horreur. Alarmée, Capucine se tourna vers lui. Les traits du visage tendus et les yeux exorbités, il semblait en proie à un choc. Suivant l'élan de David, elle pivota et écarquilla les yeux à son tour.

— Mon Dieu, non ! murmura-t-elle.

Puis reprenant ses esprits plus vite que les garçons, elle se mit à son tour à hurler « Au feu ! » avant de partir en courant vers le camion des pompiers.

Tel un joyau flamboyant dans l'obscurité, le chai du Loup des Bois, en haut du coteau, brûlait à son tour dans toute sa splendeur.

X

Le leurre

AUGUSTIN ET CAPUCINE MARCHAIENT dans les décombres du chai, piétinant les cendres de ce qui avait constitué, quelque temps plus tôt, les poutres au-dessus de leurs têtes. Telle une main calcinée à ciel ouvert, les murs de pierre noircis béaient tristement en direction des nuages. Les pompiers, déjà présents sur les lieux de l'Ange, n'avaient pas pu venir secourir le bâtiment à temps. Le chai s'était consumé en emportant la maison du Loup des Bois avec lui. Cette fois-ci, il ne restait rien. Trois jours étaient passés et ils n'avaient pas eu le cœur de faire quoi que ce soit à part errer dans les ruines. Et plus ils marchaient, moins ils réalisaient l'ampleur de la catastrophe. Le choc était encore trop puissant, car ils avaient perdu plus qu'un lieu, plus qu'un symbole ou que le souvenir d'une génération de viticulteurs. C'est toute l'âme de leur famille qui semblait, d'un coup, s'être éteinte.

Le visage noirci et les cheveux dressés plus que jamais au-dessus de la tête, Augustin alternait entre les ruines du chai et celles de son ancienne maison. Jamais encore il n'avait ressenti ce profond sentiment d'hébétude et de vide. L'histoire allait s'arrêter ainsi, à cet endroit précis. Il se frottait les yeux pour se forcer à voir les dégâts, mais rien n'y faisait. Ses yeux restaient désespérément secs. Il devait s'agir d'un mauvais rêve. Cela ne pouvait pas être réel ! Il devait simplement s'être assoupi. Il avait trop lutté ces derniers mois, lutté contre la malveillance d'une main ennemie qui semblait déterminée à les conduire vers un sort funeste. Il avait lutté et défendu leur sort contre cette menace invisible. Il avait dû perdre pied avec la réalité, car elle ne pouvait pas avoir gagné de cette façon si impitoyable.

Capucine repoussa un amas de décombres du bout de sa botte en caoutchouc. Incrédule, elle continuait à retourner tout ce qu'elle trouvait sur son passage afin de trouver au moins une chose intacte. Rien qu'un seul et minuscule objet, préservé du fléau qui s'était abattu sur eux, sauvé des flammes, miraculé. Une seule chose qui prouverait que tout n'avait pas été anéanti et qu'il restait encore une lueur d'espoir pour un renouveau. Il fallait bien qu'il leur reste quelque chose. Comment aurait-il pu en être autrement ? Le contraire n'était pas concevable. De tous les habitants du manoir, elle était certainement celle qui envisageait la situation avec le plus de clarté. Et pourtant, elle ne parvenait toujours pas à l'assimiler complètement. Peu importait ce qu'elle voyait, elle ne pouvait se résoudre à y croire. Le chai ne pouvait pas avoir brûlé ainsi. Il y avait forcément autre chose, quelque part, qui les attendait. Une surprise qui leur ferait voir cette catastrophe sous un jour totalement neuf, qui leur ferait envisager cet incendie comme une merveilleuse opportunité. Il le fallait coûte que coûte. Elle continuerait à remuer les cendres et les débris jusqu'à ce qu'elle la trouve.

*

* *

Décembre 1929

Le feu avait été arrêté à temps. Déclenché de l'extérieur, il avait noirci l'ensemble des pierres, mais n'avait pas eu le temps de décimer son intérieur. Alice avait été secourue et n'avait souffert que d'une faible inhalation de fumée. La catastrophe avait été évitée et, en définitive, toute cette mésaventure aurait pu bien finir si Pierre n'avait pas été retrouvé au petit matin, allongé dans les vignes, foudroyé par ce qui avait, semblait-il, été une attaque cardiaque.

Le poids du monde s'abattait sur le cœur d'Alice. Submergée par le tourment, la colère et la détresse, elle avait débuté une croisade contre l'auteur présumé de l'incendie. Elle le connaissait, elle en était sûre. Il s'agissait de Léon, son propre frère. Dans les tréfonds de son être, elle sentait se répandre le feu de la vengeance, qui ne serait jamais apaisé. En son for intérieur, elle s'était fait une promesse. Jamais elle ne le laisserait s'en tirer avec cela. Jamais, ni dans cette vie, ni dans une autre. Elle le maudissait à un point tel qu'elle se répandait en incantations funestes. Elle comptait bien exiger non seulement des aveux, mais également la justice, tout en sachant que rien ni personne ne pourraient pacifier sa détermination vengeresse.

Alice patienta quelque temps, non pour se calmer mais pour préparer sa revanche. Elle avait beau y consacrer toutes ses journées et ses nuits, aucun châtiment ne lui semblait suffisamment puissant pour trouver grâce à ses yeux. Une malédiction même sur plusieurs générations ne lui paraissait pas suffisante. Il lui fallait dénicher le supplice absolu, la damnation appropriée.

*
* *

L'écho d'une portière claqua tout près. Le vent vibrait entre les murs et chantait une étrange complainte. Capucine leva la tête et aperçut Émilien. Son colosse de cousin avançait prudemment dans les décombres. Vêtu de son uniforme, il avait coiffé ses cheveux blonds en arrière, ce qui lui conférait un air de mafieux russe. Il jeta un regard circulaire en hochant la tête.

— J'ai reçu le rapport d'incendie. Comme on s'y attendait, l'origine criminelle est avérée, dit-il.

Capucine acquiesça. Une telle nouvelle ne la surprenait pas.

— Vous connaissez la cause ?

Émilien se gratta le menton.

— L'incendie a été déclenché simultanément à l'intérieur et à l'extérieur. On a décelé des traces de paille et d'essence, histoire que le tout prenne bien, poursuivit Émilien.

Capucine se frotta le front, contribuant à répandre sur sa peau de grandes traînées noires. Elle soupira profondément, contemplant les cendres désolées tout autour d'elle.

— Je pensais que cela m'apaiserait un peu, finit-elle par avouer. Que l'on soit capable de prouver l'intention malveillante, mais en fait, cela ne change absolument rien.

Émilien acquiesça.

— Vous allez au moins pouvoir bénéficier du remboursement des assurances pour reconstruire.

Capucine éclata de rire.

— Reconstruire ? Pour quoi faire ? Pour que cette même personne détruise tout une seconde fois ? Si nous n'arrivons pas à lui mettre la main dessus, c'est tout bonnement suicidaire !

— On va bien finir par la coincer, tenta de la raisonner son cousin. Et puis, qu'est-ce que vous allez faire si vous ne reconstruisez pas ?

Capucine fourrageait rageusement près de l'endroit où se tenait le bureau. Elle se sentait soudain tellement lasse, courbaturée de partout alors qu'elle n'avait fait aucun exercice depuis des jours. Des larmes de rage et de désespoir lui brûlaient la gorge et lui piquaient le nez.

— Je n'en ai pas la moindre idée, se contenta-t-elle de répondre d'un air dépité.

*
* *

Quelle que soit la personne qui avait souhaité faire griller le Loup des Bois, elle s'était méticuleusement employée à ne rien laisser sur son passage. Émilien et ses collègues avaient beau confronter tous les témoignages qu'ils possédaient, il n'y avait aucune autre expression pour désigner le résultat de leur enquête : ils ne disposaient d'aucun élément. Le long de la route, les voisins, pourtant si prompts à espionner les allées et venues, n'avaient rien observé d'inhabituel, car ce soir-là tous les regards avaient été braqués vers le brasier du château Noir qui avait agi en parfaite diversion. Pouvait-il seulement s'agir d'une coïncidence ? Sur les soupçons bien fondés d'Émilien, une équipe de police avait également fouillé l'intérieur et les abords du château, sans plus de succès.

Un fait, cependant, corroborait la thèse de la diversion. Le feu extérieur avait été déclenché dans le parc, assez loin des façades du château, mais tout le long de ces dernières, comme pour l'encercler, alors qu'à l'intérieur un seul feu avait été allumé dans le grand hall, sans doute à l'aide d'une allumette. Aucun accélérateur combustible n'avait été employé. Tout semblait indiquer que le pyromane avait souhaité soit protéger malgré tout la demeure, soit faire durer la combustion le plus longtemps possible.

En comparaison, le schéma du feu du chai du Loup des Bois avait été minutieusement préparé de manière à ce qu'il n'en reste que des ruines. Des rasades d'essence avaient ainsi été jetées sur les sols, les murs et les meubles. C'était un peu comme si une pancarte invisible avait été clouée sur la porte en bois avec la mention « Tout doit disparaître ».

Capucine pénétra une nouvelle fois dans l'ancienne enceinte du chai. Augustin n'avait pas donné signe de vie de la journée et elle pensait bien le trouver là. Avachi par terre, à même le sol noirci, il contemplait silencieusement la valse des nuages dans le ciel.

— Tintin ? l'appela doucement Capucine. Je crois qu'il faudrait qu'on arrête de venir ici, dit-elle en se rapprochant de lui.

— Et pour faire quoi ? demanda Augustin sans quitter le ciel des yeux.

Capucine soupira.

— Je n'en sais rien. Autre chose. Se changer les idées et décider de la suite.

— Papa était effondré, déclara-t-il alors. Dans le son de sa voix, j'ai entendu toute la déception que je lui inspire. Ils sont partis depuis à peine quelques mois et cela m'a été suffisant pour anéantir l'héritage d'un siècle de travailleurs acharnés.

— Ne dis pas de bêtises, rétorqua Capucine. Ce n'est pas toi qui le déçois, c'est la situation. Tu sais très bien que tu n'y es pour rien, pas plus que moi.

— Et qui alors ? s'emporta soudain son cousin en se relevant sur un coude. Hein, Cina ? Qui est responsable ?

— Je crois que c'est la seule marche à suivre qu'il nous reste, dit-elle. Trouver le responsable pour comprendre et surtout l'empêcher de recommencer.

Augustin éclata de rire.

— Recommencer quoi ? Tu oublies que je n'ai plus de chai, ni de maison. Que veux-tu qu'il me prenne d'autre ? ironisa-t-il.

— Ta vie par exemple, répliqua-t-elle. Ce qui est nettement plus grave. Ou la mienne et celle des jumelles. Et je te rappelle que nous avons encore le manoir.

— J'ai comme l'impression qu'on ne va pas le garder longtemps.

— Justement, il faut qu'on fasse quelque chose, affirma-t-elle avec conviction. On ne va quand même pas se laisser faire sans agir !

— Tu veux que l'on se relance dans une enquête ? Cette fois-ci, j'ai l'impression que le malade qui nous poursuit est nettement plus dangereux.

Capucine sourit en dévisageant son cousin.

— Qu'est-ce qui te fait sourire ? s'enquit ce dernier, en levant les sourcils de surprise.

— Le fait que tu sois enfin convaincu que ce n'est pas David.

Augustin tourna la tête en soupirant.

— Toi et ton David ! marmonna-t-il entre ses dents en se relevant. Eh bien, allons-y alors, partons enquêter !

*

* *

Capucine et Augustin décidèrent de commencer en reprenant les investigations menées par la police et rendirent à leur tour visite aux voisins les plus proches du lieu-dit. Toute cette agitation dans les alentours engendrait une ébullition dans l'air qui était presque palpable, cependant ils n'apprirent rien de plus. Toute l'attention avait bien été concentrée sur le château Noir. Le soir du drame, il y avait eu beaucoup plus d'allées et venues que d'habitude, mais à cause de cela personne n'avait rien remarqué.

De retour dans la cuisine du manoir, Capucine et Augustin se mirent en tête d'établir une liste d'ennemis potentiels. Attablées au comptoir de la cuisine, Léonie et Octavie coupaient des légumes en morceaux pour le repas tout en suivant le débriefing avec intérêt.

— Il faudrait peut-être que je fasse la mienne aussi, proposa Octavie en fronçant les sourcils.

Augustin hocha la tête de dénégation.

— Autant mettre tout le village. Non, cela nous desservirait. L'objectif, c'est de resserrer les suspects, pas de l'ouvrir à tout va.

Courroucée, l'aïeule le fusilla du regard.

— Moi, au moins, j'ai des noms à inscrire là-dessus, déclara-t-elle, en pointant du doigt le tableau blanc qu'ils avaient installé au milieu de la pièce.

— Et tu trouves qu'il y a de quoi se vanter ? répliqua Augustin. Donc en premier lieu, dit-il en se rapprochant du tableau, on peut noter David.

Capucine fronça les sourcils.

— Tu as avoué toi-même qu'il n'était pas derrière tout ça, répliqua-t-elle.

— Oui, mais on ne sait jamais. Il a prouvé par le passé qu'il était notre ennemi. Ensuite… peut-être… euh… eh bien… Élisa Martin, poursuivit-il en inscrivant le nouveau nom au feutre noir.

— Élisa Martin ? répéta Capucine. C'est qui ?

— Tu sais bien, la petite rousse avec des nattes au collège, qui me tournait toujours autour et avec qui je devais toujours être méchant pour qu'elle me laisse tranquille.

Octavie éclata de rire.

— Mon pauvre Tintin, cela fait déjà un demi-siècle qu'on n'utilise plus le mot « natte » !

— C'est vraiment n'importe quoi ! l'invectiva Capucine. Élisa Martin n'a pas brûlé le chai parce que tu n'étais pas sympa quand tu avais dix ans, elle ne doit même plus se souvenir de toi !

Augustin leva les bras au ciel.

— Je sais bien, mais qu'est-ce que j'y peux ? Je n'ai pas d'ennemis. Et toi alors ? Tu marquerais qui ?

Capucine garda le silence un instant, tentant de trouver, elle aussi, quelqu'un à qui elle avait pu causer du tort.

— Roland Dupuy ? finit-elle par proposer sur un ton interrogatif.

— Le chasseur ? Qu'est-ce que tu lui as fait ?

— Eh bien, je le regarde méchamment à chaque fois que je le croise sur le bord de la route dans son gilet fluo. Je ne supporte pas cette lubie lamentable d'aller tuer pour le plaisir. Ce n'est pas comme s'il mourait de faim et avait absolument besoin de se nourrir.

— Surtout quand on voit son ventre, ironisa Octavie.

Augustin marqua un point sur le tableau.

— Non, je suis sûr que Roland Dupuy n'a rien à voir là-dedans non plus. Quelqu'un d'autre ?

— Non, avoua-t-elle en regardant tristement le tableau désespérément vide.

Un claquement de mains les fit sursauter. Ils se retournèrent et découvrirent le visage rayonnant d'Octavie.

— Voilà ! Maintenant, à mon tour ! déclara-t-elle en se frottant les paumes des mains.

*
* *

Alors qu'Octavie avait déjà commencé son énumération depuis un moment et ne semblait en être qu'à la moitié, la sonnette du manoir retentit, la coupant dans sa lancée.

— Mais qui ose m'interrompre ? pesta-t-elle en tentant de reprendre le fil de ses pensées. Ah, c'est malin, je viens d'oublier le nom que j'avais sur le bout de la langue. De qui s'agissait-il déjà ? L'image d'une guenon m'est apparue quand j'ai pensé à elle. Mais où est-il passé ? tonitrua-t-elle, en apercevant la disparition d'Augustin à qui incombait la tâche d'inscrire les noms sur le tableau.

— Il est allé ouvrir la porte, répondit Capucine en grignotant un bout de carotte.

Comme pour corroborer son assertion, le carillon de la porte d'entrée du manoir résonna dans le lointain, suivi par des éclats de voix, puis le carillon résonna de nouveau et ils entendirent enfin le claquement de la porte.

— Incroyable, tempêta Augustin en déboulant dans la cuisine d'un air mécontent. Vous ne devinerez jamais ce qui vient de se passer !

— Inutile de perdre notre temps dans ce cas, le fustigea Octavie.

Augustin lui envoya une grimace.

— Ce rapace d'agent immobilier.

— Simon Lacroix ? s'enquit Capucine avec étonnement.

— Simon Lacroix ? minauda Augustin en imitant sa cousine. Le seul et l'unique, oui ! Figurez-vous qu'il a appris l'incendie et est venu déclamer combien il est dommage que nous n'ayons pas vendu avant. Sans les bâtiments, le Loup des Bois vaut une bouchée de pain, mais ses acheteurs seraient toujours prêts à acheter à bon prix !

— C'est-à-dire ? demanda Capucine.

— Comment ça, c'est-à-dire ? s'indigna aussitôt son cousin. On s'en contrefiche de la somme ! Le Loup des Bois n'est pas à vendre. Il ne l'a jamais été et ne le sera jamais !

Remonté comme un coucou, il sortit de la cuisine et monta les marches de l'escalier qui menait au premier étage dans un fracas sonore.

Capucine soupira.

— Je n'ai même pas eu le temps de lui dire pourquoi je posais la question, se plaignit-elle en regardant les jumelles.

Léonie, qui finissait de positionner les lamelles de pommes sur une tarte, lui envoya un sourire chaleureux tandis qu'Octavie, les sourcils froncés, paraissait préoccupée par un autre sujet. Alors que Capucine s'approchait du comptoir, elle s'ébroua soudain.

— Martine Lesbrouffade ! s'écria-t-elle. De son nom de jeune fille Vanant.

Léonie leva les yeux en l'air. Surprise par l'attaque, Capucine sursauta :

— Quoi ? De qui parles-tu ?

— De la bonne femme que je cherchais depuis toute à l'heure, pardi ! renchérit l'aïeule, désormais radieuse. Ah ! Il a fallu que je me creuse le ciboulot pour la retrouver, celle-là. Cette vieille cabosse fonctionne encore à merveille, décréta-t-elle d'un air entendu en se tapotant le crâne de l'index. Et cette satanée femme était une harpie de la plus mauvaise espèce, ça, tu peux me croire. Une véritable guenon ! Marque-la sur le tableau, ordonna-t-elle.

— Je crois qu'on va en rester là pour ce soir, répondit Capucine.

— Certainement pas, la contredit Octavie. Il me reste encore beaucoup de noms. Passe-moi ce stylo, je te prie. Dans cette maison, il faut vraiment tout faire soi-même.

*
* *

David posa le dernier tube à essai sur la table. Il venait de finir le ménage qu'il s'était forcé à effectuer depuis la nuit de l'incendie. Pris par une frénésie d'action, il avait décidé de donner un coup de frais et de propre à son chai, qui en avait grand besoin. Lui qui d'ordinaire, en digne représentant de la gent masculine, détestait tout ce qui s'approchait de près ou de loin de ce genre d'activités, s'était lancé avec énergie et vigueur dans ce projet d'envergure dans le seul objectif d'arrêter de penser. Depuis le soir de l'incendie, en effet, il se sentait envahi de désirs contraires et de culpabilité. Les Millêtre avaient tout perdu. Ses anciens amis d'enfance se retrouvaient sans rien du jour au lendemain et, bien qu'il n'ait cette fois rien à voir avec leur drame, il ne se sentait pas étranger à ce qui se passait. Augustin et Capucine ne lui avaient jamais causé de problème, ils avaient même été, avec Melody, la petite sœur de Capucine, ses seuls amis pendant de longues années. Il aurait voulu leur venir en aide, contribuer à nettoyer les décombres, à reconstruire, même simplement à rugir contre les personnes responsables, mais il n'osait pas. Et comme il n'osait pas aller les aider, il nettoyait son propre chai en espérant inconsciemment y trouver le courage qu'il lui manquait.

Un bruit de pas derrière lui le fit pivoter en direction de la porte d'entrée.

— Toc toc toc, dit Robin en souriant.

— Qu'est-ce que tu fais là ? s'enquit David en s'avançant pour lui taper dans la main.

— J'étais dans le coin, répondit le beau brun ténébreux. Je voulais te parler, alors j'en ai profité.

David se contenta de le dévisager d'un air interrogateur. Il pensait savoir pourquoi Robin avait fait le déplacement, mais jugea préférable d'attendre. S'il se trompait, il éviterait ainsi une discussion désagréable qu'il n'avait pas vraiment envie d'avoir avec lui. Pendant quelques secondes, les deux hommes se dévisagèrent en silence, jusqu'à ce que Robin se décide à amorcer la conversation.

— Tu dois te douter de la raison de ma présence, dit-il. Sophia m'a dit que tu avais décidé d'arrêter votre relation. Elle n'a pas trop su me donner la raison. D'après ce que j'ai compris, cela n'était pas sa décision.

Il s'interrompit, laissant la possibilité à David de répondre, mais ce dernier choisit de rester silencieux.

Robin sourit.

— Écoute, poursuivit-il, je ne m'occupe d'ordinaire pas de ce genre de choses. Pour la simple et bonne raison que cela ne me regarde pas.

Il soupira en jetant un regard autour de lui.

— C'est simplement que Sophia est très peinée et que je n'aime pas la voir comme cela. Alors s'il y a quelque chose que je peux faire pour l'aider à se sentir mieux, eh bien, je peux toujours essayer.

Il se tut, observant David qui avait croisé les bras.

— Je comprends, répondit ce dernier. Mais je ne reviendrai pas sur ma décision. Sophia est vraiment une fille merveilleuse, c'est seulement que… ce n'est pas la bonne… pour moi.

Robin eut un ricanement ironique.

— Et tu sais qui est la bonne ? demanda-t-il.

— Non, pas encore, répondit David.

Robin hocha la tête.

— Très bien, dans ce cas, je n'ai rien d'autre à faire ici, dit-il. C'est juste dommage, tu sais. Sophia est bien merveilleuse. Tu ne sais pas ce que tu rates.

Il pivota et fit demi-tour. David soupira en le regardant s'éloigner. Il avait pris la décision de rompre avec Sophia en même temps que celle de réaliser le grand ménage dans le chai. À présent que tout avait été fait, qu'allait-il bien pouvoir trouver pour s'occuper l'esprit ?

XI

Réunion de famille

Le sourire aux lèvres, Capucine observait son petit-neveu qui gazouillait gaiement dans ses bras. Félicien d'Avignon avait pris la beauté de ses deux parents, ce qui lui conférait des traits magnifiques. Il ressemblait à un poupon avec ses grands yeux clairs à mi-chemin entre le bleu et le vert, son petit nez fin et son duvet blond. Richard et Melody n'étaient pas venus leur rendre visite depuis longtemps, et ils avaient profité de leur premier week-end de libre pour leur faire la surprise.

Dans la cuisine du manoir, tout le monde s'affairait pour préparer un repas de fête à la hauteur de l'événement. Lorsque tous les plats furent enfournés ou mis à reposer au réfrigérateur, ils prirent tous place autour de la table et trinquèrent à leurs retrouvailles.

— Mes petits, soupira d'aise Léonie, dont les traits étaient néanmoins plus tirés qu'à l'ordinaire. Il fait si bon de vous avoir parmi nous. Quel dommage qu'il faille subir les tempêtes de ces temps difficiles !

Richard hocha la tête, laissant s'échapper une boucle de sa coiffure impeccablement lustrée.

— Est-ce que la police a du nouveau sur l'auteur de l'incendie ? s'enquit-il.

— Non, déplora Augustin en se penchant vers le bébé qui gesticulait en tous sens dans les bras de Capucine. Tu permets ? lui demanda-t-il en le prenant à son tour dans les bras. Comment ça ? s'écria-t-il alors que Félicien, mécontent de ce changement intempestif, commençait à pleurnicher. On ne pleure pas avec tonton Tintin !

Octavie leva les yeux au ciel, puis jeta une œillade circonspecte sur le petit être. Bien que Félicien soit en définitive son arrière-petit-fils, elle éprouvait des difficultés à l'approcher. Les nourrissons la mettaient hors d'elle, en même temps qu'ils l'insupportaient. Continuellement en train de geindre et de couiner sans raison. Continuellement en train de baver sur tout et n'importe quoi. Et mon Dieu, ce qu'ils pouvaient sentir mauvais ! Pour Octavie, c'était bien simple, les enfants étaient uniquement destinés aux inconscients ou aux âmes charitables qui aimaient rester éveillés la nuit et offrir leur vie en sacrifice.

Libérée du bébé, Capucine se tourna vers sa petite sœur et l'observa un instant. Melody avait toujours été d'une beauté impressionnante. Elle disposait depuis l'enfance de merveilleux cheveux longs d'un blond doré et de sublimes yeux de chat en amande d'un vert clair scintillant, entouré d'un liseré vert foncé. Pour la première fois depuis une vingtaine d'années, Melody s'était fait couper les cheveux. Elle arborait à présent un carré long qui lui allait à merveille et lui donnait une image de femme fatale. Il semblait que la maternité et la maturité lui aillent comme un gant. Capucine ne put résister à l'envie d'ébouriffer ses cheveux qui lui arrivaient désormais juste au-dessus des épaules.

Melody, qui buvait une tasse de thé, la reposa en souriant.

— J'étais sûre que cela te ferait bizarre, dit-elle en rigolant. J'en avais envie depuis tellement longtemps et je n'ai absolument pas regretté. Lorsque j'ai vu tous ces cheveux sur le sol, je me suis soudain sentie aussi libre et légère qu'une plume. Je me suis sentie revivre, c'était très étrange.

Capucine acquiesça.

— J'avoue que j'ai parfois aussi envie de sauter le pas, mais je finis toujours par changer d'avis. J'ai toujours aimé les cheveux longs, alors je les laisse pousser.

— Et sinon, les interrompit Augustin en tentant de recoiffer ses cheveux en bataille. On pourrait aussi parler de sujets intéressants ?

Capucine grimaça, tandis que Melody tirait la langue à son cousin.

— OK, qu'est-ce que vous allez faire du coup ? Reconstruire le chai ? Combien de temps cela va-t-il prendre ? Vous allez pouvoir être aidés par une banque ?

— Oh là là ! s'exclama Augustin en battant en retraite. Avant de pouvoir penser à reconstruire, il nous faut déjà mettre hors de course celui qui nous pourchasse, et pour cela nous devons trouver son identité.

— Vous vous relancez dans une enquête ? s'enquit Richard en rigolant.

— C'est l'objectif, mais je t'avoue qu'on ne sait pas par où commencer. Vous pourriez peut-être nous aider ?

Les yeux de Richard se mirent à pétiller. L'année passée, il avait aimé être présent aux côtés de sa belle-famille pour essayer de démasquer David.

— Et si tu commençais par nous montrer les dégâts ? proposa-t-il.

— Bonne idée, déclara Augustin. On a qu'à laisser le petit ici, poursuivit-il. Tiens, susurra-t-il à l'adresse de Félicien. Et si tu allais voir ton arrière-grand-mère ?

Octavie tourna instinctivement son regard vers Léonie et sursauta de surprise lorsqu'Augustin lui colla le bébé dans les bras.

— Ah non, mais quelle horreur ! s'écria-t-elle aussitôt. Augustin ! Dépêche-toi de me reprendre ça. Il est hors de question que je le touche. Augustin ! Augustin ! s'époumona l'aïeule alors que tous les jeunes fuyaient le salon en gloussant.

Bouche bée, l'aïeule resta médusée jusqu'à ce qu'elle entende le clairon de la porte d'entrée du manoir résonner.

— Mais quel malotru ! s'indigna-t-elle en portant le petit Félicien à bout de bras comme un paquet de linge sale. Léonie, appela-t-elle, viens vite me libérer !

Hilare, Léonie contemplait sa sœur les bras croisés sur son tablier fleuri.

— Je dois sortir les lasagnes du four, répondit-elle, et je suis du même avis qu'Augustin. Ce petit doit passer un peu de temps avec toi.

*

* *

En arrivant au lieu-dit, ils furent tous étonnés de trouver David qui observait les ruines, adossé contre la carrosserie de sa moto. Capucine sortit de l'Audi de Richard et le regarda d'un air songeur. Ses cheveux n'avaient jamais semblé aussi longs. Ils lui tombaient dans le dos en une cascade de boucles noires qui lui allait étonnamment bien. Il était habillé simplement d'un t-shirt bleu clair qui s'harmonisait parfaitement avec son jean brut.

Melody sortit à son tour de la voiture et fronça légèrement les sourcils. Elle n'avait pas eu l'occasion de revoir David depuis les événements de l'année passée. Ils se dévisagèrent un instant, puis elle s'approcha de lui et lui déposa une bise sur la joue.

— Qu'est-ce que tu fais ici ? demanda-t-elle en se tournant vers les ruines noircies qui avaient été l'ancien chai viticole de sa famille.

Richard s'avança à son tour, tendit la main à David, puis se positionna aux côtés de sa femme. Augustin, en arrière, observait la scène avec incrédulité. Il ne comprenait vraiment pas la réaction de Melody. Ce type avait eu beau être leur meilleur ami d'enfance, il avait tenté de tuer Léonie. Depuis la révélation de ses actes, elle ne l'avait jamais revu, et voilà qu'à présent elle lui disait bonjour et lui faisait la bise comme si rien ne s'était jamais produit ! Il lança à Capucine un regard lourd de sous-entendus. Dire qu'il avait pensé que, de tous, elle était celle qui se comportait le plus gentiment avec David. Il s'était manifestement trompé. Au moins, Capucine avait le bon goût de ne pas copiner honteusement avec lui.

Les deux cousins rejoignirent le trio. Capucine hocha la tête en direction de David, qui lui rendit son salut, et Augustin se contenta de lui lancer un :

— David !

Interjection à laquelle l'intéressé répondit sur le même ton :

— Augustin !

— Parfait, ironisa Melody. Maintenant que les présentations sont faites, si on entrait ?

Marcher dans le chai à ciel ouvert causa un choc à Melody. Elle avait été peinée lorsqu'elle avait appris la nouvelle de la catastrophe, mais ici la réalité prenait un autre visage, une autre émotion, une autre douleur. Car au-delà des aspects matériels et affectifs, il planait sur les lieux l'ombre d'une menace. Qui savait ce que cette personne serait capable de faire d'autre ?

*
* *

David rentra au château Rose-Ducats une heure plus tard. Il pénétra à l'intérieur de la maison familiale, dans laquelle il vivait aux côtés de son père et de sa mère, et monta directement à l'étage pour se rendre sous la douche. Comme à chaque fois qu'il se sentait confus, il ressentait le besoin de se plonger sous une cascade d'eau brûlante qui lui permettait, par un jeu cathartique, de révéler ses pensées les plus secrètes.

Il entra dans la vaste salle de bains carrelée du sol au plafond d'une faïence bleu et blanc, se déshabilla et se plaça sous le jet d'eau chaude. À l'opposé de l'espace douche, une imposante baignoire d'angle occupait la majorité de l'espace. Il remonta le levier du robinet en hauteur et le fit basculer sur la gauche. Aussitôt, un jet d'eau s'abattit sur lui en le faisant frémir. D'abord glacée, l'eau commença à se réchauffer jusqu'à devenir à peine supportable. Sous les éclaboussures, sa peau encore hâlée s'empourpra jusqu'à prendre une belle couleur rouge écrevisse.

Il ferma les yeux et respira profondément. Il se sentait confus pour deux raisons. La première était positive et la seconde l'intriguait, mais, à bien y réfléchir, elle se trouvait, en fait, être encore plus positive. Lorsqu'il avait vu la voiture de Richard apparaître dans le chemin, il avait senti son estomac se contracter. Il n'avait pas revu Melody et son mari depuis un an, et il appréhendait leurs réactions. Il avait envisagé de se faire insulter et même inviter à quitter les lieux par la violence. Or rien de tout cela ne s'était produit. Melody, au contraire, l'avait embrassé et lui avait parlé le plus naturellement possible, comme si rien ne s'était passé. Et Richard avait suivi. Cet accueil était plus qu'inespéré et il n'en revenait toujours pas. Mais ce qui le perturbait finalement le plus était qu'il avait revu Melody, l'objet de son amour passionné d'enfant et d'adolescent. Il l'avait revue et il n'avait rien ressenti. À l'exception d'une sincère amitié. Et c'est cela qui le stupéfiait le plus. Lui qui avait toujours pensé qu'elle resterait à jamais gravée dans sa tête et dans son cœur comme l'idéal inatteignable qui lui servait de triste piqûre de rappel. À présent, il devait reconnaître qu'il s'était simplement monté la tête.

Il avait été fou amoureux d'elle, avec la puissance des sentiments que l'on ressent lorsque l'on est encore trop jeune. Mais après toutes ces années, et sans qu'il sache ni quand ni comment, il ne l'était plus du tout. Sous le jet d'eau chaude, il tourna brusquement le robinet vers la droite et souffla bruyamment lorsque l'eau glacée vint marteler sa peau. Il se sentait libre.

*

* *

Comme d'habitude, les retrouvailles de la famille Millêtre se déroulèrent dans le salon du manoir autour d'un bon repas, auquel Émilien, Harold et un énorme bouquet de fleurs furent également conviés. Pour l'occasion, de magnifiques assiettes de hors-d'œuvre défilaient sur la table, accompagnées d'une sublime vinaigrette à l'huile de noix qui conférait aux crudités une note délicate et gourmande. Mais le clou du spectacle se révéla sans aucun doute être les délicieuses lasagnes de Léonie, qui fondaient dans la bouche avec une délectation sans égale.

Pour changer, ils les avaient arrosées d'un vin italien apporté par Richard et qui les sublimaient comme nulle autre pareille. Octavie, qui d'ordinaire ne jurait que par son propre vin, savourait le nectar avec un évident plaisir qui lui faisait frémir les narines.

— Quelle merveille ! s'extasia-t-elle après son deuxième verre. D'où vient-il ?

Particulièrement flatté d'avoir pour une fois réussi à contenter le dragon, Richard se rengorgeait comme un paon.

— Des Pouilles, répondit-il. Une région souvent méconnue qui se situe dans le talon de la botte italienne. La qualité de son vin fait partie de ses nombreuses merveilles.

Octavie acquiesça tout en savourant une nouvelle gorgée du breuvage.

— Il est gourmand, onctueux et légèrement sucré, avec comme une pointe de vanille. C'est étrange, poursuivit-elle en fronçant les sourcils, je n'aurais jamais pensé apprécier un tel vin ! On en apprend tous les jours !

Harold Chevalier éclata de rire en faisant sursauter sur son crâne son unique mèche de cheveux. Son large sourire illuminait son visage d'une tendresse émouvante.

— Ma douce Octavie, souffla-t-il en se penchant vers elle, et si je vous y emmenais passer un week-end ?

Sa proposition déclencha l'hilarité générale, notamment celle de Richard, qui se tenait les côtes en observant l'expression d'Octavie. À l'autre bout de la table, le teint de cette dernière avait viré au rouge.

— Voyons, mon cher, vous racontez des sornettes plus grosses que vous ! Nous n'avons plus l'âge pour ces folies.

— Pardi ! s'exclama Harold en se redressant dans son fauteuil roulant. Vous voyez bien, ma chère, que je suis aussi fringant qu'un jeune homme et vous aussi belle qu'au premier jour.

L'aïeule, définitivement cramoisie, se leva prestement de table en clamant à qui voulait l'entendre qu'il était temps de manger le dessert et en profita pour s'éclipser à la cuisine.

*
*   *

Le week-end arriva rapidement à son terme. Il ne restait plus qu'une nuit avant que Melody, Richard et Félicien ne reprennent la route pour leur appartement en plein cœur de Paris. Il était déjà presque minuit lorsque Capucine eut envie de faire un tour dans le grenier. Cela faisait une année qu'elle n'y avait pas remis les pieds, depuis le jour où Melody, Léonie, Octavie et elle s'étaient lancées dans l'ambitieux projet de trier, classer et ranger les photos de famille. Depuis le jour où elle avait compris quelle était l'identité d'Harold Chevalier.

Elle ne savait pas bien pourquoi elle ressentait soudain l'envie de retourner chercher la vieille malle aux photos. La présence de sa petite sœur au manoir ravivait sûrement la force de leur ancien rituel. Elle songea un instant à aller frapper à la porte de sa chambre pour lui proposer de l'accompagner, mais eut peur de réveiller le bébé.

Elle se contenterait d'y aller toute seule. Armée de la lampe torche, elle grimpa donc les marches de bois et ouvrit la porte. Le faisceau de lumière balaya l'obscurité et se posa sur le coffre qui patientait sagement entre une vieille armoire et un fauteuil à bascule recouvert d'une housse fanée. Glissant la lampe entre ses dents, elle se baissa pour attraper les anses du coffre et le souleva pour le descendre au salon. Elle l'installa à côté du canapé, devant la cheminée, et l'ouvrit. Elles n'avaient pas terminé leur précieux travail de rangement la dernière fois, aussi régnait-il à l'intérieur un véritable capharnaüm composé de vieux albums défraîchis, de monticules de photos jaunies et de nouveaux albums flambant neufs. Qu'allait-elle bien pouvoir trouver dans tout ce bazar ?

Le lendemain matin, lorsque les Parisiens se levèrent pour le petit déjeuner, Capucine les attendaient, les yeux cernés. Elle n'avait pas fermé l'œil de la nuit, occupée à terminer le tri et le classement des photos de famille. Et dans le silence de la nuit, elle s'était soudain remémoré la discussion qu'elle avait eue avec les jumelles concernant la branche de leur famille dégénérée. Animée par la curiosité, elle s'était alors employée à étudier chacune des photographies à la recherche de visages inconnus. Et son butin s'estimait à une petite dizaine de clichés qu'elle avait étalés sur la table du petit déjeuner.

Aussitôt, Octavie poussa les hauts cris.

— Veux-tu bien sortir ces nids à poussière de mes tartines ! s'égosilla-t-elle de sa voix de crécelle.

Intrigués, Melody et Augustin s'en étaient déjà saisis pour les observer.

— Qui sont ces gens ? demandèrent-ils en chœur.

*

* *

Avril 1930

Alice avait sous-estimé la puissance de sa peine. Occupée à écumer de rage, elle n'arrivait pas à supporter les vagues de désespoir qui l'envahissaient insidieusement par intermittence. Au détour d'un objet futile du quotidien, elle se voyait soudain submergée par une affliction si intense qu'elle en tombait parfois à genoux. Le choc atteignait d'abord les ménisques, puis remontait lentement le long de ses cuisses jusqu'à son ventre devenu énorme.

Il ne lui restait plus que quelques jours avant d'accoucher et, étrangement, le bébé n'avait jamais été aussi calme que depuis la mort de son père. Comme s'il ressentait qu'il ne s'agissait pas du bon moment pour faire parler de lui, il se contentait de flotter sagement en attendant sa naissance. Alors qu'elle avait toujours cru avoir un garçon, Alice s'était soudain fait la réflexion que le bébé serait probablement une fille, déjà si douce, si calme, si attentionnée.

Par une soirée du mois d'avril, alors que le vent tournait aigre et que la tempête se préparait, Alice avait soudain senti se rompre en elle le dernier filament de raison qui retenait sa détresse. Au milieu de la nuit, au cœur des éléments déchaînés, elle avait marché jusqu'à la maison de Léon. Elle avait tambouriné avec tant de hargne sur la porte que même le grand et fort Léon hésita à lui ouvrir. Lorsqu'il s'y résigna, la lumière de l'intérieur inonda le visage déformé d'une personne qui lui était devenue étrangère. L'orage arrivait à grands pas sur eux. Alice s'était reculée afin d'observer la maison dans son intégralité. Les cheveux hirsutes et l'œil fou, elle hurlait à plein poumons les pires imprécations. Le ciel noir se zébrait de part en part d'éclairs aveuglants alors qu'un rideau de pluie drue commençait à s'abattre sur la terre.

Dans la sécurité de leur chambre, les jumelles s'étaient précipitées à la fenêtre et contemplaient avec un mélange de crainte et de curiosité cette tante hystérique qui ressemblait à une sorcière démente.

Alice les maudit tous, tous autant qu'ils étaient, eux et leur famille pour toutes les générations à venir. C'était aussi idiot que puéril, et pourtant cela ne manquait pas de faire son petit effet. Lorsque le tonnerre empêcha les éclats de sa voix d'être audibles, elle fit demi-tour et disparut dans la nuit. Les jumelles garderaient toujours en mémoire la silhouette voûtée d'Alice qui disparaissait lentement dans l'obscurité entre deux éclairs fulgurants.

XII

Une histoire de disparition

OCTAVIE JETA UN REGARD de biais sur la photographie et grimaça :

— Une vieille voisine demeurée, se contenta-t-elle de bougonner tout en beurrant consciencieusement son quignon de pain.

Capucine écarquilla les yeux.

— Tu as avoué l'autre jour que, lorsque tu disais cela, c'est que tu parlais de votre tante ou de votre cousine. Elles s'appelaient comment déjà ?

La mine pincée, l'aïeule éleva le menton d'un air digne et continua à mastiquer son morceau de pain, faisant semblant de ne pas avoir entendu. Capucine se tourna alors vers Léonie, qui regardait calmement le cliché en noir et blanc où l'on apercevait une demi-douzaine de personnes adossées en rang d'oignons contre un mur de bois. On reconnaissait les jumelles, jeunes, entourant chacune leur vieux père Léon, qui malgré un dos un peu voûté et une canne fièrement campée dans la terre paraissait toujours une force de la nature. Tous trois regardaient droit devant eux sans sourciller. À leurs côtés, Marie, de profil, souriait à une jeune fille qui avait le même front déterminé que celui de Léon.

— Manon et Alice, grogna Octavie.

— Donc, sur cette photo, il s'agit de Manon ? demanda Capucine.

L'aïeule se contenta d'acquiescer d'un air mécontent.

— Où est-elle à présent ? demanda Melody, qui avait été mise au courant des révélations des jumelles par Capucine.

— Nous l'ignorons, déclara Léonie de sa voix douce. Sur cette photo, nous avions vingt-neuf ans et elle, à peine vingt et un ans. Peu de temps après la mort de sa mère, elle a disparu et on ne l'a plus jamais revue.

L'aïeule grogna de nouveau et leva les yeux au ciel.

— Tu voulais ajouter quelque chose ? s'enquit Capucine.

— Non, grimaça Octavie. Cela s'est passé comme Léonie le dit. Un matin, nous nous sommes réveillées, et elle s'était volatilisée, envolée, évaporée dans la nature.

— Vous n'en avez plus jamais entendu parler ? interrogea Melody, dont la pointe de scepticisme transparaissait.

L'aïeule secoua la tête.

— Vous l'avez cherchée au moins ? demanda Capucine. Vous avez alerté la police ?

Octavie éclata de rire.

— La police ? s'égosilla-t-elle en roulant de gros yeux. Les gens ont tout de même bien le droit d'aller voir ailleurs si ça leur chante sans qu'on vienne mettre un gros nez dans leurs affaires !

— Charmante image de la police, souffla Richard.

Agacée, Octavie balaya son commentaire d'un revers de la main comme elle l'aurait fait du sifflement intempestif d'un insecte nuisible. Capucine leva les yeux au ciel à son tour.

— Tu veux dire que cette jeune fille s'est volatilisée du jour au lendemain un beau matin sans que personne ne se soucie de savoir où elle était, ce qui avait bien pu lui arriver et si elle allait bien ?

Octavie grogna de plus belle.

— Pour qui veux-tu nous faire passer, je te prie ? s'enquit-elle l'œil mauvais. On voit bien que tu ne connaissais pas Manon. Il y avait quelque chose qui ne tournait pas rond chez elle. Lorsqu'elle est partie, cela n'a d'ailleurs étonné personne.

Léonie attendit la fin de la diatribe et s'exprima à son tour :

— Je sais que cela peut paraître choquant, vu de l'extérieur, mais c'est ainsi. Nous ne la côtoyions pas beaucoup. Lorsque sa mère est morte, elle s'est rapprochée de nous quelque temps mais…

Elle laissa sa phrase en suspens.

— Disons qu'elle n'était pas commune.

— Pas commune, ronchonna Octavie en secouant sa tête, dis plutôt qu'elle était complètement dérangée, oui.

— Ce qui est sûr en tout cas, l'interrompit Léonie, c'est qu'elle avait l'intention de partir vivre ailleurs. Elle en parlait souvent. Elle voulait aller vivre dans le Sud-Est, personne ne savait vraiment pourquoi. Peut-être ne le savait-elle même pas. Lorsqu'elle est partie, personne ne s'est inquiété, cela voulait simplement dire qu'elle avait mis son souhait à exécution.

— Elle est partie sans prévenir ? demanda Melody. Sans dire au revoir ?

— Grand Dieu, non ! intervint Octavie en se levant de table. Et heureusement ! Elle me flanquait déjà assez la frousse comme ça.

— Vous ne savez donc rien d'elle ? Ni comment s'est déroulée son existence ? Ni si elle est toujours en vie ? Ni même si elle a eu des enfants ?

— Il faut espérer que non ! ironisa l'aïeule.

— Octavie ! la réprimanda aussitôt sa sœur.

— Eh bien quoi ? s'agaça cette dernière. Quand vas-tu arrêter de me réprimander alors que je ne fais que dire tout haut ce que personne n'a le courage de déclarer ! La folie, c'est héréditaire. Et elle avait l'air aussi débranchée de là-haut que sa mère, alors des enfants… Tu n'y penses pas sérieusement !

Augustin, qui n'était pas intervenu jusque-là, se racla la gorge.

— C'est bien dommage, car cette information est importante. Cela signifie que nous avons peut-être un cousin psychopathe qui court dans la nature. Et c'est étrange, mais c'est exactement ce que l'on recherche.

Richard éclata de rire, réveillant aussitôt Félicien qui dormait paisiblement dans ses bras. Augustin se gratta le menton un instant.

— Est-ce que vous reconnaîtriez Manon, ou même ses enfants, si vous les aviez sous le nez ? demanda-t-il aux jumelles.

Octavie et Léonie échangèrent un regard dans lequel tous purent lire l'incertitude.

— Non, avoua Octavie, c'est peu probable.

— Nous pourrions donc avoir affaire à une personne de notre famille qui nous connaît sans que nous le sachions ni ne puissions à notre tour l'identifier. Cela expliquerait pas mal de choses.

— À mon avis, tu regardes un peu trop de films policiers, Tintin, dit Melody. Et puis, même si Manon avait eu un enfant, il n'aurait aucune raison de s'en prendre à vous.

Augustin secoua la tête.

— Il y a peut-être une raison qui nous échappe. Après tout, si ce sont des fous, rien ne dit qu'il faille réfléchir avec logique pour trouver la solution du problème.

— Pour une fois, je suis d'accord, acquiesça Octavie.

*

* *

Avril 1930

Léon était plus irrité que jamais. Depuis la visite nocturne de sa sœur lors de l'orage, il n'avait plus eu de ses nouvelles. Il avait entendu dire dans le village qu'elle avait accouché, cette fameuse nuit, dans l'une de ses vignes, à même le sol, alors qu'elle rentrait au château maudit. Elle avait eu une fille qui était apparemment en parfaite santé. Il avait une nièce qu'il ne connaîtrait jamais.

— Pauvre enfant, soupira-t-il.

Depuis la nuit de l'orage, Marie était terrifiée.

— Ta sœur est folle, ne cessait-elle de chuchoter à son mari, le soir, quand ils s'étaient enfin installés dans le lit. J'ai peur pour les petites. Comment feront-elles pour se protéger si elle décide de les attaquer ?

Tu l'as entendue comme moi, elle les a maudites jusqu'à la fin des temps !

Léon éclatait alors d'un rire colérique sans joie.

— Voyons, Marie, rabrouait-il sa femme. Tu ne vas pas me dire que tu crois à ces sornettes ! Elle ne fera rien aux petites. Ce n'était que du cinéma !

— Et si elle avait vraiment perdu la tête, Léon ? poursuivait Marie en tremblant. Tu sais très bien que cette maison a une mauvaise influence sur les gens. Ils deviennent tellement étranges lorsqu'ils y habitent. Souviens-toi de ta grand-mère Clarisse. Elle était si gentille avant, c'est ma mère qui me l'a dit.

Elle frissonnait alors comme si elle venait d'être balayée par un courant d'air.

— Et maintenant Alice… Léon, et si nous partions ? Et si nous emmenions les filles loin d'ici ?

Léon sursautait alors comme si quelque chose l'avait brûlé.

— Partir ? Marie, quelle mouche t'a piquée ? s'énervait-il en oubliant de chuchoter pour ne pas effrayer les petites. Il en est hors de question ! Notre vie est ici. Nous sommes les Angélus que diable ! C'est nous qui faisons le meilleur vin de toute la région. Il ne manquerait plus que ça. Cela profiterait à ces deux coquins de Millêtre et de Ducats !

Marie soupirait et se retournait dans les draps.

— Ces deux coquins, comme tu dis, sont avant tout tes amis, lui rappelait-elle.

— Que nenni, s'exclamait celui-ci, ce sont avant tout nos concurrents ! Trêve de balivernes, Marie, nous n'irons nulle part, il en est hors de question.

*

* *

Melody, Richard et Félicien reprirent la route quelques heures plus tard, en promettant de revenir le plus tôt possible.

— Bon débarras ! s'exclama Octavie en applaudissant lorsque l'Audi bifurqua au bout du chemin pour rejoindre la route.

— Octavie ! s'indigna Léonie, qui essuyait discrètement une larme qui roulait le long de sa joue. C'est à cause de toi si les petits ne viennent pas plus souvent, lui reprocha-t-elle.

— À cause de moi ? manqua s'étrangler sa jumelle. C'est une plaisanterie ? Je suis restée exemplaire ! tonitrua-t-elle. Alors que ce sac à caca n'a fait que nous crier dans les oreilles tout le week-end. Mon Dieu, quelle puanteur ! On dirait que l'odeur s'est incrustée dans les murs. J'espère bien qu'ils ne reviendront pas de sitôt.

Léonie, offusquée, en avait la parole coupée. Elle qui avait tellement chéri ces instants de bonheur avec son premier arrière-petit-fils ne pouvait pas être plus opposée à sa sœur sur ce sujet.

Pendant ce temps, Capucine nettoyait la cuisine du petit déjeuner en repensant à la conversation qu'ils venaient d'avoir à propos de Manon. Lorsque tout fut rangé, elle attrapa son téléphone et composa un numéro. Alors que la sonnerie retentissait dans le vide, elle gravit les marches de l'escalier en direction de sa chambre. Elle avait besoin d'un peu de repos après sa nuit blanche. Elle referma la porte de la chambre lorsque son interlocuteur répondit enfin.

— Bonjour, répondit-elle en s'allongeant de tout son long sur la couette. J'ai une question à te poser.

*
* *

Quelques heures plus tard, elle se réveilla en sursaut. Il lui semblait avoir entendu un coup frappé à sa porte, mais elle ne savait pas si elle l'avait entendu dans son rêve ou dans la réalité. Se frottant les yeux, elle se leva et se dirigea vers la porte. Elle entrouvrit le panneau. Léonie se trouvait juste derrière.

— Tu as de la visite en bas, lui dit-elle, c'est ta copine Sophia, elle n'a pas l'air d'être dans son assiette.

Encore ensommeillée, Capucine pénétra dans le salon. Sophia, les yeux rougis et gonflés, l'attendait, assise sur le canapé, dans un maintien qui évoquait aussi bien la dignité que l'inconfort. Elle se leva et esquissa un sourire triste.

— Qu'est-ce qui se passe ? demanda immédiatement Capucine en prenant place à ses côtés sur le canapé.

Sophia avait baissé le regard et contemplait ses mains qui se tordaient l'une l'autre, dans un étrange ballet silencieux.

— Je ne veux pas t'embêter, commença-t-elle, mais je ne savais pas vers qui me tourner. Tu es peut-être au courant, mais David a préféré arrêter notre relation.

Capucine ressentit comme un coup de tambour célébrer l'information dans son cœur et s'en voulut instantanément. Pourquoi cette nouvelle la réjouissait-elle ?

— Vraiment ? s'entendit-elle bégayer sans conviction.

— Oui, acquiesça Sophia en relevant les yeux.

Capucine se racla la gorge.

— Je suis désolée, dit-elle. Si je peux faire quelque chose pour toi...

— Tu peux, l'interrompit Sophia en lui saisissant les deux mains avec un empressement qui ne lui était pas coutumier. Oui, tu peux. Vous êtes amis tous les deux, n'est-ce pas ? Depuis longtemps. Tu pourrais peut-être lui parler ? implora-t-elle presque. Et essayer de le convaincre de laisser une chance à notre histoire.

Inconsciemment, Capucine se tortilla pour se dégager de la pression des mains et du regard de son amie.

— Sophia... commença-t-elle. Je préférerais vraiment ne pas me mêler de vos affaires. David et moi ne sommes plus véritablement amis, tu le sais bien. Je ne suis pas sûre qu'une discussion avec moi puisse le convaincre de revenir sur sa décision, bien au contraire.

— Mais il t'écoutera, continua l'autre avec la ferveur du désespoir. Je sais qu'il t'écoutera. Vous avez un lien malgré tout. Il est attaché à toi. Quand il a appris que tu étais à l'hôpital, il était très inquiet et a accouru aussi vite qu'il a pu. Oh, s'il te plaît, Capucine, si tu savais combien il est important pour moi ! Je t'en prie !

Mal à l'aise, Capucine ne savait que répondre. Se sentant acculée, elle n'avait d'autre choix que d'offrir un semblant de promesse.

— Je verrai ce que je peux faire, dit-elle.

— Oh, merci ! s'écria Sophia en s'élançant dans ses bras. Merci, merci, merci !

— Je ne te promets rien, l'avertit aussitôt Capucine. J'essayerai juste de…

— Oui, mais je suis sûre que ça va marcher, s'enthousiasma la jolie brune sans lui laisser le temps de finir sa phrase. C'est merveilleux, il faut que j'y aille. Tu me tiens au courant, n'est-ce pas ?

Tel un tourbillon de bonheur, elle planta deux bises bruyantes sur les joues de Capucine et, après une dernière étreinte, s'enfuit en courant vers la porte d'entrée, manquant au passage renverser Octavie qui se trouvait dans le couloir.

— Par tous les saints ! s'époumona l'aïeule en se plaquant contre le mur.

— Pardonnez-moi, grand-mère, s'illumina Sophia en poursuivant sur sa lancée avant de faire claquer la porte d'entrée du manoir derrière elle.

— Grand-mère ? éructa l'aïeule. Mais pour qui se prend cette oie ? Que Dieu me garde d'être jamais la grand-mère d'une telle mijaurée ! Et dévergondée par-dessus le marché !

— Octavie ? appela Léonie depuis la cuisine.

— Tu as entendu cette mascarade ? bougonna sa sœur en entrant dans la cuisine. Elle m'a appelée grand-mère, l'infamante !

— Ah, il n'y a donc pas eu mort d'homme, répliqua la douce Léonie. On aurait pourtant pu croire le contraire avec tous ces cris.

— J'ai failli me faire piétiner ! s'indigna l'autre. Si je ne m'étais pas moi-même écrasée contre le mur, à l'heure qu'il est, je serais étendue au sol, inerte.

Léonie se détourna pour sourire. Il fallait toujours que sa sœur jumelle exagère.

— Viens donc m'aider, il faut mettre la table, proposa-t-elle.

— Ah, hélas, grimaça Octavie en se passant soudain la main sur le front. Je crois que cette attaque m'a épuisée. Capucine ! s'égosilla-t-elle à pleins poumons. Viens mettre la table !

— Je suis heureuse que ça n'ait rien altéré de ta puissance sonore, répliqua Léonie en fronçant les sourcils d'un air réprobateur.

— Encore heureux, répliqua l'aïeule.

*

* *

Capucine avait esquivé le dîner sous prétexte d'un mal de crâne et était montée dans sa chambre. Elle n'avait aucune envie de s'immiscer dans la vie sentimentale de David. D'autant plus qu'avec lui les choses étaient toujours compliquées. Elle n'était pas sûre que le fil ténu qui subsistait de leur ancienne amitié survive à cela. Et puis, bien qu'elle n'en comprenne pas exactement la raison, elle ne pouvait pas s'empêcher de reconnaître qu'elle n'appréciait pas particulièrement leur rapprochement. Elle trouvait ainsi une foultitude de raisons pour ne surtout pas intervenir. Et si elle ne le faisait pas, peut-être Sophia et Augustin envisageraient-ils de se fréquenter ? Alors tout serait léger et joyeux. Au fond, plus elle y réfléchissait, plus elle se disait que non seulement elle n'irait pas parler à David, mais qu'il était temps d'essayer de faire intervenir son cousin dans le jeu. Exactement selon l'idée qu'elle avait eue depuis le départ. Après tout, rien n'arrivait par hasard et la décision de David était certainement la meilleure pour tout le monde, y compris Sophia qui, si elle était peinée pour l'heure, irait mieux fort vite.

*

* *

Elle se réveilla en sursaut en entendant son téléphone vibrer. Elle avisa l'écran et constata qu'il était 23 heures.

— Oui ? dit-elle en décrochant.

— J'ai du nouveau pour toi, lui répondit Émilien.

— Déjà ? s'enquit-elle en se redressant dans un bon. C'est super ! Qu'est-ce que tu as trouvé ?

— La dernière trace que l'on a de Manon Rivière, la fille de Pierre Rivière et d'Alice Angélus, correspond à son passage dans un couvent de la région.

— Un couvent ? s'étonna Capucine en haussant les sourcils.

— Oui, un couvent pour jeunes mères célibataires.

— Elle aurait donc eu un enfant ? s'exclama-t-elle au bord de l'exaltation.

— J'ai appelé la directrice. Au départ, elle s'est montrée réticente à l'idée de partager ces informations. Elles sont normalement confidentielles, même lorsqu'il s'agit de la famille. Mais quand je lui ai décliné mon identité et lui ai indiqué qu'il pouvait y avoir une implication dans une enquête policière, elle a accepté de me faire une petite faveur.

— Tu es le meilleur, le félicita Capucine en lui donnant de l'applaudissement.

Émilien rigola.

— Attends de savoir ce que j'ai trouvé avant de me féliciter. Manon Rivière a eu une fille, Astrid.

— Tu as pu trouver autre chose sur elles ?

— Eh bien, non, justement, et c'est bien ce qui m'étonne, répondit Émilien en soupirant dans le combiné. Après leur départ du couvent, il n'y a plus aucune trace nulle part, ni d'une Manon Rivière ni d'une Astrid Rivière.

— Et si elles avaient repris le nom d'Angélus ? demanda-t-elle.

— J'ai également cherché, mais cela n'a rien donné. Ce qui veut dire que soit elles ont pris un troisième nom, soit elles se sont volatilisées.

Capucine fronça les sourcils. Elle faisait désormais les cent pas autour du grand lit à baldaquin, essayant de se creuser les méninges pour trouver un indice qui leur permettrait de poursuivre les recherches.

— Manon a dû se marier par la suite, quelle poisse !

Émilien sourit.

— Voilà qui est charmant.

*

* *

Assise à la table du salon où Léonie tricotait, Capucine, penchée au-dessus de son ordinateur portable, effectuait des recherches sur l'art et la manière de rechercher des personnes sur internet.

Octavie, les yeux fermés et la tête en arrière, dormait paisiblement dans un fauteuil moelleux près du canapé. C'est en tout cas ce que Capucine pensait jusqu'à ce que cette dernière se décide à intervenir dans la discussion.

— Et Redon, tu as essayé ? interrogea-t-elle sans lever une paupière.

Capucine sursauta :

— Pourquoi Redon ?

— C'était le nom de notre arrière-grand-mère, la terrifiante Clarisse.

— Pourquoi Manon aurait-elle pris le nom de son arrière-grand-mère ? observa Capucine, dubitative.

— Il y a un arrière de trop, tonna Octavie. Tu ne sais donc pas compter ?

Léonie rigolait de bon cœur en poursuivant son tricot qui prenait l'allure d'une belle écharpe rouge.

— Parce que c'est elle qui est à l'origine de toute cette histoire pardi, déclara l'aïeule d'un ton sentencieux. Clarisse Redon, c'est l'origine de la malédiction. Si je devais chercher un nouveau patronyme, je prendrais le sien sans hésitation, c'est certain.

Capucine fronça les sourcils et envoya l'information dans un message sur son téléphone portable. Le lendemain matin, Émilien sonnait à la porte du manoir le sourire jusqu'aux oreilles. Il avait retrouvé la trace de Manon et Astrid Redon.

XIII

Derrière les masques

Ils s'étaient tous amassés dans la cuisine du salon où ils écoutaient, attentifs, le récit d'Émilien. Selon les informations qu'il avait recueillies, Manon n'avait finalement pas suivi son rêve initial et ne s'était jamais vraiment éloignée. Avec sa fille, Astrid, elle avait troqué les coteaux de vignes du Sud-Gironde pour la métropole de Bordeaux, où Astrid avait rencontré un certain Jules Auménard, qu'elle avait épousé et à qui elle avait donné des jumeaux. Quelque temps après leur naissance, Jules Auménard avait malheureusement succombé à une crise cardiaque, laissant à sa famille une importante somme d'argent qui avait dû les mettre à l'abri du besoin pendant de nombreuses années.

— Comment s'appellent les jumeaux ? demanda Augustin.

— Alicia et Pierrick Auménard.

— Et quel âge ont-ils ? interrogea Capucine. Ils sont toujours en vie ?

— Ils ont trente-trois ans, précisa Émilien. Et je pense qu'ils sont toujours en vie, mais c'est justement le détail qui coince, avoua-t-il en se caressant la barbe d'un air concentré. Les dernières traces que j'ai trouvées d'eux remontent à environ huit ans. Alicia était serveuse dans un restaurant gastronomique prestigieux, le *Soufflet d'Or,* et Pierrick travaillait dans l'immobilier. J'ai discuté rapidement avec les deux employeurs qui m'ont confirmé leurs départs presque au même moment. Et depuis, plus aucune trace, ni à Bordeaux ni ailleurs pour ce que j'ai pu en juger.

Capucine fronça les sourcils.

— Pfft, envolés, commenta Octavie en mimant un nuage de fumée disparaissant dans les airs.

Émilien hocha la tête.

— Tu plaisantes ? s'enquit Augustin, la mine sévère. Ils ne peuvent pas avoir disparu comme ça. Et Manon ? Et Astrid ? demanda-t-il.

— Manon est morte il y a cinq ans. Elle était internée à l'hôpital psychiatrique de Cadillac.

— Quoi ? s'exclama Capucine, incrédule.

— Ah, je le savais ! se mit à claironner Octavie en s'époumonant d'enthousiasme. Je savais bien qu'elle était dingo !

Émilien fronça les sourcils, la mine réprobatrice.

— Quant à Astrid, poursuivit-il, elle est également introuvable.

— Si Manon était à Cadillac, sa famille s'est forcément rapprochée d'elle, non ? déclara Capucine. Ils ont très bien pu revenir vivre à Langon ou dans n'importe quel autre village à proximité.

— C'est possible, approuva Émilien, mais ils auraient tout aussi bien pu rester à Bordeaux, Cadillac n'est qu'à quarante minutes à peine.

Autour de la table, tous les visages exprimaient la concentration et la réflexion. Astrid et ses enfants étaient-ils les individus qui les harcelaient et les agressaient depuis des mois ? Était-ce eux qui s'étaient amusés à réduire en cendres le chai du château Millêtre ? Cette piste paraissait la plus prometteuse, mais posait de nombreuses interrogations. Pour quelles raisons avaient-ils agi de la sorte ? Quelles étaient leurs intentions ? Et où pouvaient-ils bien se cacher ?

— Alicia et Pierrick, murmura Capucine plus pour elle-même. C'est un peu comme Alice et Pierre. Astrid a appelé ses enfants en l'honneur de ses grands-parents ?

— Tu parles d'un honneur, rabroua l'aïeule.

— Comment peut-on faire pour les retrouver ? questionna Augustin.

Émilien referma son carnet de notes et s'adossa à la chaise.

— Je vais visiter le lycée qu'ils fréquentaient demain matin. J'ai appris qu'il publiait chaque année un annuaire des élèves avec les photographies. J'espère pouvoir en apprendre davantage.

— Oh, s'exclama Capucine, c'est une bonne idée ! Je peux venir avec toi ?

— Pourquoi pas, répondit Émilien. À condition que tu promettes de ne pas intervenir, cela devrait être possible.

Une heure plus tard, le policier repartit. Sur le perron, il se retourna vers sa cousine qui l'avait accompagné jusqu'à la porte.

— Tiens-toi prête pour 7 heures, je passerai te chercher

*

* *

Confortablement installée dans la voiture d'Émilien, Capucine regardait le paysage défiler sous ses yeux. Elle avait vécu à Bordeaux une dizaine d'années, de ses études à son retour aux sources l'année précédente, et cette visite surprise lui faisait ressentir un étrange mélange d'excitation et d'appréhension. Elle ne gardait pas de bons souvenirs de cette période. Choisissant de reporter son attention sur la route, elle observa l'itinéraire qui les faisait passer par le centre-ville pour regagner les boulevards sur lesquels se situait l'établissement scolaire.

— Le lycée de l'Assomption est privé, expliquait Émilien, alors qu'ils arrivaient enfin sur les boulevards. Tu le connais peut-être de nom ? suggéra-t-il.

— Non, répondit Capucine en secouant la tête. C'est la première fois que j'en entends parler.

Ils continuèrent à rouler une dizaine de minutes, puis Émilien bifurqua dans une rue perpendiculaire où il entreprit de chercher une place pour se garer. Situé à deux pas du Parc bordelais, le lycée, vu de l'extérieur, ressemblait à une large enceinte murée. Tel un joyau dissimulé dans un écrin, il ne dévoilait sa beauté et sa magnificence que lorsque l'on prenait le temps de le découvrir. Agencés en L, les longs bâtiments anciens entouraient une cour d'honneur, au cœur d'un parc ombragé, encadré de-ci de-là par des arbres centenaires.

À leur arrivée, ils sonnèrent à la petite porte cochère située sur le côté de l'enceinte et pénétrèrent dans un hall étroit tout de bois vêtu qui rappelait l'atmosphère des vieilles bibliothèques. Happée par la majesté du lieu, Capucine en oublia presque la raison de leur visite. Ils y patientèrent quelques minutes avant qu'un homme à la quarantaine élégante et à la silhouette élancée se présente comme étant le directeur et les invite à prendre place dans son bureau.

Cordial et avisé, l'homme répondit aux questions du policier avant de leur tendre les trois annuaires que sa secrétaire avait gentiment pris le soin de sortir des archives pour l'occasion. Capucine tournait fébrilement les pages, cherchant à reconnaître une personne qu'elle aurait déjà croisée et qu'elle pourrait identifier. Soudain, au détour d'une page, elle s'arrêta sur un visage familier.

— Oh regarde qui a aussi étudié dans ce lycée, s'exclama-t-elle avec joie, en tendant l'album à Émilien. Quelle coïncidence !

Puis elle identifia un deuxième visage familier et aussitôt une ombre passa dans son regard tandis que son sourire s'évanouissait. Une coïncidence ? Comment avait-elle pu être aussi bête !

*

* *

Juin 1930

Léon fulminait. Cela faisait déjà deux mois qu'Alice avait accouché et il n'avait toujours aucune nouvelle ni d'elle ni de son enfant. Il ne connaissait même pas le prénom du bébé. La seule information qu'il détenait était qu'il s'agissait d'une fille et cela ne lui suffisait pas. Depuis la mort de Pierre, il se morfondait et se sentait abattu. Il avait perdu son meilleur ami sans qu'ils se soient réconciliés, et cela lui creusait un trou dans la poitrine à chaque fois qu'il y pensait.

Lorsqu'il avait appris qu'Alice avait accouché dans les vignes, il s'était attendu à ce qu'elle débarque enfin sur le seuil de sa porte, confuse, malheureuse et esseulée, pour le supplier de veiller sur elle et sur l'enfant, pour le supplier de lui pardonner, pour mettre un terme à toute cette histoire. Un peu comme elle le faisait lorsqu'elle était petite et qu'elle partait se réfugier dans les bras de son grand frère après l'une de leur énième dispute.

Mais Alice n'avait pas agi ainsi. Non seulement elle n'avait rien fait de tel, mais en plus elle n'avait même pas daigné leur présenter le bébé. Terriblement vexé, Léon avait promis à qui voulait l'entendre qu'il ne lui adresserait plus jamais la parole. Mais comment pouvait-il mettre ses menaces à exécution si elle ne lui en laissait pas l'opportunité ? Il se retrouvait le bec dans l'eau, furieux et blessé.

Marie ouvrit la porte de la maison et le trouva avachi sur une chaise de la cuisine, l'air mauvais et ressassant ses éternelles doléances.

— Elle s'appelle Manon, lui dit-elle.

— Qui ? aboya-t-il presque.

— Ta nièce.

— Comment le sais-tu ? s'écria-t-il en bondissant de sa chaise.

— C'est Huguette qui me l'a appris.

— C'est la poissonnière qui t'a donné le prénom de ma nièce ? manqua-t-il s'étrangler de consternation.

Pardieu, elle me le paiera, cette satanée tête de mule ! gronda-t-il.

*

* *

— Malotrus ! vociférait Octavie à tue-tête. Fieffés scélérats, infâmes canailles ! poursuivait-elle. Je vous le disais pourtant qu'il ne fallait pas leur faire confiance !

De retour dans la cuisine du manoir après son rendez-vous au lycée de l'Assomption, Capucine grimaçait.

— Tu disais exactement le contraire il y a quelques jours à peine, répliqua-t-elle en levant les yeux au ciel.

Malgré les quinze années qui séparaient la photographie de classe de l'époque actuelle, l'identification d'Alicia et de Pierrick Auménard ne laissait aucune place au doute.

— Ils ont changé de prénom et ont modifié le patronyme de leur père biologique, Auménard, expliqua Émilien devant les expressions abasourdies de la famille. Aujourd'hui, ils s'appellent simplement Ménard.

Capucine acquiesça en silence, hésitant entre la colère, la déception et l'incompréhension. Les deux adolescents semblaient la narguer depuis la photographie et, quoi qu'elle fasse, elle n'arrivait pas à les quitter du regard. Quoi qu'elle fasse, ses yeux n'arrivaient plus à se détacher des jeunes Sophia et Robin Ménard.

Des bribes de pensées fugitives entrecoupaient parfois cette vision. Tout prenait un autre sens désormais. Elle revoyait sa rencontre avec Sophia, l'ange tombé du ciel qui l'avait soudainement sauvée de l'ennui. Dire que tout avait été calculé depuis le départ ! Chaque action, chaque situation, chaque mot devait avoir été soigneusement répété et feint, tel de minuscules rouages d'une mécanique complexe et huilée à la perfection.

Ainsi donc, tout s'éclairait. Sophia et Robin étaient leurs cousins cachés Alicia et Pierrick, lesquels avaient pour ambition de les ruiner. Quelle en était l'obscure raison ? La jalousie, la traîtrise, la folie ? Le mystère persistait sur ce point.

— Des cousins maléfiques ! s'effondra Augustin, les cheveux inhabituellement aplatis sur le crâne. Mais enfin, qu'est-ce qui cloche dans cette famille !

— Ne me regarde pas comme ça, persifla Octavie qui se sentait injustement accusée. Ce n'est pas moi qui les ai engendrés, ceux-là !

Augustin grogna en soupirant.

— Et maintenant, qu'est-ce qu'on fait ? demanda-t-il.

— Vous n'avez rien à faire, répondit Émilien. Mais je devrais plutôt le formuler autrement. Surtout, ne faites rien. Ce n'est plus de votre ressort. Nous allons les arrêter et les interroger.

Émilien repartit aussitôt. Le soir même, il envoya un message pour expliquer que les jumeaux avaient été placés en détention préventive. Pour le moment, les interrogatoires n'avaient rien donné. Alicia et Pierrick reconnaissaient avoir changé de patronyme ainsi que de prénom mais niaient le reste, à commencer par leurs liens de famille avec les habitants du manoir. Ils clamaient haut et fort leur ignorance de ce fait ainsi que leur innocence concernant toute l'affaire. Une longue nuit les attendait.

*
* *

Allongé sur le lit de la chambre d'ami qui était devenue la sienne depuis l'incendie, Augustin observait le plafond en réfléchissant. Il entendit toquer à sa porte et resta immobile.

— Entrez ! lança-t-il.

Capucine ouvrit la porte et entra dans la chambre en refermant derrière elle.

— Tu me fais une place ? demanda-t-elle en s'avançant vers le lit.

Augustin se poussa vers le bord, lui laissant l'autre moitié pour s'installer. Elle s'allongea à ses côtés et porta également son attention sur le plafond.

— Qu'est-ce que tu en penses ? demanda-t-elle.

Augustin soupira.

— Honnêtement, je n'en ai aucune idée. Je ne connais ni Alicia ni Pierrick. Je veux dire, pourquoi nous voudraient-ils du mal ? Et puis très sérieusement, je n'ai rien compris à cette généalogie. Il y a trop de prénoms de femmes. Pas étonnant qu'on ait tous ces problèmes !

Capucine sourit.

— Tu exagères, répondit-elle. Il n'y en a pas tant que ça.

— Ah oui ? s'enquit-il sur un ton ironique. Tu veux me faire croire que tu les as tous retenus ?

— Et dans l'ordre en plus, confirma-t-elle en hochant la tête. Au tout début, il y avait Clarisse, puis la génération d'Antonin et Adèle qui ont eu Léon et Alice. Ensuite Alice a eu Manon qui a donné naissance à Astrid grâce à qui nous sommes en train de nous poser des questions concernant Alicia et Pierrick.

Augustin fit la moue.

— Tu as une bonne mémoire, admit-il, mais cela ne nous aide pas.

*

* *

Capucine avait eu du mal à se remettre du choc. La photo de classe que le directeur leur avait montrée se composait de quatre rangées d'élèves sagement installés devant l'objectif. Positionnés au dernier rang, les jumeaux semblaient observer le monde avec des yeux naïfs. Ils n'avaient pas fait l'effort de s'éloigner l'un de l'autre et reflétaient cette sorte d'intimité fusionnelle souvent incomprise des autres. Jeunes, beaux, ils avaient le même sourire.

Intérieurement, Capucine se reprochait son manque de clairvoyance. Comment avait-elle fait pour ne rien remarquer ? Elle cligna des yeux, essayant de chasser le portrait d'Alicia et de Pierrick de sa conscience sans y parvenir. C'était un peu comme si, à présent, ils y étaient incrustés pour de bon.

Une pensée fugace la traversa soudain, lui laissant un arrière-goût amer. Peut-être avait-elle manqué d'attention avec Sophia, car elle l'avait presque toujours vue avec David et que leur relation lui déplaisait. Capucine soupira. À chaque fois qu'il était question de David, les choses se compliquaient.

Malgré tout, elle ressentait une vague de soulagement l'apaiser. Maintenant que Sophia et Robin avaient été démasqués, le pire était derrière eux. Ils en avaient fini avec les saccages, les incendies et les agressions. Ils allaient enfin pouvoir commencer à reconstruire le domaine. Et cette idée, douce et réconfortante, allait leur permettre de dormir pour la première fois depuis des mois sur leurs deux oreilles. Ce qui se révélait être un véritable luxe.

XIV

Erreurs et confusion

— DAVID ? HURLA ÉTIENNE DUCATS depuis le bas de la cage d'escalier. David !

— Qu'est-ce qui se passe ? s'épouvanta son épouse, Lucie, en apparaissant en robe de chambre sur le palier du premier étage.

— Va vite chercher ton fils ! s'impatienta son mari. Il est arrivé quelque chose.

À peine Lucie pivotait-elle en direction du couloir que David se précipitait sur le palier.

— Qu'est-ce qu'il y a ? demanda-t-il la voix encore ensommeillée.

— C'est notre tour, se lamenta son père en brandissant une grappe de raisin déplumée. La vigne de la Sablière a été vandalisée !

Une heure plus tard, Émilien déambulait d'un pas nerveux sur la parcelle de vigne endommagée en se frottant le menton.

— Qu'est-ce que vous pouvez faire ? demanda Étienne. Vous avez trouvé quelque chose qui peut nous mettre sur la piste des suspects ? Il s'agit à coup sûr de la même personne que celle qui s'en est prise aux Millêtre.

Émilien souffla bruyamment en contemplant le désastre qui s'étendait sous ses yeux. Ce saccage le plaçait dans une situation délicate.

— C'est vraiment ennuyeux, répondit-il.

— Je ne vous le fais pas dire, confirma Étienne Ducats, qui s'attendait néanmoins à plus d'optimisme.

— Non, ce n'est pas ce que je voulais dire, poursuivit le policier en se grattant le front. Nous avons fait une arrestation hier après-midi et nous pensions détenir les coupables, dit-il. Cette attaque ne pouvait pas plus mal tomber, car elle vient contredire cette certitude…

— Quoi ? s'étonna Étienne Ducats, dont les cheveux rivalisaient de folie avec ceux d'Augustin. De qui s'agit-il ? Vous avez dû vous tromper effectivement. C'est exactement le même mode opératoire qu'à la vigne de l'Ange. Regardez, les feuilles déchirées et les pieds sectionnés. Celui qui a fait ça est un criminel, maugréa-t-il dans sa barbe en brandissant le poing en l'air.

Émilien acquiesça en restant pensif.

— Et pourtant, murmura le policier les yeux dans le vague.

— Et pourtant il vous faut poursuivre votre enquête et mettre cet individu hors d'état de nuire, s'impatienta Étienne Ducats.

— C'est ce que nous croyions avoir fait, soupira Émilien. Il va donc nous falloir tout reprendre à zéro, dit-il avant de s'éloigner.

Étienne Ducats resta bouche bée. Ce discours était loin d'être rassurant. Gardant le silence, il s'avança vers sa vigne, titubant presque sous le poids de la désolation. Il lança un regard à David, qui s'entretenait avec les ouvriers agricoles. Lorsqu'il eût fini sa discussion, il vit son fils rejoindre Émilien et pivota pour observer une énième fois sa vigne décharnée.

— Quel merdier, souffla David entre ses dents.

— Tu ne sais pas si bien dire, répondit Émilien. Retour à la case départ, comme on dit.

*

* *

— C'est une blague ? s'écria Augustin, visiblement mécontent.

— Malheureusement non, répondit Capucine, qui venait d'apprendre aux habitants du manoir la destruction de la vigne de la Sablière.

Le fait que l'attaque, pour une fois, ne leur soit pas destinée, les soulageait en même temps qu'il les épouvantait. Au pied du mur, la police avait dû relâcher Sophia et Robin, ce qui les contrariait également énormément.

— Mais pourquoi ont-ils fait cela ? s'emporta Augustin, les yeux ébahis.

— Ils étaient enfermés au poste de police, soupira Capucine, qui sentait la mauvaise humeur l'envahir. Ce qui signifie qu'ils n'ont donc pas pu commettre ce délit. Leur alibi est indiscutable et toute notre théorie tombe à l'eau.

— Ah, les idiots ! s'irrita-t-il en faisant les cent pas dans la cuisine.

— Je ne sais vraiment plus quoi penser, déclara-t-elle. Si ce n'est pas eux, alors qui est-ce ?

— Tu es devenue folle ? grogna Augustin. Bien évidemment que ce sont eux les responsables ! Ils doivent avoir des complices à l'extérieur, c'est tout.

— Toi et tes théories du complot, déplora-t-elle.

— Cela n'a rien à voir avec une théorie du complot, rétorqua-t-il d'un air supérieur, c'est la logique même. On te pense coupable, on t'arrête et, pendant ce temps, ton complice qui se trouve toujours dehors te met hors de cause. On voit ça dans toutes les enquêtes policières.

— Et le complice, ce serait qui selon toi, hein ? s'exaspéra Capucine. David ? déclara-t-elle sur un ton ironique. Il aurait pu saccager ses propres vignes pour qu'on ne pense pas à le soupçonner ?

— Exactement, renchérit Augustin. Pour l'instant, je ne vois pas de meilleure explication.

Placés chacun à un bout de la cuisine, les deux cousins se fusillaient du regard.

— Allons, allons, tempéra Léonie, assise au centre de la pièce. Calmez-vous, mes petits. Cela ne sert à rien de s'énerver. La police va bien finir par résoudre cette histoire.

— À la vitesse où ils vont, on sera déjà tous morts, grinça Augustin.

Octavie, assise en face de sa sœur, ne disait rien, ce qui était inhabituel. Elle semblait réfléchir. Augustin se laissa tomber sur une chaise à côté d'elle.

— Et toi qui as toujours un mot à dire sur tout, quelle est ton opinion ? lui demanda-t-il.

Octavie eut un sourire en coin.

— J'attendais justement que tu me le demandes, susurra-t-elle d'un air satisfait.

Les yeux écarquillés, il la regarda avec une telle expression d'incrédulité que Capucine et Léonie ne purent s'empêcher d'éclater de rire.

— Eh bien, vois-tu, commença l'aïeule, fière de son effet, je partage ton avis sur la culpabilité des deux faussaires. Ce sont certainement ces cousins déchus, les coupables. Mais pour la troisième personne, laisse-moi te dire que tu manques cruellement de jugeote et d'imagination. Sans compter que, une fois n'est pas coutume, tu prends tes rêves pour la réalité. Non, poursuivit-elle en secouant la tête. Pour moi, c'est Astrid !

— Une femme ? s'irrita Augustin.

— Exactement, approuva Octavie en branlant du chef. Une femme a tout à fait la force nécessaire.

— Ridicule, répondit-il. On ne sait même pas si elle est vivante.

— Et pourquoi serait-elle morte, je te prie ? questionna Octavie en découvrant ses dents de mécontentement.

— Parce que ce serait logique, soupira-t-il. Tout le monde ne vit pas comme vous en dépassant les quatre-vingt-dix ans. C'est exceptionnel !

— Certes, il est vrai que nous sommes exceptionnelles, avoua Octavie sur un ton mielleux.

Augustin et Capucine levèrent les yeux au ciel.

— Allons, Octavie, la sermonna Léonie. Arrête de dire des bêtises, sinon c'est toi qu'il va finir par suspecter.

Octavie ricana.

— Hélas, je n'ai plus la force suffisante pour cela à présent. Mais il y a encore vingt ans, ah ah, déclara-t-elle en brandissant le doigt en l'air. J'étais encore dans la fleur de l'âge et, crois-moi, j'aurais été capable de détruire n'importe quelle vigne !

Personne ne prit le risque de la contredire sur ce point. Octavie avait toujours fait preuve d'une force spectaculaire compte tenu de sa corpulence fluette.

— En tout cas, Émilien nous demande de rester vigilants et de ne plus nous approcher d'eux jusqu'à nouvel ordre, insista Capucine. Et le mieux que nous ayons à faire, je pense, c'est de suivre son conseil.

— Son ordre tu veux dire, l'interrompit Octavie.

Augustin, exaspéré, croisa les bras en prenant un air boudeur.

— Comme si on avait l'intention d'aller directement nous jeter dans la gueule du loup, bougonna-t-il.

*
* *

Le ciel d'un gris foncé bleuté se zébrait de part et d'autre d'immenses éclairs lumineux. Assise sur le muret de pierre qui délimitait une partie des vignes du château Millêtre de celles du château Rose-Ducats, Capucine observait la vigne de la Sablière et laissait ses pensées divaguer à leur aise. Puis elle reporta son attention dans le lointain, sur l'enchevêtrement charmant de briques rouges et de pierres des bâtiments. Petite, elle avait passé de longues heures à contempler ainsi la propriété de son ami David. Ce domaine lui avait toujours inspiré ce qui semblait lui être refusé à elle et à sa petite sœur, Melody. Il incarnait la possibilité d'une vie de famille normale et aimante avec deux parents vivants.

Cela faisait longtemps qu'elle n'avait pas pensé à ses parents, Fantine et Tristan. Elle se fit la réflexion que, pour la première fois, elle pouvait regarder le château Rose-Ducats sans penser à sa propre famille ou à sa propre personne. Pour la première fois, elle songeait seulement à David. Lorsqu'elle avait appris la dévastation de ses vignes, son premier élan avait été d'accourir, puis elle s'était dit qu'il s'agissait certainement d'une mauvaise idée. Elle s'était demandé s'il aimerait la voir dans de pareilles circonstances et avait jugé que non. Puis elle avait changé d'avis, une fois, deux fois, trois fois.

À présent, elle n'osait pas aller le voir, tout simplement. Peut-être en restant à cet endroit-là, à la lisière de leurs deux mondes, pourrait-elle agir de par sa simple présence, comme un ange gardien ? Un craquement derrière elle la fit sursauter. À quelques pas, en retrait, David la regardait. Les cheveux détachés et le visage sérieux, il croisait les bras sur sa poitrine. Il s'avança et vint s'asseoir à ses côtés.

— Qu'est-ce que tu viens faire ici ? demanda-t-il.

— Je ne sais pas, avoua-t-elle. Je voulais venir voir comment vous alliez, mais je n'ai pas osé.

— Alors tu as préféré nous espionner ?

Il se tourna vers elle d'un air moqueur. Elle fit un effort pour ne pas se noyer dans le bleu de ses yeux et sourit.

— Il y a un peu de ça.

— Qui est-ce qui a fait ça à ton avis ? lui demanda-t-il sans détourner le regard.

Capucine abaissa les yeux, se concentrant sur ses mains qui grattaient doucement la pierre.

— Je… nous ne sommes pas encore sûrs, dit-elle en se raclant la gorge. Nous avions des soupçons, mais il semblerait que l'on se soit trompé, alors…

Elle haussa les épaules. David fronça les sourcils. Au loin, une voiture rouge vif jalonnait la petite route qui menait à son portail. Elle s'arrêta juste devant et une silhouette fine en sortit. Capucine releva la tête et reconnut Sophia, ou Alicia. Elle ne savait plus comment l'appeler désormais.

— Je dois y aller, déclara David en se levant. Tiens-moi au courant.

Capucine sentit son estomac se contracter. Tout son être lui disait de révéler tout ce qu'elle savait à David. Pourtant, une infime bribe de doute l'en empêchait. Pourquoi ? se demanda-t-elle. De quoi avait-elle peur ? Soudain, elle réalisa qu'Augustin n'était peut-être pas le seul à voir encore en David un ennemi.

Elle pensait pourtant qu'il en allait autrement pour elle, qu'elle avait dépassé ce stade depuis longtemps. Était-il possible que David soit de mèche avec Robin et Sophia ? Toute l'histoire, celle du début de leur relation puis de leur séparation, avait-elle pu être montée de toutes pièces ? Horrifiée, Capucine prit conscience que le scénario était possible, surtout si l'on se référait aux actes passés. Pourtant, quelque chose au fond d'elle ne parvenait pas à l'admettre sincèrement. Elle se demandait comment elle pouvait en avoir le cœur net. Capucine frissonna. Et si elle décidait simplement de lui donner une seconde chance sans aucune garantie ? Existait-il réellement un moyen pour se prémunir du risque ? Un moyen d'avoir des certitudes inébranlables ?

Bien sûr, elle pouvait ne rien dire, comme elle l'avait fait jusqu'à présent. Mais elle sentait combien cette situation ne lui convenait pas. Elle voulait pouvoir faire confiance à David. Le pouvait-elle ?

La silhouette du jeune homme commençait à s'éloigner. Dans quelques secondes, il serait hors de portée. Il n'y avait qu'une seule solution, elle devait choisir délibérément de lui faire confiance. Advienne que pourrait.

— Attends ! s'écria-t-elle.

*

*   *

Pendant ce temps, au manoir, Augustin s'affairait dans la cuisine, laissant flotter de délicats effluves de tomate et de basilic qui s'étiraient jusque dans l'entrée. Penché au-dessus d'une énorme marmite, il touillait le contenu avec une vive énergie.

Au cours de l'après-midi, l'agent immobilier Simon Lacroix était revenu sonner à leur porte, ce qui l'avait fortement agacé. Ce vautour souhaitait décidément vendre leur propriété à tout prix. Et comme de coutume, Augustin l'avait envoyé sur les roses.

En secouant le contenu de la marmite plus qu'il ne le remuait, il ruminait mentalement sur le nombre de visites qu'il leur avait faites. Cela tenait presque du harcèlement, grimaçait-il en silence. Et cela ne faisait que s'envenimer depuis l'incendie.

Plus vous vous teniez en position de faiblesse, et plus ces charognards en profitaient, sans aucune mauvaise conscience. Seul le miroitement de la promesse de l'appât du gain comptait.

*
* *

Octobre 1950

Alice était morte prématurément. À même pas cinquante ans, elle avait été terrassée par un mal invisible. Le médecin avait accusé un dysfonctionnement du cœur, mais pour tous les villageois, c'était le château Noir qui avait refait des siennes et était le responsable. Elle laissait derrière elle sa fille unique, Manon, alors âgée de vingt ans.

Léon et Alice n'avaient jamais enterré la hache de guerre. En deux décennies, ils avaient pourtant eu bien des occasions de le faire, mais il leur avait été bien plus facile de s'ignorer et de rester campés sur leurs positions. Le regard furieux du premier et l'air hautain et pincé de la seconde les avaient prémunis contre toute faiblesse de caractère. Et ils avaient tenu bon jusqu'au bout de leur bêtise.

Ne souhaitant pas amorcer la moindre bribe de renonciation, Léon avait interdit à sa femme et à ses filles de se rendre à l'enterrement. Si Marie et Octavie l'avaient écouté, Léonie, en revanche, avait décidé de désobéir à l'ordre paternel. Accompagnée de Clément Millêtre, son mari, elle s'y était donc rendue. Elle avait néanmoins fait son possible pour rester en retrait, souhaitant malgré tout respecter les vœux d'Alice. Une situation qui avait été difficile à mettre en œuvre, tant les personnes qui s'étaient déplacées se comptaient sur les doigts d'une main. À l'instar de sa grand-mère Clarisse, Alice, à la fin de sa vie, avait peu de relations. Et hormis quelques âmes charitables, la fille d'Alice se serait retrouvée seule. Ce jour-là, Manon lui fit beaucoup de peine. Fine et fragile, telle une brindille, aussi esseulée et triste qu'elle pouvait l'être dans de pareilles circonstances.

Au cours de la cérémonie, leurs regards se croisèrent et Léonie lui sourit avec le plus de bonté possible. Elle discerna une lueur de surprise dans le regard de sa cousine, qui répondit timidement à son sourire. Et comme cela se produit souvent en de pareilles circonstances, un lien naquit entre elles.

*
* *

Le soleil s'était couché au-dessus du vignoble, parant le ciel de couleurs fantastiques. David et Capucine marchaient côte à côte le long des rangs de vigne. Ils réfléchissaient à cette nouvelle intrigue familiale. Tel un jeu de miroirs, ils effleuraient les feuilles du bout des doigts, comme si, dans ce contact simple avec la nature, ils pouvaient se raccrocher à ce qu'il y avait de vrai dans leurs existences.

Capucine se sentait abattue, mais étrangement soulagée. Elle n'avait pas prémédité de se confier à quelqu'un, et encore moins à David, dont la bienveillance ne lui semblait pas acquise. Malgré tout, elle se sentait apaisée. Enfin, après tous ces mois, elle sentait ses épaules se relâcher. Elle avait pourtant pu parler de toutes ces choses à de nombreuses personnes, mais aucune qui ne fasse pas partie du cercle restreint de sa famille. Pour la première fois, elle s'était permis de faire confiance à un ami. Tandis qu'elle avançait à ses côtés, elle ne pouvait cependant cesser d'entendre la petite voix qui lui murmurait au creux de l'oreille. David était-il réellement son ami ?

David contemplait son vignoble sans le voir. Il caressait les feuilles et songeait au secret que Capucine lui avait confié. Un autre secret de famille. Une pensée fugace vint lui titiller l'esprit. Serait-il aussi destructeur que le précédent ? Il espérait que non. Même si les dégâts humains n'étaient pour l'instant pas à déplorer, les dégâts matériels représentaient déjà beaucoup. Bien qu'il ne mette pas en doute la parole de Capucine, quelque chose l'intriguait et l'empêchait d'adhérer à toute l'histoire. Il n'arrivait pas à imaginer Sophia en destructrice de vignobles. Certes, il avait réalisé qu'il ne ressentait pas de sentiments amoureux à son endroit, mais elle demeurait malgré tout une jeune femme d'une exceptionnelle beauté, d'une grande gentillesse et d'une ouverture d'esprit rare. Elle n'était que charme, douceur et sourire. Était-il possible qu'elle possède deux personnalités différentes, celle de Sophia, la superbe et pétillante jeune femme qu'il avait connue, et celle d'Alicia, une psychotique dérangée qui souhaitait s'en prendre à sa propre famille ?

Ils atteignirent l'arrière du chai et ralentirent à proximité, comme s'ils souhaitaient poursuivre leur conversation sans se l'avouer. Pourtant, aucun des deux ne parlait depuis de longues minutes. David, les yeux baissés sur le sol, passa une main dans ses cheveux qui lui tombaient devant les yeux. Capucine, qui l'observait à la dérobée, sourit.

— Tu comptes les laisser pousser jusqu'où ? demanda-t-elle.

Il sourit à son tour.

— Jusqu'à ce qu'ils dépassent les tiens, répondit-il, une lueur taquine dans le regard.

— C'est drôle, poursuivit-elle, je songe justement à les couper en ce moment.

— Vraiment ? Tu as toujours voulu avoir les cheveux très longs, non ?

— C'est vrai, mais parfois on a envie de changement…

Il hocha la tête. Ils échangèrent un regard, dansant d'une jambe sur l'autre comme deux adolescents nerveux. Capucine détourna les yeux, se concentrant sur les irrégularités de la pierre des murs du chai du château Rose-Ducats. Elle fronça soudain les sourcils.

— Qu'est-ce que c'est ? demanda-t-elle en pointant du doigt le carré de cinq rangées de vignes isolées qui délimitait la séparation entre le début du vignoble et le chai.

— Comme cépage tu veux dire ?

— Oui, il est différent, non ?

— Exact, confirma-t-il en se rapprochant des vignes. C'est du syrah. C'était une lubie de mon grand-père. Il ne pousse pas très bien ici, mais il a toujours tenu à en posséder quelques rangs.

L'image de Félicien Ducats, son visage basané, sa canne et son sourire franc lui revinrent instantanément en mémoire et rompirent le charme de l'instant.

— Je dois y aller, dit-elle simplement.

Elle pivota et fit quelques pas avant de s'arrêter et de revenir sur ses pas. S'arrêtant devant David, elle se hissa sur la pointe des pieds et lui déposa une bise sur la joue.

— Merci, dit-elle avant de repartir d'un pas pressé.

Elle traversa la cour en diagonale jusqu'au portail, l'ouvrit et se rua presque de l'autre côté, se maudissant pour son geste. Qu'est-ce qui lui avait pris d'embrasser David sur la joue comme une écolière ?

XV

La demande

Livide, David patientait depuis une heure dans la salle d'attente. Réveillé à 3 heures du matin par sa mère folle d'inquiétude, il s'était élancé dans la nuit à la recherche de son père. Il avait d'abord vérifié que leur voiture était toujours garée, puis était allé voir dans les endroits les plus évidents : le chai et les vignes.

Ne trouvant aucune trace de son père, il avait rebroussé chemin et était sorti sur la route. Il avait longé le talus jusqu'au manoir endormi. Tout était calme et paisible. Se souvenant de l'altercation qu'il avait eue avec Augustin, il se demanda si son père n'était pas retourné au chai des Millêtre. Bien qu'il ne vît aucune raison qui aurait pu le pousser à agir de la sorte, il s'y dirigea en courant.

Il remonta jusqu'au portail de sa propriété et poursuivit plus haut, jusqu'au Loup des Bois. C'est alors qu'il les vit et entendit leurs voix. Il s'élança aussi vite qu'il le pût. Sous le faible éclat des étoiles, deux silhouettes massives en frappaient une troisième qui gisait au sol en position recroquevillée.

Sans réfléchir, il s'écria :

— Arrêtez !

Les deux silhouettes s'immobilisèrent. Il poursuivit sa course et, comme au ralenti, eu le temps de percevoir l'hésitation des deux hommes. Puis, estimant certainement que le jeu n'en valait pas la chandelle, ces derniers détalèrent en descendant le coteau.

David s'arrêta sur l'esplanade à côté de la forme inerte et se pencha sur le corps.

— Papa ! souffla-t-il en apercevant le visage tuméfié et ensanglanté.

*

* *

Capucine se réveilla en sursaut dans l'obscurité, faisant faire un bond à Cléopâtre qui dormait profondément sur l'oreiller. Il lui semblait avoir entendu quelqu'un l'appeler, mais elle avait dû rêver. Elle fit une caresse à la petite chatte et reposa la tête sur l'oreiller lorsque la porte de sa chambre s'ouvrit en grand. Allumant la lumière, Augustin s'écria :

— Capucine ! Vite. Lève-toi. Le père de David a été agressé !

Aveuglée par la lumière, elle sauta du lit.

— Quoi ? Où ça ?

— Au chai.

— Lequel ? Le leur ?

— Mais non ! s'impatienta Augustin en finissant d'enfiler son pull. Le nôtre.

— Nous n'avons plus de chai, s'agaça-t-elle une jambe hors du pantalon.

— Oui, oui, dans nos ruines, si tu préfères, répondit-il. Dépêche-toi de t'habiller, ils sont à l'hôpital.

— Qu'est-ce que c'est que ce remue-ménage ! entendirent-ils s'insurger dans le couloir. Vous voulez réveiller les morts ? Il est 5 heures du matin !

— Désolé, répondit Augustin. Il y a une urgence.

Dans le couloir, tel un dragon en colère, Octavie, ses longs cheveux blancs lui serpentant dans le dos, campait ses mains sur ses hanches avec une mine revêche. De l'autre côté du couloir, une porte s'ouvrit discrètement et laissa apparaître la tête de Léonie, pourvue de la même chevelure.

— Qu'est-ce qui se passe, mes chéris ? demanda-t-elle avec sa bienveillance habituelle.

— Étienne Ducats a eu un accident, se contenta de répondre Augustin. Mais ne vous inquiétez pas, cela devrait aller. On part à l'hôpital avec Capucine.

— À cette heure-ci ? rouspéta Octavie.

— Eh bien oui, de toute façon on est réveillés maintenant.

L'aïeule grimaça de dégoût.

— Et comment tu l'as su ? s'enquit-elle en fronçant les sourcils.

— David m'a envoyé un message.

— David ? ironisa l'aïeule. Et tu comptes accourir à son secours ? Tu n'es pas bien réveillé, mon pauvre. Tu as oublié l'enfer qu'il nous a fait vivre l'année passée ?

— Octavie, soupira Léonie. Laisse donc les petits un peu tranquilles. Faites attention à vous et tenez-nous au courant.

Capucine sortit de la chambre, vêtue d'un jean et d'un pull noir.

— Attends deux minutes, dit-elle à Augustin en se précipitant dans la salle de bains.

— Il est 5 heures du matin, rouspéta à son tour ce dernier. On n'a pas le temps de se pomponner. En plus, on ne va croiser personne à part David.

— Justement, ironisa Octavie avec un sourire en coin.

*
* *

Juin 1951

Clément Millêtre s'était réveillé de bonne heure ce matin-là. Il avait eu l'impression d'avoir été extirpé de son sommeil de manière brusque. Les yeux ouverts, il écoutait la maison avec attention. Tout paraissait calme, pourtant il savait combien cette impression pouvait être fausse, surtout depuis qu'il vivait avec deux enfants et une belle-sœur difficile. Sans parler de l'étrange cousine qui venait tout juste de s'installer dans leur chambre d'ami. L'un des petits avait-il appelé ? Octavie et Manon avaient-elles crié ?

Au-dehors, les oiseaux se réveillaient également et commençaient leur journée en pépiant une douce mélopée. Il se tourna vers Léonie, qui dormait paisiblement, un sourire au bord des lèvres. Si elle avait été auréolée, il n'aurait pas été surpris tant elle ressemblait à un ange.

Toujours turlupiné par ce qui l'avait tiré du sommeil, il décida de vérifier par lui-même et sortit du lit en douceur afin de ne pas réveiller sa femme. Il enfila une chemise et un pantalon, puis se dirigea vers la porte qu'il ouvrit sans un bruit. Il jeta un coup d'œil dans le couloir désert, sortit et referma la porte silencieusement derrière lui. Il se dirigea d'abord vers la chambre de Fantine et entrouvrit la porte. La petite dormait à poings fermés, douillettement lovée dans ses draps avec sa peluche Gaspard serrée contre son cœur. Dans la chambre d'à côté, Gabriel faisait de même, cette fois-ci en position d'étoile de mer.

Clément n'avait toujours pas entendu de bruit. Il se dirigea vers la chambre d'Octavie et tourna doucement la poignée. Comme il s'y attendait, la porte était fermée à clé. Se penchant pour regarder dans la serrure, il vit la clé de l'autre côté. Octavie était donc également dans sa chambre. Il ne lui restait plus que la chambre d'ami. Il fit encore quelques pas vers le fond du couloir. Il hésita un bref instant, puis entrouvrit également la porte. Comme dans les autres, il jeta un bref coup d'œil, puis soupira et ouvrit le battant en grand. Manon n'était plus dans sa chambre et le lit était fait.

Il rebroussa chemin dans le couloir et descendit l'escalier. Il visita chacune des pièces du rez-de-chaussée et dut se rendre à l'évidence. Elle n'était pas non plus dans la maison. Bien qu'il ne fût que 6 heures du matin, elle avait dû sortir faire un tour.

Il retourna dans la cuisine et, pour une fois, décida de préparer le petit déjeuner pour tout le monde.

*

* *

À 10 heures du matin, Lucie Ducats, David, Capucine et Augustin attendaient toujours qu'Étienne se réveille. Il souffrait d'un traumatisme à la tête, d'ecchymoses et de côtes cassées. Les silhouettes sombres qui l'avaient passé à tabac n'avaient heureusement pas pu aller plus loin et le médecin de garde était optimiste.

Pourtant, ils n'étaient qu'en partie rassurés par ce diagnostic encourageant et ils attendaient avant toute chose d'en avoir la confirmation visuelle. La mère de David, assise bien droite sur sa chaise, semblait chercher à personnifier la patience et la dignité par excellence. Elle incarnait la figure matriarcale forte et sage. Bien que calme en apparence, son regard reflétait une étincelle d'impatience fauve qui rappela à Capucine la détermination et l'entêtement d'Octavie.

Cette scène lui semblait irréelle et la replongeait malgré elle dans les événements qui s'étaient produits l'année précédente, lors de l'accident de Léonie. Elle revoyait le visage de David lorsqu'il était venu s'enquérir de son état de santé et sa surprise en apprenant qu'il n'avait pas renversé la jumelle qu'il convoitait. Tout s'était miraculeusement bien terminé. Néanmoins, le souvenir restait vif, lié à une atmosphère étouffante, à une angoisse intense. Et tout cela avait été vécu à cause de David. Capucine avait beau essayer de s'en empêcher, elle ne parvenait pas à faire taire la petite voix qui lui murmurait au creux de l'oreille que la roue finissait toujours par tourner. Un peu plus d'un an après, elle se retrouvait de nouveau dans cette salle d'attente, à patienter, assise sur les mêmes chaises en métal froides et inhospitalières.

Le teint livide et les traits tirés, David éprouvait des difficultés à rester en place. Son corps musclé tendu comme un arc luttait pour rester dans cette perpétuelle tension, comme si le moindre relâchement pouvait provoquer l'impensable. Après une heure d'attente supplémentaire, une infirmière aux cheveux blond vénitien apparut enfin pour leur fournir des nouvelles. Étienne s'était réveillé et ils pouvaient aller le voir. Augustin se leva et envoya une tape amicale contre l'épaule de David.

— On vous laisse, tiens-nous au courant.

Lucie acquiesça en tremblant légèrement. Pour la première fois depuis leur arrivée, elle leur accorda un sourire sincère et chaleureux, puis disparut derrière la porte qui menait à la salle de repos des urgences. Visiblement mal à l'aise, David gardait les yeux fixés sur le carrelage d'un blanc immaculé à leurs pieds.

— Merci, chuchota-t-il finalement, avant de partir d'un pas rapide vers la porte où venait de s'éclipser sa mère.

Augustin et Capucine échangèrent un regard. Ils n'avaient pas éprouvé une once de satisfaction à assister à ce revirement de situation. La vie s'était vengée d'elle-même. Ils n'avaient besoin d'aucun mot pour exprimer ce qu'ils ressentaient et se sentaient liés par une nouvelle complicité. Ils pivotèrent ensemble vers le couloir et prirent la direction de la sortie. Sans qu'ils aient besoin d'un accord verbal, ils savaient que la hache de guerre était désormais enterrée pour de bon.

*
* *

Capucine et Augustin claquèrent les portières de la Twingo devant le manoir et s'avancèrent vers le perron. De doux rayons de soleil commençaient à ouvrir une brèche dans le brouillard qui nimbait les alentours. La nature, paisible, poursuivait son chemin. Capucine inspira profondément l'air pur qui lui emplit les poumons. Des bruits de vaisselle cassée leur parvinrent soudain, rapidement rejoints par des cris. Les deux cousins, alarmés, se précipitèrent vers la porte d'entrée du manoir et l'ouvrirent à la volée.

— Octavie, voyons, tu ne peux pas faire ça ! s'écriait Léonie.

— Je vais me gêner, tiens, grondait l'aïeule.

Un nouveau bruit de verre brisé fut rejoint par une pluie de jurons.

— Illustre imbécile ! hurlait Octavie. Infâme vaurien, triple buse endimanchée, crâne de piaf déplumé !

Capucine et Augustin accoururent au salon.

— Oh, mes petits ! s'exclama Léonie avec soulagement lorsqu'elle les aperçut. Arrêtez-la, je vous en supplie.

Tournant la tête vers le fond de la pièce, ils se trouvèrent nez à nez avec une Octavie échevelée et cramoisie de fureur. Les bras levés au-dessus de la tête, elle était armée d'un des nombreux vases dans lesquels elle avait installé les bouquets de fleurs d'Harold.

— Goujat de la pire espèce ! Horrible scélérat ! gronda-t-elle en abattant le vase par terre.

Les yeux écarquillés, Capucine et Augustin restèrent cloués sur place devant le spectacle ahurissant qu'elle leur offrait. Sortant la première de son hébétude, Capucine s'avança d'un pas.

— Mais qu'est-ce qui te prend ? s'écria-t-elle. Tu es devenue folle ?

Raide comme un piquet, la vieille femme tremblait de colère au milieu d'un tapis d'eau, d'éclats de verre et de fleurs. Réalisant que la situation leur avait échappé depuis un moment, Capucine s'avança précautionneusement et saisit la main d'Octavie.

— Maintenant c'est terminé, sors de cette pièce et viens avec moi.

L'aïeule ouvrit la bouche pour protester, mais Capucine la coupa net.

— Certainement pas, ordonna-t-elle avec une autorité et une prestance que les jumelles ne lui avaient jamais connues. Tu arrêtes ce cirque immédiatement. Et pitié, fais attention à l'endroit où tu poses les pieds. Quel carnage, soupira-t-elle. Tintin ?

Son cousin, qui n'avait toujours pas bougé, l'expression d'incrédulité toujours peinte sur la figure, lui répondit d'un air hésitant.

— Oui ?

— Occupe-toi de ça, s'il te plaît, dit-elle en pointant le bras en direction du sol.

Lorsqu'il eut balayé, aspiré et jeté tous les débris, Augustin rejoignit Capucine et les jumelles dans la cuisine. Les mains posées autour d'une tasse de thé fumante, Octavie, la tête baissée, restait muette.

— Pourquoi as-tu cassé tous les vases ? demanda-t-il en s'installant à côté de Capucine.

— Parce qu'il ne mérite pas que je les garde, cet odieux personnage.

Capucine fronça les sourcils et lança un regard interrogateur à Léonie, qui haussa les épaules.

— Mais enfin, pourquoi ? s'enquit-elle. Qu'est-ce qu'il t'a fait ?

— Ah ça ! gronda Octavie encore indignée par le méfait. Il a osé briser notre entente et se moquer de moi ! De moi ! tonitrua-t-elle.

Léonie soupira.

— Voyons, Octavie, comment peux-tu seulement une minute croire cela ? Harold a fait exactement le contraire. Je ne te comprends vraiment pas.

Outrée par les propos de sa sœur, Octavie se leva d'un bond.

— Comment oses-tu dire ça ? Après tout ce qu'il m'a fait endurer !

— Mais enfin, s'agaça Léonie, il n'a fait que te demander en mariage !

— Quoi ? s'exclamèrent en chœur les deux cousins.

— Ah, vous voyez ! rétorqua Octavie en branlant du chef.

— Je ne comprends rien, répondit Capucine. Tu as détruit les fleurs d'Harold parce qu'il a eu l'audace de te demander en mariage ?

— Parfaitement ! tonna l'aïeule.

— Mais, mais… en bafouilla Capucine, tu n'es pas heureuse ?

— Heureuse ? hurla Octavie du même ton que si Capucine l'avait insultée. Heureuse de quoi, je te prie ? Heureuse de me voir rappeler tout ce que j'ai manqué dans ma vie et que je ne pourrai jamais accomplir par sa faute ? Heureuse de me voir ainsi trahie et bafouée ? Heureuse de me voir ainsi exposée aux médisances et aux ricanements ?

Capucine interrompit le flot de remontrances.

— Donc tu n'as pas dit oui ? interrogea-t-elle.

Octavie manqua de s'étrangler.

— Parce que tu crois vraiment qu'on peut se marier à quatre-vingt-treize ans ? explosa-t-elle en regardant Capucine avec les yeux exorbités. Oh, mais quelle pauvre idiote !

Capucine se rengorgea.

— Et pourquoi pas ? s'enquit-elle. Il n'y a pas de date de péremption pour s'unir à son grand amour.

— Euh, quand même… risqua Augustin.

L'aïeule, consternée, en perdait ses mots.

— Personne ne se marie à cet âge, professa-t-elle. Alors que veux-tu de moi, Capucine ? Que je sois la risée de tout le comté ?

— Arrête un peu tes simagrées, répliqua cette dernière. Se marier ou ne pas se marier est un choix. Peu importe l'âge. Si tu aimes Harold, je ne vois pas pourquoi tu ne l'épouserais pas, même si c'est à quatre-vingt-treize ans. Justement, cela permettrait de mettre un joli point d'honneur à votre histoire.

Cramoisie de fureur, Octavie s'écria de nouveau :

— Par tous les saints, cette gamine frôle l'hystérie !

— Ne me regarde pas comme ça, lui répondit Léonie. Je suis d'accord avec Capucine.

— Mais personne ne ferait cela, enfin ! gronda l'aïeule qui ne décolérait pas.

— Il ne tient qu'à toi de décider d'agir différemment, intervint Capucine. Pourquoi toujours agir comme les autres ? Tu pourrais tout aussi bien choisir une voie différente qui serait guidée par l'amour, pour changer.

— Tout ce que tu veux, c'est me tourner en ridicule, bougonna l'aïeule.

Capucine haussa les épaules.

— De toute façon, tu feras comme bon te semble, comme d'habitude. En tout cas, pour ma part, sache que la seule chose que je trouverais ridicule, c'est d'avoir dit non parce que tu te penses trop vieille.

Puis elle tourna les talons.

*

* *

Capucine, David et Augustin marchaient le long des vignes, scrutant l'horizon, avec comme point de mire l'imposante silhouette du château Noir, qui lentement se rapprochait d'eux. Ils enchaînaient leurs pas sans but précis, simplement celui d'aérer leurs esprits ensemble. Étienne Ducats était resté deux jours à l'hôpital, puis était rentré chez lui. Il se souvenait parfaitement bien de son agression, mais n'avait pourtant pas pu être d'une grande aide dans le cadre de l'identification de ses assaillants. Il certifiait qu'il s'agissait de deux hommes, mais, à part cela, il ne pouvait rien dire de particulier. Cette déclaration embêtait tout le monde, car pour l'instant les suspects étaient Robin et Sophia, alias Pierrick et Alicia.

— Et si on s'était trompés depuis le début ? demanda Capucine.

— Oui, tu as raison, c'est peut-être bien Cyprien et Bertrand après tout, renchérit Augustin.

Capucine soupira.

— Tu peux rester sérieux ?

— Je suis très sérieux, répondit Augustin. Je ne vois vraiment pas ce qui vous chiffonne dans le témoignage d'Étienne, poursuivit-il. Cela vient justement corroborer l'hypothèse d'un complice, d'un troisième homme qui aurait pillé les vignes du château Rose-Ducats lorsque Robin et Sophia étaient en garde à vue.

— Et qui serait ce troisième homme ? questionna David en grinçant des dents.

Capucine éclata de rire.

— Inutile de t'inquiéter, je crois que, cette fois-ci, Tintin t'a blanchi.

David sourit.

— Pour en revenir à Bertrand et Cyprien, poursuivit Augustin, cela pourrait être parce qu'ils n'avaient aucune envie de travailler sous mes ordres, ou pire, sous ceux d'une femme qui ne connaît rien au domaine du vin.

David éclata de rire.

L'esprit ailleurs, Capucine continuait à contempler le château Noir. Une pointe d'angoisse monta en elle. Et si l'énigme n'était jamais résolue ? Que deviendraient leurs vies ?

Les trois amis d'enfance s'arrêtèrent enfin en face du château. Il était étrange de s'imaginer à quel point cette construction avait été crainte et maudite par le passé. Combien ils auraient aimé que les vieilles pierres puissent parler pour transmettre leur témoignage et raconter les histoires dont elles avaient été les témoins précieux. Capucine songea à l'aversion naturelle que lui inspirait déjà la demeure dans son enfance. L'animosité, à présent, avait disparu, laissant la place à un étonnant mélange d'attirance et de curiosité. Incrustée dans l'essence même du lieu, une aura de mystère semblait planer. À mesure que les minutes s'écoulaient, le château Noir lui renvoyait un sentiment de solitude et d'abandon qui lui donnait envie de s'en rapprocher. À quelques pas de la façade, elle commença à bifurquer et à le contourner, observant de plus près les pierres noircies léchées par les flammes des deux incendies qui s'étaient déclenchés à plusieurs décennies d'intervalle. Les garçons, en retrait, étaient restés à une distance plus raisonnable.

Malgré tout ce qu'il avait vécu, le château continuait à s'ériger avec fierté, alors que le chai du Loup avait été rayé de la carte. Peut-être avait-il bien des pouvoirs, en définitive ? Dans ce qui avait autrefois constitué son jardin, Capucine avisa l'arbre centenaire et se dirigea vers le tronc solide qui soutenait une voûte de branches formant un halo protecteur au-dessus du sol. Elle s'installa à son pied en position du lotus, le dos calé contre le dossier improvisé, et poursuivit sa contemplation. Comme une prière silencieuse, elle murmura dans sa tête à l'intention du château : « Est-ce que tu sais, toi, qui nous en veut, qui a brûlé notre chai, terrassé nos vignes et laissé s'écouler notre vin ? Est-ce que tu sais qui m'a donné un coup sur la tête ? Qui a agressé Étienne Ducats ? »

Elle inspira profondément, espérant trouver les réponses quelque part, n'importe où, dans le son du vent ou dans celui du bruissement des feuilles au-dessus de sa tête. Comme une bouffée d'air frais, elle se sentit soudain envahie par une sorte d'euphorie à l'idée de pénétrer à l'intérieur du château. C'était sûrement ainsi que le charme de la demeure opérait.

Un craquement proche la fit sursauter. Elle se retourna et aperçut un petit écureuil aux aguets, qui frémissait en furetant le sol avec ses pattes fines. Elle tendit la main dans sa direction et aussitôt l'animal déguerpit en disparaissant derrière le tronc. Amusée, elle se leva et le suivit alors qu'il fonçait à toute allure se réfugier derrière un imposant sapin. Elle s'arrêta un instant et essaya de marcher en silence. Pas à pas, elle s'approcha du conifère qu'elle entreprit de contourner. Elle baissa la tête et s'immisça sous le couvert ombragé de l'arbre. Elle poussa soudain un cri qui fit tressaillir David et Augustin.

— Les garçons, appela-t-elle, venez vite !

*
* *

Juin 1951

Léonie avait cherché Manon partout, mais n'avait pu la retrouver. Clément l'avait un peu aidée les premiers jours, puis était retourné travailler dans les vignes. Quant à Octavie, elle criait à qui voulait l'entendre qu'il s'agissait d'un bon débarras. Léonie ne lui en tenait pas rigueur, car elle savait que Manon effrayait sa sœur.

Elle-même devait bien admettre qu'il y avait quelque chose d'étrange dans la personnalité de la jeune fille. Léonie préférait simplement lui accorder de la compassion, surtout lorsqu'elle songeait à l'enfance et à l'adolescence de recluse et de pestiférée qu'elle avait été forcée de vivre. Manon avait beau être un peu saugrenue parfois, rien ne pouvait complètement expliquer sa disparition soudaine. Léonie poursuivait donc ses recherches sans relâche, sillonnant le village et ses environs, discutant avec les commerçants, les passants et les voisins.

Un matin, environ une semaine après la découverte de l'absence de Manon, elle ouvrit la porte du manoir et buta contre le cadavre d'un lapin qui gisait sur le pas de sa porte. Reculant de dégoût, elle s'apprêtait à la refermer lorsqu'elle discerna un éclat brillant autour du cou de l'animal. Réprimant le haut-le-cœur qui l'avait saisi à la vision de la bête, elle s'approcha et reconnut le collier de perles de sa mère.

Une vague de peur et de honte la submergea soudain. Comment le collier de sa mère avait pu arriver à cet endroit ? Elle avait beau faire travailler ses méninges, elle ne voyait qu'une seule personne qui aurait pu en affubler ce pauvre animal mort. Manon, la dérangée, comme le village l'avait surnommée. Et pour la première fois, Léonie songea que ce surnom n'était peut-être pas usurpé.

Sans en parler à personne, elle récupéra le collier, ramassa la dépouille et l'enterra dans le jardin, versant une larme solitaire, ne sachant qui elle pleurait ainsi, du lapin, du collier ou de son grand cœur qui avait connu une déception. Elle termina l'opération en nettoyant le perron avant de refermer la porte du manoir. Il y avait un caractère malsain dans cet acte, comme une allure de menace. Manon était partie et ne voulait vraisemblablement pas être retrouvée. Léonie mit un terme à ses recherches. En définitive, mieux valait la laisser tranquille là où elle était.

*
* *

Capucine était agenouillée sous le sapin lorsqu'Augustin et David la rejoignirent. Les yeux agrandis par la surprise, elle ne détachait pas son regard de la stèle qu'elle avait découverte. Taillée grossièrement, la pierre n'en portait pas moins une inscription :

« Astrid Redon 1948-2014
À notre mère bien-aimée
qui a enfin retrouvé ses racines. »

XVI

Échec et mat

Assis à la table de la cuisine du manoir aux côtés de David et d'Émilien, Augustin restait songeur.

— Alors comme ça, Astrid est morte. On dirait que ta belle théorie tombe à l'eau, lança-t-il à l'intention d'Octavie qui s'était retranchée sur une chaise de l'îlot central en apercevant David.

L'aïeule grogna de réprobation.

— Que nenni ! protesta-t-elle d'un air consterné. Une vieille pierre plantée sous un sapin ne me fera jamais croire qu'il y a un corps en dessous. Ce serait une ruse à la portée du premier imbécile venu !

Augustin grimaça.

— Tout de même, répondit Léonie qui hochait la tête.

— Tout de même quoi ? Il faut déterrer et vérifier, voilà tout. Nous avons bien un policier sous le coude, non ? s'insurgea-t-elle en jetant un regard à Émilien. Tant qu'on ne prouvera pas qu'il y a bien son cadavre là-dessous, personne ne me fera croire que la vieille harpie a trépassé.

— On ne déterre pas un corps comme ça, répondit gentiment Émilien.

— Et puis la pierre était vraiment bien cachée, poursuivit Capucine. S'il n'y avait pas eu l'écureuil, jamais je ne l'aurais trouvée. Non, il doit vraiment s'agir d'elle.

— Et pourquoi l'auraient-ils mise là ? observa Octavie en appuyant sa demande d'une moue sceptique.

Capucine haussa les épaules.

— Pour la ramener à ses racines, comme ils l'ont écrit.

— Pouah, ronchonna l'aïeule, ne réprimant pas le dégoût qu'une telle assertion lui inspirait. Ce serait d'un pathétique affligeant !

Le silence s'installa quelques instants, les laissant retranchés dans leurs pensées. Décroisant les bras, David se racla la gorge.

— L'ennui, c'est que vous n'avez aucune certitude, commença-t-il. Et vous ne pourrez pas en avoir, à moins de parler aux intéressés.

Émilien se redressa sur sa chaise.

— Ce qui, en raison des circonstances, pourrait être dangereux.

David leva la tête, le regardant droit dans les yeux.

— Toute action amène un risque, dit-il avec une pointe de dédain. Si ce sont vraiment Sophia et Robin, ou Alicia et Pierrick, comme vous voulez, qui sont derrière tout ce qui est arrivé, le seul moyen pour comprendre les raisons de leurs actions et pour les faire cesser, c'est de les confronter à la réalité.

Visiblement mécontente, Octavie se dandinait sur sa chaise.

— C'est une affaire qui ne concerne que la famille, asséna-t-elle.

David sourit amèrement.

— Que nenni, répondit-il en imitant l'apostrophe dont elle avait usé précédemment. Dois-je vous rappeler que mes vignes aussi ont été massacrées et que mon père a été agressé ?

Octavie grogna en montrant les dents.

— Cela, mon cher garçon, s'appelle simplement une roue qui tourne.

— Octavie, s'insurgea Capucine, tu devrais avoir honte !

— Par tous les saints ! s'emporta aussitôt l'aïeule, rouge de fureur. C'est moi qui devrais avoir honte ? Mais c'est la poêle qui se moque du poêlon ! Je te signale que cet énergumène à qui tu fais les yeux doux a tenté de tuer Léonie !

Capucine piqua un fard alors que David se levait déjà.

— Excusez-moi de vous avoir importuné, dit-il simplement. Il vaut mieux que j'y aille.

— Parfaitement, tempêta Octavie, tandis qu'il tournait les talons et disparaissait dans le couloir.

Abasourdie, Capucine lui lança un regard noir et, sans prendre la peine de répondre, s'élança derrière David pour le retenir. Le jeune homme, rapide, avait cependant franchi la porte et descendait déjà les marches du perron.

— David ! s'écria-t-elle.

Mais il resta sourd à son appel. Enfourchant sa moto, il vissa son casque sur la tête et fit vrombir le moteur. Déçue, elle rentra à l'intérieur, claqua la porte derrière elle et monta quatre à quatre les marches de l'escalier pour regagner sa chambre. Elle ressentait le besoin d'un peu de solitude. Elle se laissa choir sur le lit et s'allongea la tête en direction du plafond, aussitôt rejointe par une Cléopâtre câline, qui se mit à ronronner joyeusement.

*
* *

L'air vibrait dans ses oreilles et lui fouettait le visage. À mesure qu'il filait sur la route, ses pensées défilaient et se déroulaient comme la bande d'un film. Le trajet, très court, s'acheva aussi vite qu'il avait commencé et David traversa le seuil de la propriété du château Rose-Ducats, arrêtant sa moto dans un nuage de fumée. Il descendit de l'engin et monta la volée de marches du perron de la maison familiale, songeant à son père qui avait eu beaucoup de chance de s'en sortir seulement avec une côte fêlée et quelques ecchymoses.

Étienne Ducats avait déclaré à la police souffrir depuis peu d'insomnie et avoir décidé de sortir se promener dehors pour faire revenir le sommeil. David n'avait rien dit sur le moment, mais quelque chose lui semblait bizarre, car il n'avait jamais connu de meilleur dormeur que son père. S'il souffrait d'insomnie, c'est qu'il devait être fortement préoccupé. De plus, le choix du lieu de la promenade nocturne de son père l'interpellait. Avec tous les événements qui s'étaient produits ces derniers temps autour du château Millêtre, aucune personne saine d'esprit n'aurait envie de se promener aux alentours, en particulier à la nuit tombée. À moins d'y être forcée. Et s'il croyait Capucine et Augustin, ce n'était pas la première fois qu'il s'y rendait. Une pointe d'angoisse lui titillait l'intérieur de l'estomac. Il ne voulait pas accuser son père, mais il devait trouver une explication logique à ses agissements.

Il longea le couloir de sa maison et pivota face à la porte de la chambre de ses parents. Il frappa un coup, puis abaissa la poignée et ouvrit la porte. Allongé dans son lit, Étienne Ducats lisait. Sa chevelure poivre et sel hirsute s'agita lorsqu'il tourna la tête vers son fils.

— Tu viens rendre une petite visite à ton vieux père ? s'enquit-il en souriant.

David passa une main dans ses propres cheveux longs et bouclés, referma la porte derrière lui et s'approcha du lit sur lequel il s'assit. Il sentait la question qui le hantait lui brûler les lèvres. Son père pouvait-il avoir quelque chose à voir dans tout ce qu'avaient connu les Millêtre dernièrement ? Avait-il pu saccager ses propres vignes afin qu'on ne le soupçonne pas ?

— Papa, dit-il simplement. Et si tu me disais réellement ce que tu faisais au Loup des Bois l'autre soir ?

*

* *

Capucine avait beau retourner la situation dans tous les sens, elle devait bien admettre que David avait raison. Seuls Sophia et Robin Ménard, où fallait-il les appeler Alicia et Pierrick Auménard, avaient les réponses à leurs questions. Et ces dernières commençaient à s'amonceler. Étaient-ils les responsables du saccage des vignes, de la fuite du vin, des agressions et de l'incendie ? Pour quelles raisons avaient-ils commis ces forfaits ? Quel était leur objectif ? Avaient-ils un troisième complice ? Et qui était cette tierce personne ? Pourquoi étaient-ils revenus sur les terres de leurs ancêtres ? Astrid était-elle vraiment morte ? Et pourquoi l'avaient-ils enterrée dans le parc du château Noir ?

Songeuse, elle déambulait dans sa chambre en faisant les cent pas. Serait-il réellement dangereux de leur rendre une visite ? Seraient-ils capables de mettre ses jours en danger ? Une intime conviction lui soufflait que non, lui murmurait qu'ils avaient atteint leurs propres limites. Elle ne pouvait cependant pas en être certaine. Y aller seule aurait été idiot, mais y aller en compagnie d'un trop grand nombre de personnes aurait également un effet négatif, car ce qu'elle attendait d'eux avait trait à une confession. Et une confession, d'ordinaire, se réalisait en privé, dans le secret d'une alcôve boisée.

Peut-être qu'en s'y rendant simplement à deux, avec un homme capable de la protéger en cas de besoin, elle pourrait recueillir leurs confidences ? Capucine fronça les sourcils. Elle pourrait bien évidemment y aller avec Augustin, le choix le plus logique et certainement le plus judicieux, et pourtant elle avait envie de demander à David de l'accompagner. Mais elle se rendait compte que faire cette proposition à David exigeait une confiance absolue. Était-elle capable de lui accorder cette confiance ? Et si oui, aurait-elle raison de le faire ?

*

* *

Capucine claqua la portière de la Twingo qu'elle venait de garer dans la rue principale du petit village de Saint-Pierre-des-Bois. Le trajet, qui n'avait pourtant duré que quelques minutes, lui avait semblé d'une lenteur exagérée. Et la présence de David sur le siège passager n'était certainement pas étrangère à ce fait. Sur la route, elle s'était remémoré avec une certaine nostalgie la facilité avec laquelle ils pouvaient discuter lorsqu'ils n'étaient encore que des enfants ou des adolescents. David était alors un garçonnet aussi timide que fluet, avec le teint pâle et une étrange coupe de cheveux au bol qui le faisait ressembler à un personnage de livre d'histoire, à un prince ou un roi de France maladif. Quinze années plus tard, il s'était métamorphosé, arborant un hâle prononcé même en hiver, ainsi qu'une carrure musclée et une solide confiance en lui. Une combinaison qui contribuait certainement au sentiment de gêne qu'elle ressentait parfois à ses côtés.

David fit claquer la portière à son tour et contourna l'habitacle en s'arrêtant un instant à ses côtés. Le silence qui s'était établi entre eux depuis que Capucine s'était rendue au château Rose-Ducats pour lui demander de l'accompagner dans son expédition secrète commençait à lui peser. Pourquoi diable ne savait-il jamais quoi lui dire ? Il ressentait toujours le poids de la honte et de la culpabilité l'assaillir et se demandait comment elle faisait pour lui adresser la parole. Il avait failli tuer sa grand-mère adorée. Non sans raison, certes, mais tout de même. Maintenant que cette histoire était derrière eux et qu'aucune conséquence néfaste n'en avait résulté, il se rendait compte à quel point son comportement avait été fou. Il s'était monté la tête, et ce depuis des années. Il avait beau avoir beaucoup changé depuis la fin du lycée, il se sentait toujours comme le petit rejeton laid et maigrichon que personne ne voyait et qui se sentait inlassablement rejeté, même par ses amis et sa famille.

Capucine et David lorgnaient en silence la vitrine de la boutique des jumeaux Auménard, se demandant quelle approche serait la plus efficace pour obtenir des renseignements.

— Qu'est-ce que tu veux faire ? demanda-t-il au bout de quelques minutes, interrompant les pensées qui défilaient à toute allure dans la tête de sa voisine. On y va ou on prend racine ?

Capucine sourit machinalement. Une partie de sa conscience aurait préféré fuir, mais en agissant de la sorte, elle serait privée des réponses dont elle avait besoin pour comprendre tout ce qui leur était arrivé dernièrement. Et plus encore que la compréhension, elle avait besoin de trouver un moyen pour que le danger cesse définitivement. Elle soupira tandis que son estomac lui envoyait une petite pique d'appréhension.

— Allons-y, souffla-t-elle à David.

Capucine, pourtant, ne décollait pas les pieds du sol, comme tétanisée.

— Tu veux que je te prenne par la main ? proposa David sur un ton ironique.

Un léger rougissement monta aux joues de Capucine. À présent, elle se trouvait au pied du mur.

Prenant une profonde inspiration, elle s'obligea à avancer.

*

* *

Augustin déboucha dans la cuisine du manoir, la démarche rapide et le regard inquiet.

— Vous avez vu Capucine ? questionna-t-il en apercevant les jumelles qui prenaient tranquillement le thé autour de la table.

— Elle est sortie, répondit Octavie en soufflant sur le breuvage fumant qu'elle tenait entre les deux mains.

— Où ça ? demanda-t-il.

— Comment veux-tu que je le sache ? répliqua-t-elle du tac au tac. Il n'y a pas marqué « voyante » ici, désigna-t-elle en pointant du doigt le haut de son front.

Augustin grimaça.

— Ni « sympathique », déclara-t-il en bougonnant.

— Brrr, renâcla l'aïeule, ce mot ne veut rien dire de toute façon.

Léonie leva les yeux au ciel.

— Elle est partie il y a une demi-heure environ, répondit-elle. Elle ne devrait pas tarder à revenir.

Augustin hocha la tête et s'assit à table, l'air soucieux.

— Qu'est-ce qui te préoccupe ? lui demanda Léonie, qui n'avait pas détaché son regard du sien.

Augustin soupira.

— J'ai beau retourner les faits dans tous les sens, je ne vois pas d'hypothèse plausible qui expliquerait pourquoi Étienne Ducats se serait retrouvé aux abords du chai en pleine nuit, et plusieurs fois de suite par-dessus le marché.

— N'avait-il pas déjà donné une explication à Capucine ? interrogea-t-elle.

— Qu'il avait vu de la lumière et était venu voir pour nous porter secours ? lança-t-il en rigolant. Voyons, qui peut croire cela ?

— À part Capucine, tu veux dire ? lança l'aïeule d'un air réprobateur.

— Exactement, rétorqua ce dernier d'un air exaspéré. Dès qu'il est question de David, on dirait qu'elle a des œillères. Il ne faut quand même pas être grand clerc pour se rendre compte que les Ducats sont suspects !

— Tu penses réellement qu'ils auraient pu nous causer tout ce tort ? l'interrompit Léonie.

— Oui, affirma-t-il. Ce sont eux les complices d'Alicia et Pierrick, c'est évident.

Octavie fit la moue.

— Tu n'es pas d'accord avec moi ? demanda Augustin d'un air incrédule.

— Je ne sais pas, décréta la vieille femme d'un air sérieux. Je ne dis pas que je ne préférerais pas cette hypothèse, déclara-t-elle, entraînant un soupir las de sa sœur jumelle. Mais tout de même, n'est-ce pas un peu trop évident ?

Elle secouait la tête de dénégation.

— Dans une bonne énigme de roman policier, jamais nous ne pourrions lire un tel dénouement, le lecteur s'en serait douté depuis le commencement.

— Et quels seraient les coupables alors ? ronchonna Augustin.

— Eh bien, pour ma part, j'aurais dit Cyprien Mangon et Bernard Labbé.

— Cyprien Maingeon et Bertrand Labbé, corrigea Augustin.

— C'est pareil, déclara Octavie.

— Ils apprécieront, renchérit Augustin. Je te signale qu'ils travaillent dans la propriété depuis plus longtemps que moi.

— Justement ! éructa l'aïeule, déterminée. Cela fait des décennies qu'ils s'échinent pour une petite misère.

— Voyons, répliqua Augustin.

— Et puis, ce n'est pas comme s'ils ne nous volaient pas du vin depuis des années. Tu le sais très bien !

Augustin secoua la tête.

— Un ou deux cubis, ce n'est rien, déclara-t-il.

— Et voilà ! s'exclama Octavie. On commence par un ou deux et on finit par un incendie !

— Tu exagères, protesta Léonie. Je suis certaine que Cyprien et Bertrand n'y sont pour rien.

— Et moi, je suis certaine du contraire, insista sa sœur. Vous verrez bien, dit-elle en levant son doigt en l'air.

Augustin secoua la tête.

— Non, moi, je suis sûr qu'il s'agit de David. Il s'agit toujours de David. Et Capucine qui lui accorderait le bon Dieu sans confession. Elle s'est déjà retrouvée à l'hôpital à cause de lui. J'espère qu'elle va être prudente.

— Rien n'est moins sûr ! professa Octavie. L'amour rend aveugle, tu le sais bien !

— L'amour ? s'écria Augustin en rigolant. Tu y vas un peu fort, non ? L'amitié si tu veux, mais pas l'amour.

Octavie haussa les sourcils.

— Mon pauvre Tintin, soupira l'aïeule en contemplant son petit-neveu d'un air contrit, cela fait bien longtemps que Capucine ressent plus que de l'amitié pour David. Même un simple d'esprit s'en serait rendu compte.

Augustin fit la grimace en entendant l'aimable comparaison.

— Tu prends tes désirs pour la réalité, la sermonna-t-il.

— Ah vraiment ? s'offusqua cette dernière. Demande donc à ta grand-mère…

Incrédule, Augustin dévisagea Léonie, qui ne put s'empêcher de sourire d'un air entendu.

— Capucine vous a dit ça ? demanda-t-il d'un air ahuri.

— Elle n'a pas eu besoin de dire quoi que ce soit, s'agaça Octavie. Cela se voit comme le nez au milieu de la figure !

— Mais enfin, s'indigna Augustin, il faut lui enlever cette idée de la tête ! David est dangereux !

Octavie éclata d'un rire tonitruant.

— Bon courage, dit-elle.

*
* *

Capucine ouvrit la porte, annoncée par le son d'un carillon, et pénétra à l'intérieur de la boutique. La gorge sèche, le cœur battant la chamade, elle se demandait ce qu'elle faisait ici. La boutique était déserte, ce qui lui donna le temps de parcourir du regard les étagères remplies de bouteilles de vin qui jalonnaient les murs.

— Tiens, tiens, lança Robin en arrivant depuis l'arrière-boutique. En voilà une bonne surprise ! déclara-t-il d'un air ironique. Sophia ? appela-t-il. Nous avons de la visite.

Puis il croisa les bras, laissant sa sœur prendre place à ses côtés. La jeune femme, plus apprêtée et plus jolie que jamais, laissa s'étirer sur son visage un sourire narquois.

— Et quelle visite ! commenta-t-elle à son tour. La châtelaine Millêtre en personne s'est déplacée jusqu'à nous. Accompagnée de son fidèle serviteur !

Elle lança un clin d'œil à David, qui avait suivi Capucine. Un mauvais pressentiment la saisit soudain. Pourquoi était-elle venue ici en sa compagnie ? Elle se retourna d'un coup sec, voulant s'enfuir, mais David lui bloqua le passage.

— Laisse-moi passer, dit-elle.

— Désolé, Capucine, répondit le jeune homme en l'empêchant d'avancer.

Capucine déglutit. Elle eut soudain l'impression de manquer d'air et la tête lui tourna. Elle était piégée.

XVII

L'aveu

Depuis le salon du manoir, Léonie entendait les éclats de voix d'Octavie qui aboyait ses ordres culinaires à Augustin, qui protestait avec véhémence. Ces deux-là ne pouvaient décidément jamais discuter calmement. Elle jeta un coup d'œil derrière son épaule et s'approcha du téléphone. Elle composa un numéro et écouta la tonalité se mettre en relation avec le destinataire demandé.

— Château Rose-Ducats, entendit-elle une voix diaphane répondre à l'autre bout de l'appareil.

— Bonjour, Lucie, répondit-elle. Ici, Léonie Millêtre. Pourrais-je parler avec Étienne ?

Un instant de silence accueillit sa demande.

— Je vais le chercher, indiqua son interlocutrice.

— Merci, répondit doucement Léonie.

Elle patienta quelques minutes, percevant toujours en bruit de fond la dispute d'Octavie et d'Augustin au sujet de la cuisson des poireaux.

— Bonjour, entendit-elle soudain dans le combiné. Je me demandais quand est-ce que tu m'appellerais, déclara Étienne.

— Oui, j'aurais dû le faire bien plus tôt, avoua Léonie. C'est simplement que… Elle laissa sa phrase en suspens. Cela a remué tellement de souvenirs, dit-elle.

— Je comprends, répondit Étienne. Ce n'est pas facile.

Seule dans le salon du manoir, Léonie acquiesça pour elle-même. Elle laissa ses doigts parcourir le contour de la console en bois sur laquelle était posé le téléphone. Allait-elle oser formuler la question qui lui brûlait les lèvres depuis des jours ? Anxieuse, elle se racla la gorge.

— Comment vas-tu ?

— Je vais mieux, répondit-il.

— Bien, bien, souffla-t-elle. Je suis heureuse de l'entendre. Tout est-il perdu ? osa-t-elle enfin interroger.

Dans le combiné, elle perçut la respiration calme d'Étienne.

— Non, Léonie, tout a survécu.

Elle ressentit un coup au cœur et l'espoir enfla dans ses veines. Une telle chance était-elle possible ?

— Tu es sûr ? demanda-t-elle, incrédule.

— Sûr et certain, poursuivit l'autre.

Léonie lança une prière de gratitude muette en direction du plafond du salon.

— Il serait peut-être temps d'en parler aux petits, dit-elle.

— C'est chose faite de mon côté, répondit son voisin. Et cela ne devrait pas tarder à arriver du tien.

— Très bien, merci beaucoup, déclara-t-elle. Bonne soirée. Au revoir.

— Au revoir, répéta Étienne avant de raccrocher.

Léonie hocha la tête, songeuse, en reposant le combiné du téléphone. Il n'y avait plus qu'à espérer qu'Augustin avait tort au sujet de David.

*

* *

Capucine ne pouvait pas en croire ses yeux. Comment avait-elle pu une nouvelle fois autant se tromper au sujet de David ?

— David, laisse-moi passer, s'il te plaît, répéta-t-elle.

— Non, désolé, répondit ce dernier. C'est bien pour cette raison que tu m'as demandé de t'accompagner, non ? Pour te soutenir.

La saisissant par les épaules, il la fit pivoter en direction des jumeaux qui l'observaient toujours avec une lueur de triomphe dans le regard. Capucine ne comprenait plus rien. Dans quel camp se trouvait David ?

— Comme c'est touchant, minauda Sophia en avançant de quelques pas.

Capucine fronça les sourcils. La jeune femme qui se tenait devant elle ne ressemblait étrangement plus du tout à l'amie qu'elle avait rencontrée lors de sa visite à la Confrérie des vins du Sud-Gironde. Son expression était tellement différente qu'elle modifiait ses traits et lui donnait une autre physionomie. C'était comme si Alicia avait retiré le masque de Sophia. Elle tourna son attention vers Robin, pour qui la transformation était moins flagrante. Il avait toujours disposé d'une aura de mystère qui perdait simplement de son charme. Capucine hésita.

Devait-elle parler en son nom propre ou revendiquer l'alliance qu'elle espérait faire avec David ? Elle grogna dans son for intérieur.

— Nous sommes juste venus discuter, commença-t-elle.

Sophia éclata de rire.

— Qu'aurais-tu pu venir faire d'autre ? argua-t-elle d'un ton vaniteux.

Capucine sentit une onde de colère la traverser. « Tant mieux, songea-t-elle. La colère donne du courage et empêche la peur de déstabiliser. »

— Alors comme ça, nous sommes de la même famille, poursuivit-elle en faisant semblant de ne pas avoir entendu la remarque.

— C'est ce qu'il paraît, en effet, répondit Robin en souriant de toutes ses dents. Incroyable, n'est-ce pas ? Qui l'aurait cru ?

Il se tourna vers sa sœur en mimant la surprise, et elle lui répondit en miroir.

— Le monde est si petit… commenta-t-elle à son tour.

— Et le château de l'Ange vous appartient ?

Sophia et Robin échangèrent un sourire.

— Effectivement.

— Et vous n'avez rien à voir avec toutes les agressions que nous avons subies ?

Les jumeaux secouèrent la tête de concert, continuant à sourire. Capucine s'obligea à ne pas soupirer. Il ne fallait pas leur montrer qu'ils l'exaspéraient.

— Pourquoi avez-vous fait cela ? demanda-t-elle de but en blanc.

— Désolés, mais nous ne savons pas à quoi tu fais référence, susurra Sophia.

— À quoi cela vous sert-il de le nier ? Nous savons tous ici ce qu'il en est. Qui est votre complice ?

Robin éclata de rire à son tour.

— Si nous étions réellement derrière tout ça et si nous avions un complice, crois-tu réellement que nous te le dirions ?

Il laissa s'étendre un sourire ironique. Capucine l'imita et sourit à son tour de la même manière.

— Et si tel était le cas, quelles auraient été les raisons de vos actions ?

— À ton avis ? interrogea-t-il.

— Aucune idée, répondit-elle. Si j'avais appris que j'avais une famille éloignée que je ne connaissais pas, j'aurais certainement sonné à leur porte pour me présenter et les inviter à venir boire le thé.

Cette fois-ci, les jumeaux éclatèrent de rire.

— Ben voyons, répliqua Robin. Et tu serais ensuite repartie tranquillement chez toi, comme si de rien n'était, alors que ta prétendue famille continue à se vautrer dans ce qui t'appartient ?

« Nous y voilà », songea Capucine, contente d'elle-même. Enfin, elle avançait un peu dans sa compréhension.

— Cela ne tiendrait pas la route, répondit-elle simplement. Aucun membre de ma famille n'habite le château Noir.

— On ne parle pas du château, s'exclama Sophia, mais de tout le reste ! La propriété, le chai, les vignes…

Une lueur de fureur fit scintiller les yeux de Sophia. Dans son dos, Capucine sentait David trépigner et se tourna vers lui. Il semblait soudainement fébrile.

— Rien de tout ce qui reste ne vous appartient, poursuivit-elle. L'héritage a été séparé en deux, la propriété de notre côté et le château du vôtre.

— Comme c'est pratique ! ironisa Sophia. Si Mlle Millêtre le dit, alors !

Capucine fit la grimace.

— Qu'est-ce que vous voulez ? Récupérer la propriété ? Félicitations ! déclara-t-elle en applaudissant des deux mains. Grâce à vous, il ne reste presque plus rien.

Robin décroisa les bras.

— Ne t'inquiète pas pour nous, nous saurons la reconstruire pour en faire un château de vin réputé, pas comme ce qu'il a été entre vos mains depuis toutes ces décennies gâchées !

— Nous n'avons pas l'intention de vous le laisser ! décréta-t-elle de plus en plus furieuse.

Robin sourit.

— Et pourtant, nous finirons par l'avoir…

*

* *

Capucine referma bruyamment la porte du manoir, se maudissant pour sa bêtise. Elle aurait dû demander à Émilien de l'équiper d'un micro, ou tout du moins avoir la présence d'esprit d'enregistrer la conversation avec son téléphone. Ils avaient tout avoué, de manière indirecte, certes, mais tout avoué quand même. Et elle ne pouvait rien faire pour le prouver. David lui avait promis de témoigner, mais qui les croiraient ? C'était sa parole et celle de David contre la leur. Match nul. Si seulement elle avait pu découvrir l'identité de leur complice !

Elle apparut dans la cuisine du manoir alors qu'Augustin et les jumelles étaient déjà à table.

— Te voilà enfin ! lui cria Octavie qui détestait manger en retard. On a bien failli t'attendre, bougonna-t-elle en sauçant la fin de sa soupe avec un morceau de pain. Dépêche-toi de nous rattraper, ordonna-t-elle.

— Oui, mon général ! rétorqua Capucine.

— Ou étais-tu passée ? aboya l'autre. Je te signale que ton cousin s'est fait un sang d'encre pour toi. Il était prêt à appeler la police, il pensait que David t'avait découpée en rondelles.

— Charmant, commenta Capucine en s'asseyant à sa place. J'étais juste sortie faire un tour.

— Seule ? cancana Octavie.

— Oui, mentit Capucine, qui ne se sentait pas la force de raconter son entrevue avec les jumeaux maléfiques.

— Ouh la menteuse ! se mit à chantonner l'aïeule de sa plus belle voix de crécelle. Elle est amoureuse, acheva-t-elle en s'attardant à loisir sur la dernière syllabe. C'est dommage, trancha-t-elle aussitôt, tu as loupé un autre de tes prétendants.

— Qui cela ? demanda-t-elle étonnée.

— Cet insupportable agent immobilier, pérora Octavie. Il est bel homme, certes, mais il a ce petit quelque chose d'insupportable qui le rend assommant. La nature est parfois mal faite, soupira-t-elle. Par contre, il sent véritablement bon. Je parie que son parfum possède des notes de lavande, de bergamote et de baies roses. Mais je suis sûre d'avoir également perçu une pointe de cannelle et de cèdre. C'est très étrange, poursuivit-elle, ensemble, tous ces éléments donnent l'impression de respirer un embrun marin.

Capucine fronça les sourcils. Cette description lui rappelait quelque chose sans qu'elle parvienne à le situer dans son esprit. Elle soupira à son tour. Ce Simon Lacroix était décidément pire qu'une sangsue.

— Et où est Mlle Millêtre ? minaudait Octavie en imitant le ton nasillard de l'intéressé. Et quand Mlle Millêtre rentre-t-elle ? Et Mlle Millêtre par-ci, et Mlle Millêtre par-là. C'est tout de même insensé que ce ramassis de l'espèce humaine ose se pavaner tous les quatre matins devant nos fenêtres, et je pense personnellement qu'il faudrait…

Capucine avait soudain blêmi et n'entendait plus le flot ininterrompu d'invectives qui s'échappait de la bouche de la vieille femme. Une idée venait soudain de germer dans son esprit et elle prit le temps de l'analyser. Et plus elle regardait les choses depuis ce nouveau point de vue, plus le puzzle se formait. Son idée était probable, fortement probable. Mais comment pouvait-elle la vérifier ? Ni une ni deux, elle se redressa d'un bond et, murmurant qu'elle avait oublié quelque chose, s'enfuit à toutes jambes en direction de la Twingo.

— Comment ? s'écria Octavie, hésitant entre être choquée ou outrée. Mais quelle mouche l'a piquée ? s'insurgea-t-elle lorsqu'elle entendit la porte d'entrée du manoir claquer. Cette petite n'a vraiment aucune bonne manière, se plaignit-elle en regardant Léonie d'un air de reproche. Tu en as fait une gamine pourrie.

Léonie se contenta de secouer la tête en levant les yeux au ciel. Rien ne servait de répondre.

*
* *

Capucine coupa le moteur et observa la maisonnette qui semblait respirer paisiblement. Elle se remémora sa première visite, lorsqu'elle avait découvert qu'Émilien était son cousin et qu'il habitait avec son véritable grand-père, le soldat Harold Chevalier. Une fois de plus, les circonstances la conduisaient auprès d'Émilien. Elle descendit de voiture, traversa la ruelle et frappa à la porte. Elle entendit le pas alerte du policier et vit la porte s'ouvrir en grand.

— Quelle bonne surprise ! lui dit-il. Entre.

Capucine réprima une envie d'éclater de rire devant le colosse en pyjama de Noël.

— Oui, je sais, dit-il en la voyant sourire de toutes ses dents. J'adore ces pyjamas, avoua-t-il sur le ton de la confidence.

— Cela te va plutôt bien, dit-elle.

Émilien sourit à son tour.

— Tu n'es pas venue jusqu'ici pour te moquer de mon goût vestimentaire, si ? Tu veux un café, un thé ou une tisane ? proposa-t-il. Comme ça, tu pourras me raconter ce qui se passe tranquillement.

Capucine acquiesça avec gratitude.

— Un thé avec plaisir, oui, je te remercie.

Lorsqu'elle repartit une heure plus tard, Émilien lui avait promis de l'appeler dès le lendemain matin pour lui faire part des résultats de la recherche qu'elle lui avait demandé d'effectuer.

« Advienne que pourra », se dit-elle en faisant démarrer sa voiture pour regagner le manoir.

XVIII

La vigne des Mystères

AUGUSTIN FRISSONNAIT en trempant une tartine de beurre dans son chocolat chaud. Une vague de froid s'était abattue sur la région en une seule nuit. Au-dehors, derrière les vitres givrées des fenêtres de la cuisine, un épais brouillard masquait le paysage.

— Encore une journée fantomatique, grommela-t-il plus pour lui-même que pour les jumelles qui prenaient leur petit déjeuner à ses côtés.

Un cri fusa au premier étage et ils entendirent les pas affolés de Capucine qui courait dans le couloir de l'étage et se précipitait dans l'escalier.

Octavie fronça les sourcils.

— Qu'est-ce qui lui arrive encore ? grogna Octavie, qui détestait généralement toute forme d'empressement le matin avant d'avoir bu son café au lait.

L'œil pétillant et les cheveux ébouriffés, Capucine déboula dans la cuisine.

— Je sais qui est le troisième homme ! s'exclama-t-elle.

Léonie releva la tête avec intérêt, Octavie laissa tomber sa tartine de confiture au fond de la tasse et Augustin se redressa d'un bond. Capucine sourit, reprenant sa respiration et ménageant l'effet de surprise.

— Tu as fini de nous faire attendre ? croassa aussitôt Octavie, dont l'impatience était légendaire.

— Oui, répondit Capucine, mais d'abord, il faut que je vous raconte quelque chose, confessa-t-elle.

Exaspérée, Octavie leva les bras au ciel.

— Doux Jésus ! s'écria-t-elle. Pourquoi rien n'est-il jamais simple avec toi ?

Les autres se turent, attendant la suite.

— Hier après-midi, je suis allée voir Sophia et Robin avec David.

— Quoi ? s'écria Augustin, dont le teint avait viré au rouge en une fraction de seconde. Mais tu es complètement folle ?

— Mais non, l'interrompit Capucine, et c'est grâce à cela que j'ai compris qui était leur complice.

— Ils te l'ont avoué ? interrogea-t-il l'air soupçonneux.

— Bien sûr que non, répliqua Capucine.

Elle sourit de toutes ses dents, l'air triomphant.

— Mais Sophia s'est trahie, elle m'a appelée « Mlle Millêtre » !

— Grand bien t'en fasse, ironisa l'aïeule.

— Quel est le rapport ? s'agaça son cousin.

Capucine, à présent, s'illuminait littéralement sous leurs yeux.

— Il n'y a qu'une seule autre personne qui m'appelle ainsi et je dois dire que je trouve cela particulièrement agaçant depuis le début.

— Et quelle est cette mystérieuse personne ? poursuivit Augustin en soupirant.

— L'agent immobilier Simon Lacroix.

— Quoi ? s'exclama-t-il aussitôt. Tu crois que l'agent immobilier est de mèche avec eux parce qu'il t'appelle Mlle Millêtre ? Pardonne-moi, mais c'est ridicule.

— Je confirme, asséna à son tour Octavie. C'est tiré par les cheveux.

— Je ne crois rien du tout, précisa Capucine, je le sais. Émilien vient de téléphoner, nous avons une preuve.

— Quelle preuve ? demandèrent-ils tous les trois en chœur.

— Vous n'allez pas y croire, sourit Capucine. C'est presque trop beau pour être vrai.

*

* *

Émilien Chevalier reposa le combiné du téléphone, songeur. Depuis la salle de réunion vitrée, il apercevait sa supérieure, Victoire de La Fontaine, qui se recoiffait tout en lisant ses mails. Il devait aller la voir pour lui faire part de sa découverte. Ses recherches concernant Simon Lacroix avaient donné d'excellents résultats. Fils issu de l'union d'un architecte bordelais et d'une gérante de boutique de mode de la barrière du Médoc, Simon Lacroix avait passé son enfance à sillonner les allées du Parc bordelais et le centre-ville du Bouscat, situé à dix minutes de Bordeaux. À l'adolescence, ses parents avaient hésité entre le scolariser dans le prestigieux lycée de Tivoli ou dans celui non moins réputé de l'Assomption, et s'étaient finalement prononcés en faveur de ce dernier. Là-bas, Simon avait fait la connaissance d'Alicia et de Pierrick, les inséparables jumeaux. Les deux compères l'avaient intégré dans leur famille et le duo s'était naturellement métamorphosé en trio. Sept ans plus tard, Simon Lacroix avait épousé Alicia Auménard. Puis ils quittèrent Bordeaux.

Ce qu'ils avaient fait entre-temps, avant de s'installer à Saint-Pierre-des-Bois, restait un mystère. Mais Émilien se doutait que cette pause dans la chronologie leur avait permis de mettre leur plan à exécution.

Sous ce nouvel éclairage, tous les points obscurs disparaissaient. C'était Simon qui avait agressé Étienne avec Robin, la nuit où David avait aperçu deux hommes penchés au-dessus de son père. C'était Simon qui avait aidé les jumeaux à saccager, vandaliser, piller et incendier. Lorsque Sophia et Robin avaient été placés en garde à vue, c'était Simon qui avait détourné l'attention des policiers en s'en prenant aux vignes du château Rose-Ducats, leur fournissant par la même occasion un alibi inaliénable. Les ombres maléfiques se déclinaient par trois.

Maintenant qu'il savait ce qu'il en était, le plus délicat restait à venir. Il allait falloir les prendre la main dans le sac pour pouvoir les coffrer pour de bon.

*
* *

— C'est incroyable, commenta Léonie qui n'en revenait pas.

— Mais je ne comprends pas, l'interrompit Octavie dont les narines se dilataient sous l'effet de la colère. Cette petite oie ne sortait pas avec David ?

— Si, acquiesça Capucine.

— Alors qu'elle était mariée ? se scandalisa l'aïeule.

Capucine ne put s'empêcher de sourire face à l'étonnement sincère de sa grand-mère.

— Cela m'en a tout l'air.

— Mais c'est impardonnable, grogna l'aïeule en colère. Et ce ramassis d'idioties l'a tranquillement laissée faire ?

— Cela faisait sûrement partie de la couverture, expliqua Capucine. Pour que l'on ne suspecte pas une troisième personne.

Octavie fit une moue sceptique.

— À mon avis, c'était plutôt pour t'embêter, argumenta-t-elle.

Rougissant légèrement, Capucine s'exclama :

— Je ne vois pas en quoi cela aurait pu m'embêter !

— À la bonne heure ! s'écria Octavie. Tu penses vraiment que ta mine déconfite est passée inaperçue ? Tu étais jalouse comme un pou.

— Absolument pas ! se défendit Capucine.

— Allons, allons, les coupa Léonie. Ce n'est vraiment pas le plus important pour l'instant, les gronda-t-elle doucement. Que va-t-il se passer maintenant que nous connaissons leurs trois identités ?

Capucine soupira.

— Émilien va essayer de les prendre sur le fait.

— Et c'est tout ? s'indigna l'aïeule.

La sonnerie du téléphone résonna au même moment.

— J'y vais, annonça Augustin en se levant.

Des éclats de voix retentirent dans le salon, puis ce fut le grand calme. Lorsqu'il revint enfin dans la cuisine, il avait le teint violacé.

— Qu'est-ce qui se passe ? s'alarma Léonie.

— L'assurance ne va rien nous payer pour le chai, car ils ont reçu une dénonciation d'escroquerie. Apparemment, quelqu'un nous aurait vus en train de mettre le feu à notre propre chai, déclara-t-il d'une voix blanche.

— Qu'est-ce que c'est que ces histoires ! s'emporta Capucine, incrédule.

Dans le silence pesant de la pièce, Octavie applaudit soudain à bâtons rompus.

— Il faut reconnaître qu'ils sont assez forts.

— Comment peut-on se disculper ?

Abattu, Augustin s'était de nouveau assis sur une chaise et dissimulait son visage dans sa main gauche.

— C'est peut-être un signe, finit-il par dire. On n'est peut-être pas faits pour reprendre le château.

— Ne dis pas n'importe quoi, le rembarra aussitôt Capucine.

— Ah oui ? s'agaça-t-il. Et tu peux me dire comment nous allons faire pour tout reconstruire sans argent et avec ces horribles zigotos dans les pattes ? Quoi que l'on fasse, ils s'acharneront à le détruire. Alors s'ils le veulent tant que cela, ce château, qu'ils le prennent ! Il ne vaut plus rien maintenant, de toute façon !

*

* *

Le mois de décembre s'égrenait lentement dans un froid mordant qui poussait tout le monde à rester à l'abri. Augustin et Capucine avaient bien du mal à se motiver pour démarrer la taille, mais Cyprien et Bertrand réussissaient souvent à trouver les mots pour leur enjoindre de les suivre. Protégés par plusieurs couches de vêtements chauds, ils partaient dans les vignes, le dos presque voûté par les tracas, et revenaient le teint rose et l'humeur adoucie. Il n'y avait rien de tel qu'une promenade dans la nature, même en plein cœur de l'hiver, pour retrouver des idées claires.

Jour après jour, Capucine retrouvait de l'espoir. Elle ne savait absolument pas comment l'histoire allait pouvoir se régler mais pressentait que, quoiqu'il arrive, elle réussirait à trouver la meilleure solution. Au cœur des rangées de vignes déplumées, il arrivait parfois qu'elle aperçoive au loin une forme humaine emmitouflée avec un bonnet rouge. David levait la main en l'air pour lui dire bonjour, et elle répondait de la même manière. Aucun des deux ne s'arrêtait toutefois de mener sa tâche à exécution. Cela faisait plusieurs semaines qu'ils ne s'étaient pas revus, et elle devait avouer qu'elle éprouvait l'envie de le voir. Ce sentiment la rendait cependant perplexe et ajoutait à sa confusion.

Elle avait soudain peur de s'approcher de lui, peur d'avoir envie de faire évoluer leur relation, peur d'être rejetée. Elle préférait donc rester à l'écart, le temps que les tumultes de son cœur s'apaisent.

Peut-être ne se faisait-elle que des idées ? Elle avait dû laisser son inconscient être influencé par les sous-entendus d'Octavie. D'ailleurs, pourquoi ressentirait-elle subitement des sentiments amoureux pour quelqu'un qu'elle connaissait depuis toujours et qui ne l'avait jamais intéressée de cette manière ? À bien y réfléchir, c'était même impossible. Non, tout cela n'était qu'une bêtise, née de l'imagination fertile d'Octavie.

*
* *

— C'est nous ! s'écrièrent Melody et Richard en faisant résonner le carillon de la porte d'entrée du manoir.

— Mes petits ! s'exclama Léonie qui les rejoignit immédiatement en laissant l'oignon à moitié tranché qu'elle était en train d'émincer sur le plan de travail.

— Petits, petits… grogna Octavie qui n'avait pas bougé d'un pouce, il faut le dire vite.

Richard pénétra dans la cuisine avec dans ses bras le petit Félicien qui gazouillait gaiement.

— Vous êtes en retard, bougonna Octavie.

— En effet, avoua Richard, nous avons eu un peu de monde sur la route, et puis nous nous sommes arrêtés en chemin pour votre cadeau, mère-grand, dit-il en se penchant vers elle pour lui faire la bise.

Se reculant d'un coup, elle lui asséna à la place un coup de rouleau d'essuie-tout sur la tête.

— Je t'ai déjà dit de ne pas m'appeler ainsi.

Richard éclata de rire et, sans attendre son reste, se dirigea vers Augustin et Capucine qui préparaient également le repas pour les retrouvailles. Au menu ce midi-là étaient prévus des huîtres gratinées, un velouté de courge butternut, une poêlée de crevettes accompagnée d'un riz aux petits légumes, un assortiment de fromages et une tarte tatin. Pour la première fois, Richard et Melody avaient pris une semaine de vacances qu'ils avaient choisi de diviser en deux, les quatre premiers jours au manoir jusqu'au jour de Noël et les trois derniers dans la famille de Richard, à Noirmoutier. Un parfum d'épices, de sapin et de fête planait dans l'atmosphère, offrant à ce moment une aura de magie.

Le repas s'achevait à peine par une tisane lorsque la sonnette de la porte d'entrée retentit. De très bonne humeur, Capucine se leva et emprunta le couloir. Lorsqu'elle ouvrit la porte, son sourire se figea tandis qu'une main invisible lui cognait contre le cœur. Sur les marches du perron, David tapait des pieds pour se réchauffer.

— Bonjour, dit-elle d'une voix hésitante.

— Bonjour, répondit-il en laissant un nuage de vapeur s'échapper de sa bouche.

— Qu'est-ce que tu fais là ? demanda-t-elle encore sous l'effet de la surprise.

David sourit et le bleu de ses yeux pétilla de malice.

— Tu sais que les gens normaux proposent souvent d'entrer chez eux ?

Capucine rougit.

— Je… commença-t-elle en bafouillant. Désolée, tu veux entrer ?

David l'observa un instant avant de répondre :

— J'aimerais plutôt que tu viennes voir quelque chose avec moi.

— Dehors ? demanda-t-elle en écarquillant les yeux.

— Dehors, répondit-il.

— Maintenant ? poursuivit-elle.

— Effectivement, approuva-t-il en hochant la tête. Maintenant, ce serait mieux.

Dix minutes plus tard, Capucine et David marchaient sur l'esplanade du Loup des Bois, à côté des ruines du chai du château Millêtre. Le gel qui se déposait la nuit n'avait plus le temps de fondre et le paysage qui s'étendait sous leurs yeux prenait des allures de conte féerique. Un fin rayon de soleil perçait la couche de nuages blancs qui annonçaient la neige et se reflétait sur le givre en faisant scintiller les vignes comme un millier d'étoiles.

— C'est magnifique, avoua Capucine. C'est pour cela que tu m'as fait venir ici ?

David secoua la tête.

— C'est vrai que le spectacle est grandiose, mais non, cela n'a rien à voir.

— Pourquoi alors ? demanda-t-elle en se tournant vers lui.

— Pour te révéler un secret, dit-il. Un secret de famille.

*

* *

Il l'invita à marcher dans les décombres de l'incendie. Capucine suivait David en se demandant dans quel guêpier elle allait certainement encore se fourrer. David s'arrêta et, relevant quelques pierres du sol poussiéreux, entreprit de déblayer les débris du pied. Quelques secondes plus tard, une trappe métallique apparut. S'abaissant, il la souleva. Capucine s'avança et, dans le trou d'une cinquantaine de centimètres, elle discerna une seconde trappe munie d'une serrure. Abasourdie, elle haussa les sourcils. Que signifiait cette serrure plantée au milieu d'une porte sous la terre ? Un frisson d'appréhension la glaça. David sortit une clé de sa poche, l'enfonça dans l'encoche prévue à cet effet et la tourna vers la droite. Un déclic se produisit, les avertissant que la trappe était ouverte, David ouvrit alors le battant, et le début d'une échelle apparut au sommet d'un trou noir béant.

— J'espère que tu ne comptes pas sur moi pour aller là-dedans ? le taquina Capucine.

David rigola, laissant une jolie fossette apparaître sur sa joue.

— J'ai bien peur que ce soit exactement ce que j'attends de toi, au contraire, dit-il. Il faut même que tu passes la première.

— Tu te moques de moi ? demanda-t-elle, tout de suite moins confiante.

— Non, poursuivit-il. Tu as confiance en moi ?

La question, posée de manière anodine, flotta dans l'air. Elle était pourtant cruciale. Capucine inspira profondément et, sans répondre, s'avança vers le trou.

— Tu n'aurais pas une lampe torche à tout hasard ?

— Non. Suis lentement les barreaux l'un après l'autre. Lorsque tu arriveras en bas, avance la main vers la droite. Tu trouveras une corde. Tire doucement dessus et la lumière s'allumera.

Capucine hocha la tête, se demandant à quoi tout cela rimait. Pourquoi y avait-il un terrier sous le chai de sa famille ? Que contenait-il ? Et surtout, comment se faisait-il qu'elle n'en ait jamais eu connaissance et que ce soit David qui le lui fasse découvrir ?

Elle descendit les marches de l'échelle avec beaucoup de précautions. Après une dizaine de barreaux, ses pieds touchèrent enfin le sol. Elle se retourna vers un espace noir et tendit la main dans l'air comme David le lui avait conseillé. Elle fouetta quelques instants le vide et rencontra effectivement une corde. Elle tira dessus et une lumière intense l'aveugla instantanément. Fermant les yeux, elle cligna et papillonna des paupières, essayant de s'acclimater à la nouvelle luminosité. Lorsqu'elle jugea le moment opportun, elle ouvrit les yeux et les écarquilla aussitôt de stupeur. Derrière elle, David referma la trappe blindée.

*

* *

Melody essuyait la vaisselle en discutant avec les jumelles qui buvaient une seconde tasse de tisane. Les hommes étaient restés au salon pour faire une partie d'échecs sur le vieux plateau de Clément.

Capucine lui avait parlé de la demande en mariage d'Octavie et elle avait une petite idée en tête.

— Pourquoi n'as-tu pas envie de te marier ? demanda-t-elle de but en blanc.

Octavie grogna.

— Cette petite oie de Capucine ne peut donc jamais se taire, commença-t-elle à se lamenter.

— Tu avais l'intention de me le cacher ? interrogea Melody en faisant mine d'être vexée.

Octavie ronchonna.

— Ce n'est pas comme si je pouvais accepter, gronda-t-elle.

— Et pourquoi cela ? demanda sa petite-fille.

— Ah ! Tu ne vas pas t'y mettre toi aussi ! tonna Octavie en fustigeant l'air d'un mouvement de bras. Je me suis déjà suffisamment tournée en ridicule dans cette vie, merci bien. Il est inutile d'en rajouter.

— Personnellement, je ne trouve pas ça ridicule. Si vous vous aimez, ce serait même le contraire du ridicule, mais la preuve que le grand amour trouve toujours son chemin.

— Le grand amour ? éructa l'aïeule, furieuse. Le grand amour, ma chère, ne ressemble certainement pas à un imbécile qui te met enceinte alors qu'il est marié et t'abandonne à ton triste sort pour revenir te demander en mariage soixante-dix ans plus tard.

— Tout le monde commet des erreurs, avança Melody. L'important, c'est justement de les réparer, non ?

— Mais ça ne réparerait rien du tout ! s'insurgea Octavie en levant le menton bien haut dans les airs, ce qui fit sourire Melody.

— De quoi aurais-je l'air si je me mariais à mon âge ? continua Octavie. Je vais te le dire : d'un légume fripé en guenilles mortuaires. Non mais quelle horreur ! Et ensuite, que se passerait-il ? demanda-t-elle. Où irions-nous vivre ?

— Vous pourriez vivre ici tous les deux, proposa Léonie.

— Je te signale qu'Harold est dans un fauteuil roulant et que toutes nos chambres sont à l'étage, bougonna sa sœur.

— J'y réfléchissais justement l'autre jour, et je me disais qu'on pourrait facilement transformer le bureau en jolie chambre d'amoureux.

— Pour qui ? s'étonna Octavie.

— Eh bien, pour Harold et toi, déclara Léonie.

— Quoi ? croassa cette dernière. Mais il n'a jamais été question que je l'épouse ! s'offusqua-t-elle.

— Tu en meurs pourtant d'envie, répliqua Léonie.

— Certainement pas, contre-attaqua Octavie, qui était définitivement montée sur ses grands chevaux. Jamais on ne me prendra à faire pareille énormité !

— C'est dommage, affirma Melody. Tu as toujours été anticonformiste. S'il y avait bien quelqu'un qui pouvait montrer l'exemple en suivant son cœur même à plus de quatre-vingt-dix ans, c'était bien toi.

Puis, laissant Octavie le bec cloué, elle posa le torchon avec lequel elle avait essuyé la vaisselle et sortit de la pièce pour aller rejoindre le petit Félicien qui commençait à donner de la voix dans le salon.

*

* *

— Ce n'est pas possible, murmura Capucine en tournant en rond, les yeux braqués le long des murs de la cave souterraine.

À côté d'elle, David restait muet, lui laissant le temps de comprendre la signification de ce qu'elle voyait. Sur des mètres et des mètres de rayonnages étaient entreposées des dizaines, des centaines, des milliers de bouteilles estampillées « La Vigne des Mystères ».

— Je ne comprends pas, finit-elle par dire en regardant David droit dans les yeux. C'est le château Millêtre qui a créé la Vigne des Mystères ? Mais dans ce cas, pourquoi es-tu au courant ?

David croisa les bras.

— Pas complètement.

— Tu appelles ça une réponse ? interrogea Capucine en haussant les sourcils.

Devant son air mécontent, David sourit.

— Mon père m'a révélé le secret il y a quelques semaines, expliqua-t-il. Nous aurons le temps d'en reparler plus en détail, mais pour faire simple : la vigne des Mystères est l'idée d'une collaboration entre les trois plus grands châteaux de vin de la région de l'époque, soit le château Millêtre, le château Rose-Ducats et le château Angélus. C'était une initiative de nos arrière-grands-pères, Léon Angélus, Martin Millêtre et Agathon Ducats.

Capucine resta interdite.

— Mais je vois des bouteilles très récentes, dit-elle en apercevant sur sa gauche une bouteille étiquetée en 2010.

— Les générations ont poursuivi la tradition.

— Malgré leur mésentente ? Je veux dire… Félicien travaillait avec Clément ?

— Oui, et mon père avec Gabriel.

— Mais Gabriel n'a rien révélé à Augustin lorsque nous avons repris les rênes, du moins je crois, souffla-t-elle en fronçant les sourcils.

— Non, Léonie et lui ont préféré attendre quelque temps pour voir si nous allions retrouver le chemin de l'amitié, poursuivit-il. Maintenant, c'est à nous de poursuivre l'œuvre de nos aïeuls.

Capucine restait sous le choc de la nouvelle. Le vin le plus secret, le plus mystérieux et le plus prisé de la région était en leur possession, et ils en étaient aussi bien les garants, les protecteurs que les alchimistes. Comment était-ce possible ? Soudain, elle releva la tête.

— Léonie était au courant ? Octavie aussi ? demanda-t-elle incrédule.

David sourit de nouveau, une lueur de malice traversant ses beaux yeux bleus.

— D'après ce que j'ai compris, non. Léonie voulait lui confier le secret, mais Clément a jugé que le risque était trop important de la voir siffler toute la cave !

Capucine éclata de rire. Elle voyait bien son grand-père faire une telle allusion, envoyant un clin d'œil à sa femme adorée à la dérobée. Et elle, en contrepartie, gentiment le gronder tout en respectant son choix et en sachant qu'au fond il avait un peu raison. Sans y croire, Capucine contemplait comme dans un rêve les alignements de bouteilles au liquide vermillon, la grande vigneronne installée au centre de la cave et sur laquelle une rangée de verres à pied semblait attendre des visiteurs pour la dégustation.

— Cela veut dire que nous sommes riches ? demanda-t-elle soudain.

— Virtuellement oui, acquiesça le jeune homme. En tout cas, suffisamment pour reconstruire le chai.

Capucine laissa s'épanouir un sourire sur son visage. La roue allait enfin pouvoir tourner.

*

* *

Capucine tapait du pied sur le parvis de l'église en attendant Harold et Émilien qui étaient en retard. Elle avait perdu à la courte paille avec Augustin et Richard pour savoir lequel des trois devrait les attendre dehors pour les accompagner jusqu'aux places qui leur avaient été réservées. Le froid mordant semblait bien installé dans la région et les plus anciens du village, contre l'avis de la météo, prédisaient qu'il y aurait de la neige pour Noël. Capucine préférait les croire et ne cessait de lorgner le ciel en quête du premier flocon. Selon elle, rien dans la vie n'était plus magique que la neige, et elle l'espérait chaque année avec un mélange d'espoir et d'euphorie qui la faisait toujours doucement retomber en enfance.

Une procession de doudounes se rabattit sur la place et la dépassa avant de s'engouffrer joyeusement dans l'église. Que pouvait bien fabriquer Émilien ? Ils étaient pourtant tous partis du manoir en même temps quelques minutes plus tôt. Elle tourna la tête vers la place bordée de peupliers et entourée de halles. Elle tressaillit en apercevant David et ses parents. Chaudement emmitouflés dans d'épais manteaux, ils avançaient avec l'empressement caractéristique de ceux qui cherchent à rejoindre l'abri le plus rapidement possible.

— Nous voilà enfin ! entendit-elle une voix claironner.

Elle sursauta et se retrouva nez à nez avec Harold, qui se dressait avec peine, soutenu d'un côté par Émilien.

— Mais enfin, grand-père ! s'écria Capucine. Où est passé ton fauteuil roulant ?

— J'ai décidé de faire grève de fauteuil tant que ma douce Octavie poursuivra son entêtement à ne pas vouloir m'épouser, déclara l'intéressé.

— Oui, enfin, en attendant, la grève, c'est surtout moi qui en subis les conséquences, râla Émilien en rattrapant son grand-père qui lui filait entre les mains. Désolé du retard, poursuivit-il à l'attention de Capucine. J'ai essayé de le convaincre d'y renoncer, mais c'est une vieille tête de mule.

Capucine hocha la tête.

— J'en connais une autre, avoua-t-elle en songeant à Octavie. Suivez-moi, c'est par ici, leur dit-elle en leur montrant le chemin.

Comme une parenthèse dans le temps, le début de la messe de Noël résonna dans l'air, leur faisant oublier les soucis et les aléas du quotidien. Un vent d'espoir, d'amour et de pardon était envoyé à tout le village par l'intermédiaire du père Baptiste.

Ô nouce nuit, ô sainte nuit…

Capucine respirait profondément, sentant un parfum d'étoiles, de miracles et de flocons de neige.

Les villageois commencèrent à se lever et à quitter lentement l'église, tandis qu'elle restait assise, réfléchissant à une parole du père Baptiste qui, citant l'Évangile de Matthieu, leur avait conseillé de « tendre l'autre joue ».

Elle s'était d'abord renfrognée sur sa chaise. Ben voyons, en voilà bien une aberration ! Dans son cas, cela reviendrait à offrir ce qui restait du château à Alicia et Pierrick. Elle sentit soudain la graine d'une idée folle germer en elle. Mais que récoltait-on lorsque l'on tendait l'autre joue ? Lorsqu'elle se décida enfin à se lever, l'église et le parvis étaient déserts. Même le père Baptiste semblait avoir disparu. Elle resserra machinalement les pans de son manteau autour d'elle et s'engagea dans la nef centrale. Une silhouette se découpa alors à l'extérieur devant la porte. Elle reconnut aussitôt David et ne put réprimer un sourire. Elle le rejoignit et s'arrêta sous la porte.

— Qu'est-ce que tu fais ici ? questionna-t-elle.

— Je t'attendais, répondit-il. Est-ce que tu l'as remarqué ? poursuivit-il.

— Remarqué quoi ? s'étonna-t-elle.

— Ce qu'il y a au-dessus de nos têtes.

Capucine releva la tête instinctivement et rougit en apercevant un brin de gui. Son cœur s'affola subitement et sa tête se mit à tourner. Elle abaissa le visage et scruta le regard rieur de son ami d'enfance. Il sourit et s'avança pour l'embrasser.

— Joyeux Noël, Capucine, souffla-t-il avant de s'éclipser.

Elle avança de quelques pas en titubant, comme sous l'effet d'un choc. Si l'instant ne lui avait pas paru aussi réel, elle aurait pu jurer avoir rêvé. Elle cligna cependant des yeux pour vérifier qu'elle était bien réveillée. Son cœur, dans sa poitrine, faisait des cabrioles.

« Et mince, songea-t-elle, Octavie avait raison. »

Une caresse froide glissa sur sa joue tandis qu'elle levait les yeux vers le ciel pour admirer les premiers flocons de neige, qui lentement tourbillonnaient dans l'air.

*

* *

Le repas de Noël fut l'un des plus heureux qu'ils aient eu depuis la disparition de Fantine et de Tristan, les parents de Capucine et de Melody. La présence d'Émilien, d'Harold et du petit Félicien n'était pas étrangère à ce fait. C'était un peu comme si toutes les difficultés vécues ces derniers mois avaient contribué à rendre les bons moments encore plus beaux. La journée de Noël touchait à sa fin, laissant traîner dans son sillage son habituel arôme de chocolat chaud, de cannelle et de petits biscuits en pain d'épices. Finalement, la neige n'avait fait qu'une brève apparition, à peine remarquée par les villageois. Les quelques flocons qui avaient accompagné la sortie de l'église avaient été directement absorbés par la terre, ne laissant aucune trace de leur passage.

— Quelqu'un est mort ? railla Octavie en déboulant dans la cuisine.

— Non, pourquoi ? s'étonna Capucine en sortant de sa torpeur.

— C'est pourtant ce que l'on pourrait croire en voyant ta tête ! grogna-t-elle avec une pointe d'agressivité dans la voix.

Capucine secoua la tête et reposa la feuille de papier sur laquelle elle avait tracé l'arbre généalogique de sa famille.

— Et toi ? interrogea Capucine. Pourquoi es-tu d'aussi bonne humeur ? Ton futur époux t'a encore demandé de convoler avec lui en justes noces ?

— Petite insolente ! gronda l'aïeule en s'empourprant.

Levant les mains au ciel, elle s'écria d'un ton dramatique :

— Qu'ai-je bien pu faire pour mériter ça ?

Augustin et Léonie entrèrent à leur tour dans la cuisine.

— Quel est le sujet de lamentation du jour ? interrogea ce dernier en prenant place à côté de sa cousine.

— La demande en mariage d'Harold, souffla Capucine.

— Qu'est-ce que tu as fait pour mériter que ce saint homme te demande en mariage ? s'enquit-il la mine sérieuse. Alors là, c'est bien ce que je me demande. Parce que mis à part être méchante, injuste, égoïste, cruelle, insupportable et…

— Assez ! tonna l'aïeule. Tout le monde a compris ton point de vue !

Augustin éclata de rire.

— Mon point de vue… marmonna-t-il de manière à rester parfaitement audible. La vérité, oui !

Octavie se releva d'un bond.

— Ose un peu me redire cela ! gronda-t-elle en tremblant d'indignation.

— Vous n'en avez pas marre ? les interrompit Léonie. Même le jour de Noël, vous ne pouvez pas vous empêcher de vous disputer.

— Et à qui la faute, je te prie ? bredouilla Octavie.

Augustin leva les yeux au ciel. L'adjectif « insupportable » était loin de décrire le niveau d'exaspération qu'Octavie générait naturellement en lui.

— Léonie a raison, intervint Capucine. On pourrait plutôt parler de choses constructives comme ce que nous allons faire avec Sophia, Robin et Simon Lacroix.

— On pourrait leur tendre un piège avec Émilien, non ? suggéra Augustin. Comme ça, il pourrait enfin les prendre la main dans le sac et nous en débarrasser.

— Ta solution, c'est de les mettre en prison ? s'enquit Capucine.

— Bien évidemment, répliqua Augustin. Ils ont détruit notre exploitation.

Capucine croisa les bras, réfléchissant.

— Tu as une meilleure solution, peut-être ? demanda-t-il d'un air de défi.

— Je ne sais pas. Cela revient à répondre à la violence par la violence, non ?

— Quoi ? s'étonna Augustin. Dois-je te rappeler qu'ils t'ont envoyée à l'hôpital ? Qu'est-ce que tu voudrais faire ? Leur dire merci et les laisser gambader dans la nature comme Léonie a choisi de le faire avec Victoire de La Fontaine et David ? Autant leur vendre directement le château et partir

— Offrir le château Millêtre à ces malfrats !

— Quoi ? railla Octavie. Tu es tombé sur la tête, mon pauvre Tintin !

— Ce n'est pas du tout ce que j'ai dit, rétorqua Capucine, mais peut-être…

— Non ! tonna Augustin.

— Que l'on pourrait reconstruire tous ensemble…

— Non !

— Un plus grand château…

— Non !

— Un château Millêtre-Angélus.

— C'est du délire, gronda Octavie en fusillant Capucine du regard.

— Et pourquoi donc ? s'enquit cette dernière en gardant son calme.

— Parce que cela fait belle lurette que le château Angélus n'existe plus. Depuis que Léonie a épousé Clément.

— Le château Angélus existe toujours, contredit Capucine. Il a perdu son nom et a été absorbé par le château Millêtre, mais il existe toujours.

— Bien entendu qu'il a perdu son nom, s'agaça l'aïeule, parce que Léonie est une femme, tout comme Alice était une femme et n'avait pas le droit d'hériter des vignobles.

— Et tu trouves cela normal ? l'invectiva Capucine.

— Petite idiote, grimaça Octavie. Tu veux refaire l'histoire ? C'est comme cela depuis la nuit des temps. C'est comme ça. Un point, c'est tout.

— Ce n'est pas parce que les gens ont commis des aberrations pendant des siècles que l'on doit les entériner sans rien changer. C'est vrai, poursuivit-elle en se redressant, pourquoi ne pouvons-nous pas sortir des sentiers battus et innover dans notre façon de voir les choses et d'agir ? C'est comme toi, tu refuses d'épouser Harold par peur du regard des autres, mais enfin à ton âge, qu'est-ce que cela peut bien te faire ? Et quand bien même si tu étais ridicule ! Au moins, tu serais heureuse !

— Cette gamine est folle, bredouilla Octavie en regardant sa sœur jumelle. Et toi, tu es d'accord ? demanda-t-elle.

Léonie sourit doucement.

— Les arguments de Capucine me semblent fondés. Mais ils n'accepteront peut-être pas une telle proposition.

Augustin enfouit son visage entre ses mains.

— Non, mais il n'y a aucune proposition. Vous avez perdu la tête ? On ne va pas proposer à des gens qui ont saccagé nos vignes, vidé nos cuves, agressé tout ce qui bougeait et incendié notre chai de former une grande et joyeuse équipe !

Capucine hocha la tête.

— Pourtant, je crois que ce serait la seule solution durable.

Augustin se redressa et la toisa avec une expression qu'elle n'avait jamais aperçue sur son visage, mi-hautaine mi-écœurée.

— Sauf que tu n'as pas ton mot à dire là-dedans, car le château Millêtre est à moi !

Puis il se leva et sortit de la pièce, la tête haute et la démarche colérique. La conversation était terminée.

*
* *

Depuis quelques jours, l'atmosphère au sein du manoir était électrique. La conversation qui s'était déroulée dans la cuisine le jour de Noël avait eu pour conséquence d'isoler tout le monde dans un mutisme songeur et contrarié. Un nouveau jour peinait à se lever, dissimulé derrière un épais brouillard duveteux qui enrobait le paysage.

Léonie venait de sortir une brioche du four et le fumet délicieux avait attiré tout le reste de la maisonnée autour de la table. Pourtant, personne ne parlait. Capucine regardait par la fenêtre, Augustin contemplait le fond de sa tasse de thé et Octavie lisait le journal, toute sa personne dissimulée derrière les deux pages ouvertes en grand.

Les feuilles du journal bruissèrent soudain tandis qu'une exclamation sortait de sa bouche :

— Ça alors ! Mais quel imbécile !

Léonie fronça les sourcils.

— De quoi parles-tu ? s'enquit-elle.

Les pages du journal s'immobilisèrent de nouveau, puis s'abaissèrent dans un coin, laissant apparaître un œil soupçonneux.

— Vous aimeriez bien le savoir, n'est-ce pas ? ironisa Octavie.

Capucine et Augustin soupirèrent en chœur avant de se dévisager.

— Bon, tant pis, se résigna l'aïeule, c'est presque trop beau pour être vrai. Écoutez un peu ça. Capucine, tiens-toi prête, cela va te rappeler des souvenirs !

Sud-Gironde : Il tente d'arnaquer son assurance en noyant sa Mercedes pour s'offrir une Porsche.

Le scénario incroyable pourrait aisément figurer dans un mauvais script de téléfilm. Que l'on ne se méprenne pas pourtant, car il est bien réel. C'est en pleine nuit, le soir du réveillon de Noël, à une heure où le commun des mortels fêtait joyeusement l'événement en famille, que Michael de Beauregard, le tout nouveau directeur de l'enseigne Netpascher, a choisi de se promener près de la Garonne en charmante compagnie : Mathilde Joconde, sa plus jeune collaboratrice, qu'il a récemment nommée directrice marketing, et qui, depuis, a reconnu avoir été sa maîtresse. Le quarantenaire, las de conduire une Mercedes par ailleurs financée en leasing par son entreprise, a décidé de s'offrir un nouveau jouet pour Noël, en l'occurrence une belle Porsche qu'il lorgne depuis déjà quelque temps.

Peu enclin à la patience, il échafaude alors un plan savant afin de l'obtenir. Ni une ni deux, il se rend sur les berges de la Garonne et demande à Mathilde de faire le guet. Rassuré par cette précaution, il commence par enlever les plaques minéralogiques du véhicule, ouvre les vitres et cale la pédale d'accélérateur à l'aide d'un morceau de bois qu'il trouve sur place. Il pousse ensuite la berline et lui dit au revoir alors qu'elle sombre peu à peu dans les tréfonds du fleuve.

Le lendemain, il se rend au poste de police, la mine catastrophée de circonstance en poussant les hauts cris. Il explique avoir dû se rendre avec sa jeune collaboratrice à Agen, dans les entrepôts de l'enseigne, afin de gérer une crise de la plus haute importance et s'être fait voler la voiture sur le parking. Son petit discours, bien que certainement parfaitement étudié et interprété, ne convainc pourtant personne, et pour cause : la Mercedes noyée est réapparue à marée basse trois heures auparavant.

« C'est du haut niveau, soupire le procureur Estelle Voyou. Ils ne s'y seraient pas mieux pris s'ils avaient voulu se faire prendre. Nous sommes généralement habitués à traiter avec des malfrats plus astucieux. Non seulement leurs téléphones portables ne sont jamais passés près des antennes relais d'Agen, mais M. le directeur a semble-t-il oublié dans sa précipitation que les entrepôts de son entreprise sont munis de caméras de surveillance très perfectionnées. De quoi entièrement ruiner son témoignage. Et dire que ce sont des personnes à hautes responsabilités », se lamente-t-elle.

*« Il s'agit d'un regrettable incident qui s'apparente plus à un passage à l'acte non réfléchi, tente de plaider leur avocat, M*e *Tracas. User d'un mode opératoire aussi stupide ne signifie qu'une seule chose : mon client n'avait pas réellement envie de commettre cette infraction. » « Personne ne l'y a forcé », s'offusque en réponse le procureur.*

Placé en garde à vue le 25 décembre, Michael de Beauregard avoue très vite être le cerveau de l'opération et s'en sort avec une peine de six mois de prison avec sursis, ainsi qu'une amende de quarante mille euros, soit le prix de ladite Porsche, qui contrairement au paiement de la Mercedes a été directement récupéré sur ses deniers personnels.

Quant à sa jeune maîtresse, elle écope pour complicité d'une peine de prison de trois mois avec sursis. Une décision malencontreuse et radicale, selon l'intéressée, qui n'a pas eu l'augure de lui plaire et qui l'a décidée à rompre immédiatement sa relation avec son patron. Une rupture qui, hélas, ne sera pas suffisante pour Mme de Beauregard, qui a découvert par la même occasion le pot aux roses.

Sombre gâchis me direz-vous ? Certainement, bien que le plus regrettable dans cette histoire soit que le directeur, futur divorcé, n'ait pas remarqué qu'il ne lui restait plus que deux mois dans son contrat de leasing. Mais peut-être devons-nous nous montrer un peu plus compréhensifs, car l'envie d'une Porsche, vraisemblablement, ne peut souffrir d'attendre jusque-là.

Autour de la table, tous écarquillaient les yeux, muets de stupéfaction.

— Comment peut-on être aussi bête ? demanda Augustin, atterré, en rompant le silence. Michael de Beauregard, c'était ton chef, non ?

Capucine hocha la tête, aussi abasourdie que les autres.

— Et Mathilde Joconde, ma charmante collègue, précisa-t-elle. J'ai tout de même du mal à croire qu'ils aient pu en arriver là.

— Tu as bien fait de quitter Netpascher, poursuivit-il.

Capucine acquiesça. Rien n'était plus certain.

— J'ai de bonnes idées en général, déclara-elle en lui lançant un clin d'œil. Encore faut-il qu'elles soient entendues.

Augustin grimaça.

— Très bien, capitula-t-il en soupirant. Profites-en, je t'écoute. Quelle est donc cette brillante idée ?

*

* *

Capucine n'avait pas revu David depuis la veille de Noël, lorsqu'il lui avait donné un baiser sous la branche de gui qui avait été étrangement installée au-dessus de la porte de l'église. Et elle se demandait quel petit plaisantin avait eu l'idée de la placer à cet endroit incongru. Mais à quelques pas du portail du château Rose-Ducats, elle se demandait surtout pourquoi David l'avait embrassée. Avait-il été tellement surpris de découvrir le gui qu'il avait paniqué et n'avait trouvé que cela à faire ? Et le plus important, regrettait-il son geste à présent ?

Capucine grimaça, cette dernière supposition lui apparaissait fort possible vu qu'elle n'avait plus eu de ses nouvelles depuis. Dansant d'un pied sur l'autre devant le portail grand ouvert, elle hésitait à pénétrer dans la cour. Bien évidemment qu'il regrettait, car quel garçon embrassait une fille puis jouait ensuite le mort ? Capucine fronça les sourcils. Venir ici était certainement une très mauvaise idée. Pourtant, quoi qu'il pense, il pouvait tout de même bien le lui signifier. Il ne s'agissait après tout que d'un baiser. Un tout petit et minuscule baiser, qui ne signifiait sûrement rien. Elle n'en ferait pas une montagne. Ils n'étaient plus des enfants.

À présent, Capucine commençait à se sentir en colère, bien qu'elle n'ait toujours pas bougé d'un pouce.

— Tu comptes rester là toute la journée ? la fit sursauter David.

Elle pivota aussitôt, rouge comme une pivoine.

— Qu'est-ce que tu fais là ? demanda-t-elle.

— Chez moi, tu veux dire ? répondit David d'un air amusé.

Capucine se maudit intérieurement pour sa bêtise.

— Nous sommes devant le portail là, nous ne sommes pas chez toi, déclara-t-elle sur un ton un peu trop sec.

Elle continua à se lamenter dans sa tête. Voilà qu'elle allait passer pour un rabat-joie à présent. David, pourtant, continuait calmement à l'observer sans se départir de son sourire.

— Tu venais me rendre une petite visite ? s'enquit-il d'un ton taquin.

Capucine rougit de plus belle.

— Plutôt te demander un service, hasarda-t-elle avec l'envie de rentrer sous terre.

— Quel genre de service ? l'interrogea-t-il l'air soupçonneux.

— Est-ce que cela te dirait de m'accompagner au château Noir ?

— Pour se promener à l'extérieur ?

— Oui, et pour entrer à l'intérieur.

David siffla longuement.

— D'accord, acquiesça-t-il finalement. On y va ?

Capucine avait eu peur de trouver porte close, aussi fut-elle particulièrement étonnée lorsque, appuyant simplement sur la poignée de la porte d'entrée, celle-ci s'ouvrit dans un affreux grincement. Elle jeta un regard interrogateur à David, qui l'encouragea.

— En même temps, quel meilleur système de sécurité qu'une bonne vieille histoire de malédiction ? dit-il.

Capucine hocha la tête. Il y avait effectivement du vrai là-dedans. L'intérieur obscur sentait la cendre et le renfermé, ce qui ne donnait pas particulièrement envie d'avancer, mais elle se força.

— Laisse la porte ouverte, souffla-t-elle à l'attention de David.

— OK, répondit ce dernier en jetant des regards tout autour de lui. Cette bicoque fout quand même sacrément les jetons, avoua-t-il alors qu'ils arrivaient au milieu du hall d'accueil, juste devant l'imposant escalier à double entrée.

— D'où les histoires de malédiction.

David fit la moue.

— À mon avis, aucune des personnes qui a propagé cette légende n'a vu cet endroit, et c'est justement ce qui a dû participer au mythe.

Capucine haussa les sourcils.

— Pourquoi auraient-ils parlé de malédiction alors ?

— Oh, tu sais, expliqua David, avant il suffisait bien souvent que quelqu'un tombe malade ou meure de manière suspecte pour que le village entier lui colle l'étiquette de « maudit » sur le front. Regarde l'histoire du puits d'Huguette ! Elle en est un parfait exemple.

— Le puits d'Huguette ? répéta Capucine, qui ne connaissait pas l'anecdote.

— Tu ne t'en souviens pas ? demanda-t-il. Cette petite vieille qui du jour au lendemain s'est mise à marcher pliée en angle droit.

— Ah oui, répondit Capucine. J'ignorais qu'elle s'appelait Huguette. Et qu'est-il arrivé à son puits ?

— Eh bien, elle avait un grand puits dans son jardin dans lequel elle puisait l'eau qu'elle buvait, et lorsqu'elle s'est mise à marcher en angle droit, les villageois ont accusé le puits de porter malheur et l'eau d'empoisonner les os. Alors contre la volonté de cette pauvre Huguette, une brochette d'idiots du village est venue condamner son puits.

Capucine éclata de rire.

— Et qu'est-ce qui te fait croire qu'ils ont eu tort d'agir ainsi ? demanda-t-elle.

— Tout simplement le fait que lorsqu'Huguette est morte, le nouveau propriétaire a remis le puits en usage et qu'il s'en est servi sans qu'aucun mal ne lui advienne.

— La malédiction avait peut-être une date de péremption, proposa Capucine en souriant.

— Oui, c'est dommage qu'il n'y en ait pas pour la sottise et la crédulité des gens.

— Alors, cela veut dire que tu ne penses pas que cet endroit porte malheur ? l'interrogea-t-elle.

— Non, dit-il. La seule chose qui risquerait de nous porter malheur, selon moi, ce serait d'y croire.

Montée sur la première marche, Capucine s'arrêta et se tourna vers lui.

— Pourquoi m'as-tu embrassée sous le gui l'autre jour ? demanda-t-elle.

David sourit.

— Tu trouves que c'est le moment d'en parler ?

— Tout à fait, répondit-elle en croisant les bras.

David détourna le regard et observa un instant une statue posée sur un piédestal au centre de l'entrée. La statue d'un ange.

— Parce que je suis amoureux de toi, répondit-il enfin.

Capucine rougit.

— Cela veut dire que tu ne regrettes pas ?

— Absolument pas, précisa-t-il.

— D'accord, dit-elle en pivotant vers les marches de l'escalier.

— Ce qui ne me dit pas du tout ce que tu en penses de ton côté, rétorqua David.

— Je crois que ce n'est pas le moment d'en parler, répondit-elle en entamant son ascension.

Ne pouvant s'empêcher de sourire, David soupira. Pourquoi les filles étaient-elles toujours aussi impossibles ?

*

* *

L'accord était simple. L'objectif était de fonder le château Millêtre-Angélus en créant un groupement foncier. En tant qu'héritier légitime, Augustin détiendrait 51 % des parts, Capucine, 25 % et les jumeaux Auménard, s'ils le souhaitaient, les 24 %, restants, soit 12 % chacun. L'objectif de ce groupement était de constituer un château prestigieux, à la fois fier de son patrimoine tout en étant capable de se réinventer. Pour cela, le nouveau chai ne devait pas être rebâti sur l'esplanade du Loup des Bois, mais déplacé dans un endroit plus pratique, plus insolite et surtout plus emblématique. Un lieu qui ferait parler de lui sans que l'on ait besoin d'utiliser de communication, à savoir le château Noir, auquel on devait rendre son véritable nom de château de l'Ange. Ce qui supposait le consentement d'Alicia et de Pierrick, qui l'incluraient dans le domaine viticole comme preuve de leur bonne foi.

Augustin avait tout d'abord été stupéfait par la proposition, qu'il avait jugée utopique. Il en avait ensuite discuté avec ses parents, Gabriel et Louise, qui ne s'opposaient pas au projet. Petit à petit, l'idée fit son chemin jusqu'à ce qu'il accepte d'accompagner Capucine pour en parler à leurs deux cousins diaboliques.

C'est ainsi qu'ils se retrouvèrent tous les deux devant la petite porte rouge de la rue de l'Église, en plein milieu de l'après-midi, le 31 décembre. Simon Lacroix, qui n'avait plus aucune raison de se cacher, était également de la partie. Dans la salle à manger, sous la grande verrière, ils proposèrent leur idée sous le regard incrédule des jumeaux.

— Vous espérez nous faire croire que vous voulez qu'on collabore ? s'enquit Alicia, qui avait relevé ses cheveux en un chignon haut qui lui donnait encore plus d'allure que d'habitude.

— En effet, répondit Capucine.

— Et pourquoi feriez-vous cela ? questionna à son tour Pierrick.

— Parce que nous sommes de la même famille et que nous estimons qu'une partie des vignes vous revient. De plus, si l'on en juge par la détermination que vous avez employée à essayer de nous voler, nous pensons que vous serez exceptionnellement motivés pour concevoir des millésimes qui sortiront du lot.

— Où est le piège ? insista Alicia, méfiante.

— Il n'y a pas de piège, répliqua Capucine. Par contre, je dois vous avertir que, si vous acceptez notre offre, nous exigeons avant tout de la loyauté et de la solidarité. Nous sommes prêts à faire table rase du passé, à pardonner et à avancer ensemble. Et cela ne sert à rien de venir si vous n'êtes pas dans cet état d'esprit.

Sans attendre de réponse, Capucine et Augustin prirent congé. Lorsqu'ils remontèrent dans la voiture, Augustin, songeur, demanda :

— Et la vigne des Mystères ? Tu comptes leur en parler ?

Capucine secoua la tête.

— La vigne des Mystères est un secret gardé précieusement depuis des générations et qui le restera, dit-elle. Du moins, pour l'instant.

Augustin acquiesça.

— Je suis tout à fait d'accord avec toi.

XIX

Le mariage

Quatre mois plus tard.

LA DATE AVAIT ÉTÉ ARRÊTÉE au 25 avril et le temps splendide était de bel augure. Capucine et Melody avaient décoré le jardin du manoir pour l'occasion, lui donnant des airs de conte de fées. Elles avaient accroché des nœuds en dentelle dans les branches des arbres et des buissons, dessiné une allée naturelle recouverte de pétales de fleurs allant de la maison au saule pleureur, devant lequel elles avaient installé une arche blanche auréolée de roses anciennes. De part et d'autre de l'arche, elles avaient disposé les chaises des invités triés sur le volet. Octavie, la future mariée, n'avait évidemment rien vu de tous ces embellissements, et il leur tardait de voir la réaction de l'aïeule. L'air doux laissait onduler une fine brise qui caressait les visages. Tout était fin prêt et il ne manquait plus que les principaux intéressés.

La cloche de l'église de Saint-Pierre-des-Bois résonna dans le lointain. Il était 5 heures de l'après-midi, l'heure fixée pour le début de la cérémonie. Capucine admira une dernière fois le décor, puis rebroussa chemin en direction de la maison. Elle pénétra dans le manoir par la porte de la cuisine et goûta à l'effervescence du moment. En chemise blanche, Augustin tirait sur son nœud papillon tout en donnant des conseils à Émilien sur la meilleure façon de peigner sa mèche blonde qui rebiquait étrangement. Melody berçait le petit Félicien. Quant à Richard, il discutait avec Harold afin d'essayer de le faire patienter.

— On va pouvoir commencer ? interrogea Capucine.

— Il manque encore des invités, et je crois qu'Octavie n'est pas prête, répondit Augustin. Tu pourrais peut-être aller voir ce qu'il en est ?

Capucine hocha la tête et se dirigea vers l'escalier. Elle fit une pause à mi-palier, tendit l'oreille et soupira. Octavie était en train de pousser des hauts cris.

— C'est intolérable ! se récriait l'aïeule lorsque Capucine entra dans sa chambre sans frapper.

Aussitôt, elle cligna des yeux et avisa les murs avec étonnement.

— Mais qu'est-ce qui se passe ici ? demanda-t-elle, éberluée.

Perchée sur une chaise, Octavie, par ailleurs très élégante dans une jolie robe en dentelle écrue brodée de fil d'or, arrachait à grands gestes la tapisserie murale de couleur prune, laissant des pans de murs blancs apparaître au grand jour.

— Je ne peux pas laisser ça comme ça ! hurlait Octavie, au bord des larmes.

Assise sur le lit, Léonie la regardait faire avec un air désespéré.

— C'est le trac, répondit celle-ci face à la question muette que sa petite-fille lui adressait.

— Le trac ? maugréa l'aïeule. C'est ridicule ! Ne voyez-vous donc pas que cette chambre ne peut pas rester ainsi ? C'est étouffant ! Que va dire Harold ?

Comprenant la situation, Capucine s'avança.

— Tu as peur qu'Harold voie cette chambre ? s'enquit-elle.

— Bien évidemment, qu'il va la voir, petite sotte. Où crois-tu que nous allons dormir ?

Capucine sourit.

— Ne te moque pas de moi, petite impertinente ! s'emporta aussitôt Octavie.

— Mais je ne me moque pas de toi, répondit Capucine. Descends de cette chaise, tu vas finir par te faire mal. Tu n'as pas à t'en faire pour ça, et je te rappelle que c'est l'heure de la cérémonie.

— Ah ! ironisa l'autre. Je n'irai nulle part tant que cette tapisserie sera là.

— Mais enfin, puisque je te dis qu'Harold ne viendra pas ici. Toi non plus, d'ailleurs !

Octavie arrêta son geste en l'air.

— Comment ça ? demanda-t-elle. Et où irions-nous alors ?

Capucine soupira.

— Tu le sauras plus tard, expliqua-t-elle.

— Certainement pas, bougonna l'aïeule. Sinon, je reste là.

— Alors tu vas manquer ton propre mariage, répliqua Capucine en croisant les bras.

— Cela m'est bien égal, rétorqua l'autre en l'imitant.

Capucine soupira en fronçant les sourcils.

— Est-ce que tu pourrais me faire confiance, rien qu'une seule fois ?

Octavie la sonda avec attention.

— Tu le jures ?

— Non, répondit Capucine, je n'aime pas ce mot, par contre je te le promets.

Octavie baissa les yeux.

— Je suis ridicule, murmura-t-elle.

— Mais bien sûr que non, répondit Léonie en se levant.

Une larme silencieuse roulait sur les joues de l'aïeule.

— Jamais je n'aurais dû me laisser convaincre par vos boniments, rouspéta-t-elle aussitôt, confuse de l'avoir laissée échapper.

— Tu es très belle, déclara Capucine en se rapprochant d'elle.

— Pffff, railla Octavie. Je ressemble à une pomme de terre fripée.

— Arrête de raconter des idioties, la gronda Capucine en lui saisissant les deux mains. Tu es très belle et tu vas épouser ton grand amour.

Dans les yeux de l'aïeule, une ombre persistait encore.

— Mais qui va m'accompagner devant lui ? souffla-t-elle.

— Qui voudrais-tu pour t'accompagner ? s'enquit Léonie avec douceur.

Octavie inspira profondément, semblant réfléchir à la question.

— Capucine ? appela-t-elle.

— Oui, répondit cette dernière.

— Voudrais-tu m'accompagner ?

Une bouffée d'émotion la submergea soudain.

— Avec plaisir, répondit-elle.

Octavie la regarda dans les yeux un instant, l'air songeur, puis hocha la tête. Un coup résonna alors contre le panneau de la porte. Léonie s'approcha et entrouvrit.

— Tout le monde est arrivé, informa Augustin. On commence dès que vous voulez.

— Merci, mon chéri, répondit-elle. Nous descendons dans une minute.

*

* *

Émilien appuya sur le mode « lecture » et le *Canon en D* de Pachelbel se répandit dans le jardin du manoir grâce à l'ingénieux système d'enceintes portatives qu'il avait installé plus tôt dans la journée. Il se dirigea à grandes enjambées le long de l'allée de pétales en en faisant virevolter quelques-uns au passage et s'assit entre Augustin et Léonie. Devant l'arche, le père Baptiste et Harold Chevalier se tenaient côte à côte. Un miroitement apparut lorsque Capucine ouvrit la porte de la cuisine et tous se tournèrent pour admirer Octavie et Capucine avancer doucement au rythme de la musique. Léonie s'essuya discrètement les yeux. Elle était tellement heureuse d'assister enfin au bonheur de sa sœur, après toutes ces années et ces épreuves. Donnant le bras à Octavie, Capucine s'effaça discrètement devant l'arche et fit quelques pas en arrière pour s'asseoir à côté de David. Pour l'occasion, ce dernier avait enfilé un costume élégant d'un bleu nuit qui offrait à ses yeux bleus encore plus de profondeur. Le jeune homme sourit.

Le volume de la musique descendit joliment en crescendo et se tut. Le père Baptiste sourit, embrassant des yeux les mariés et leurs invités : Léonie, Augustin et Émilien, Richard, Melody et Félicien, Gabriel et Louise, David et Capucine ainsi qu'Alicia, Simon et Pierrick. Une belle et grande famille qui n'avait pas toujours été unie et qui continuait, petit à petit, à apprendre à se découvrir, à vivre ensemble, à se pardonner et à s'aimer.

— Bonjour à tous, commença le père Baptiste, et merci de votre présence en ce lieu et en ce moment sacré pour nos deux tourtereaux, Harold et Octavie. Pour cette cérémonie, je ne ferai pas de grand discours, car je crois sincèrement que les plus belles choses doivent avant tout savoir rester simples. Si nous nous sommes tous réunis ici aujourd'hui, dans ce si joli coin de nature, c'est pour célébrer l'amour, non pas tel qu'il est souvent idolâtré, mais tel qu'il est réellement. L'amour, le grand amour n'est pas souvent linéaire, il nécessite parfois des détours, des virages, des aventures pour être compris et apprivoisé, mais dans tous les cas l'amour est toujours le plus fort. Et quel plus bel exemple pour nous le montrer que cette journée ?

La cérémonie se poursuivit paisiblement, offrant un beau moment de douceur. Lorsque le marié put embrasser la mariée, tous se levèrent pour applaudir un Harold resplendissant et une Octavie rouge pivoine. Capucine jeta un coup d'œil en direction de David, qui lui sourit et lui prit la main. Depuis quatre mois, leur relation amoureuse se passait à merveille et elle se sentait comme sur un petit nuage. Que la vie était étrange ! Que la vie était drôle !

Les mariés rebroussèrent chemin le long de l'allée, tandis que les invités faisaient voler des pétales de fleurs dans les airs. L'heure était venue de montrer aux époux leur cadeau de mariage.

Fier comme un paon, Augustin précédait le cortège. Il pénétra dans la cuisine, puis s'engagea dans le couloir central et tourna juste après l'escalier dans le petit couloir qui desservait le grand bureau et la pièce qui avait toujours servi de laverie familiale. Il ouvrit la porte du bureau et s'effaça pour laisser passer tout le monde. Grâce au concours de Capucine et d'Émilien, ils avaient rénové les pièces en secret et créé une chambre et une salle de bains.

Les nouveaux mariés bénéficiaient ainsi d'une aile privée dans la maison, le tout au rez-de-chaussée pour faciliter le transport d'Harold, qui continuait régulièrement à se déplacer en fauteuil. Octavie, ébahie, contemplait sa nouvelle chambre aux murs clairs et au mobilier en bois.

— Mais comment avez-vous pu faire ça sans que je m'en rende compte ? questionna-t-elle.

— Ah, ah, déclara Augustin, cela n'a pas été facile, mais on s'est débrouillés comme des chefs et tout le monde a mis la main à la pâte.

Octavie détourna les yeux, faisant semblant d'inspecter les taies d'oreiller, bien que tout le monde ait vu ses yeux briller.

Capucine sourit et décida de lui venir en aide.

— Et si nous allions commencer le festin ?

Un assentiment général se fit entendre, tandis que chacun quittait la pièce pour regagner le grand salon où deux tables avaient été dressées.

Augustin, Pierrick et Émilien fermaient la marche. Lorsqu'ils arrivèrent devant la porte du salon, Augustin soupira.

— Regardez-moi ça, dit-il à ses deux acolytes. Il n'y a que des couples.

Émilien éclata de rire devant la mine dépitée de son cousin.

— Eh oui, dit-il en lui donnant une tape amicale sur l'épaule. Il va falloir qu'on se réveille.

Augustin grimaça. Il avait toujours trouvé les relations amoureuses difficiles et ennuyeuses. Mais après tout, si même Octavie y était arrivée, cela lui laissait beaucoup d'espoir. Capucine les rejoignit, portant un plateau rempli de coupes de champagne.

— Au fait, lui lança son cousin, j'ai oublié de te le dire, mais j'ai eu une proposition d'achat pour l'esplanade du Loup des Bois et j'ai décidé de vendre.

— Quoi ? s'écria la jeune femme en manquant renverser le plateau. Tu vends le Loup des Bois ? Mais pourquoi ?

— Eh bien, nous avons décidé de reconstruire notre chai dans le château Noir, non ? Il va nous falloir tout l'argent disponible pour le rénover.

— Mais, mais, bégaya-t-elle. Gabriel et Louise sont au courant ?

Augustin acquiesça.

— Plus que cela, même, c'est eux qui m'ont convaincu d'accepter.

Capucine était atterrée.

— C'est impossible, poursuivit-elle. Mais à qui l'as-tu vendue ?

— Tu verras, répondit Augustin avec un sourire énigmatique.

— Comment ça, je verrai ? ronchonna sa cousine. Tu plaisantes, j'espère ?

— Absolument pas, rétorqua Augustin en lui envoyant un clin d'œil, je préfère garder le secret pour l'instant. Mais ne t'en fais pas, tu le sauras bien assez tôt.

Table des matières